KB253321

검황도제

임무성 신무협 장편소설

ORIENTAL FANTASYSTORY & ADVENTURE

5

dream
books
드림북스

검황도제(劍皇刀帝) 5

초판 1쇄 인쇄 / 2011년 12월 20일
초판 1쇄 발행 / 2011년 12월 30일

지은이 / 임무성

발행인 / 오영배
편집팀장 / 신동철
책임편집 / 윤상현
편집디자인 / 신경선
펴낸 곳 / (주)삼양출판사 · 드림북스

주소 / 서울특별시 강북구 송천동 322-10호
대표 전화 / 02-980-2112 팩스 / 02-983-0660
편집부 전화 / 02-980-2116 팩스 / 02-983-8201
블로그 / blog.naver.com/dreambookss

등록번호 / 제9-00046호
등록일자 / 1999년 3월 11일

ⓒ 임무성, 2011

값 8,000원

ISBN 978-89-542-4442-8 (04810) / 978-89-542-4437-4 (세트)

* 지은이와 협의하에 인지는 생략합니다.
* 잘못된 책은 구입한 곳에서 바꾸어 드립니다.

검황도제

임무성 신무협 장편소설

ORIENTAL FANTASYSTORY & ADVENTURE

5

dream
books
드림북스

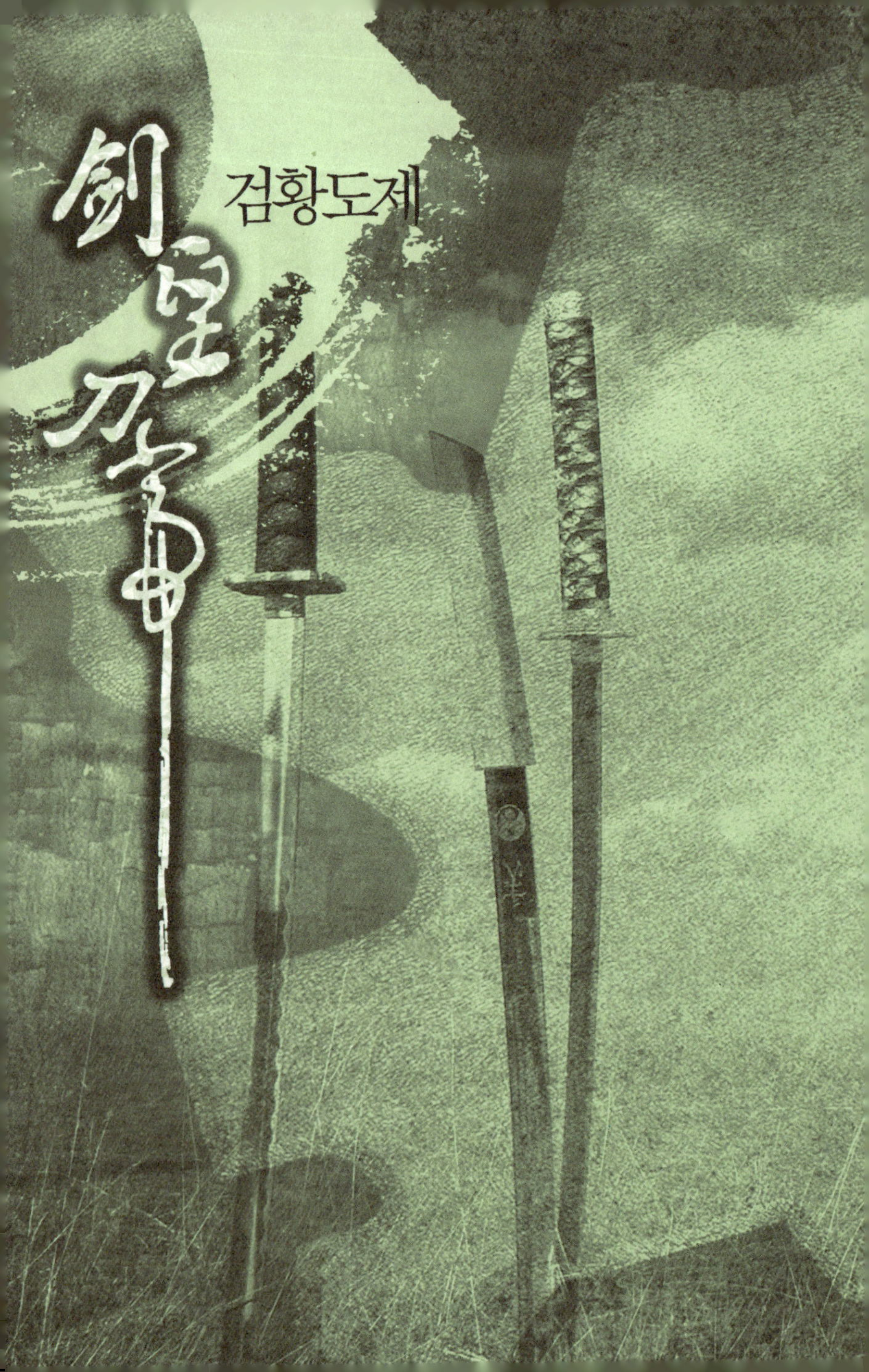

劍皇刀帝
검황도제

목차

제1장
백석산(白石山) 철교에 뿌려진 피

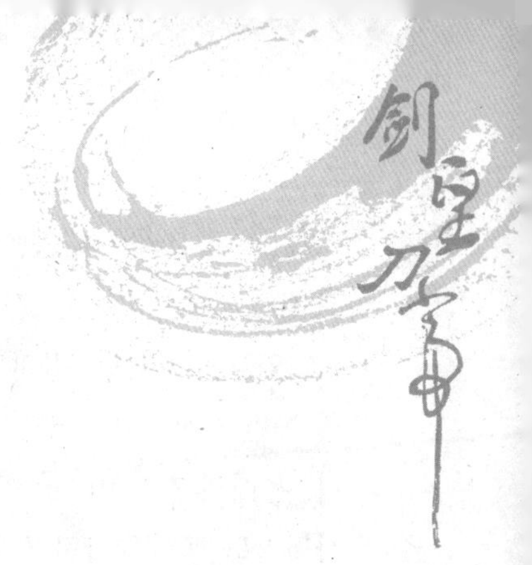

운몽은 약속을 지켰다.

잃어버린 기억을 되찾은 휘륜은 본연의 자신으로 돌아와 있
었다.

그런데 참으로 이상하지 않은가. 먼 길을 돌아 본향으로 돌
아온 반가움과 안도감 대신 그 자리를 차지하고 있는 건 당혹
감이었다.

휘륜을 남겨 두고 운몽은 떠났다. 혼자 남게 된 휘륜은 그
뒤로도 한참 동안 그 자리를 떠나지 못하고 긴 한숨을 토하며
번민하고 있었다.

'단지 기억을 잃었을 뿐인데 전혀 다른 사람처럼 살았다는

거로군. 목전의 사태들을 어디서부터 어떻게 수습해야 할지 모를 정도야.'

기억을 잃어버린, 길지도 그렇다고 짧다고도 할 수 없는 세월 동안 자신이 저질러놓은 일들을 곱씹을수록 낯이 뜨거워졌다. 본래의 자신이라면 아예 관여하지 않았거나 관계가 됐다 하더라도 그 지경까지 가도록 방치하지 않았을 일들이 태반이었다.

분명한 사실은 이미 저질러버린 일들을 이제 와 고민해봤자 돌이킬 방법이 없다는 점이었다. 미치지 않고서야 하지 않았을 치기 어린 행동들과 좋게 보면 세상 물정 모르는 순수함이라고 치장할 수 있지만 검황으로서 해서는 안 되는 미숙한 결정과 판단들은 휘륜을 혼란스럽게 만들었다.

검황이 된 후로 휘륜은 스스로 생각하기에도 혹독하다 싶을 정도로 욕망을 절제해왔다. 무슨 일을 하든 열정적으로 한다는 건 분명 좋은 일이다. 그렇지만 평정심을 잃은 성급함은 부정적인 결과를 낳는다. 선의로 한 행동도 나쁜 결과를 가져올 수 있다.

검황이 무림에서 한발 빠져 객관적인 위치를 견지하고 특정 세력의 입장을 대변하지 않았던 건 그 이름이 가져올 파급력을 고려해 공정해지기 위함이었다. 불완전한 인간이기에 신중에 신중을 기한다 해도 결함이 있기 마련이다. 그런 실수를 최소화하고 되풀이하지 않기 위해서라도 선입견을 가져서는 안 됐다. 그러다 보니 역대의 검황들은 어쩔 도리 없이 강호 대소사에 관여하지 않게 된 것이다. 모든 상황을 있는 그대로 받아들이고 감정 이입을 시키지 않으려고 검황은 고독한 길을 고집해 왔다.

세속적인 욕망을 이겨내지 못하고선 검황의 고유한 직무를 완수할 수 없다는 사실은 백번 강조해도 부족하지 않다. 가진 힘에 비례해 책임은 무거워지기 마련이며 그런 면만 보자면 현 무림에서 검황만큼 무거운 책임감에 시달리는 사람도 없을 것이다.

스스로를 노출한 일이며 이곳 제남에 와서 맺게 된 다양한 인간관계들은 검황으로서 결코 해서는 안 되는 명백한 실책이었다.

'그간의 부득이한 상황을 감안해 백번 납득할 수 있다 치자. 아직까지는 수습할 수 있을 수준이니 넘어갈 수 있다. 문제는 다른 곳에 있다.'

지금 휘륜을 난처하게 만든 장본인은 다름 아닌 설리었다. 호기심을 가져서도 안 되며 생각조차 말아야 할 길을 휘륜은 열어버렸다.

'앞으로 이 일을 어찌해야 한단 말인가.'

휘륜은 쉽사리 발걸음을 떼어놓지 못했다. 역대의 검황들이 경계하고 주의를 기울였던 계율 중 첫손에 꼽는 것이 바로 정념이었다. 정념의 포로가 된 검황은 도저히 상상할 수 없었다.

휘륜은 고개를 저었다.

돌아온 휘륜은 설리를 먼저 찾지 않았다. 대신 무극검왕을 따로 불렀다.

둘은 마침 비어 있는 연무관 안으로 들어갔다.

마주 앉은 두 사람 사이에 무거운 침묵이 감돌고 있었다. 무극검왕은 그간의 사정 얘기를 다 듣고 난 뒤였다. 기억을 회복했다는 휘륜의 말은 무극검왕이 반길만한 희소식이었다. 그럼에도 불구하고 무극검왕은 안도감과 기대감을 표출할 수 없었다.

처음 휘륜과 마주 앉은 순간 무극검왕은 그가 다른 사람이라는 생각을 본능적으로 갖게 됐다. 미묘한 차이에 불과했지만 이전과는 확연히 다른 위엄이 휘륜의 눈길엔 담겨 있었다. 그 눈길에 노출된 무극검왕은 옴짝달싹할 수 없었고 그런 현재의 상태는 강력한 올가미에 사로잡힌 것 같은 착각을 불러일으켰다. 갑자기 달라진 주군의 분위기가 무엇 때문인지를 곧 알게 된 무극검왕은 의아함을 풀긴 했지만 한편으로 걱정도 되었다. 숭산에서 처음 휘륜을 대면했을 때의 냉정했던 태도가 떠올랐기 때문이다.

'역대의 검황들처럼 주군 역시 마교와 관련된 일이 아니면 강호가 어찌 돌아가든 상관 않으실지도 모른다.'

휘륜의 다소 울림이 큰 음성이 연무관 바닥에 무겁게 깔렸다.

"검황이 걸어왔고 앞으로 걸어가야 할 길을 짐작하면서 왜 상황이 이 지경이 되도록 막지 않았지?"

무극검왕을 책망하는 어조 속에는 짙은 아쉬움이 담겨 있었다. 무극검왕은 고개를 조아리며 힘겹게 입을 열었다.

"정상이 아니라는 사실을 알았다고 해서 속하가 주군의 머리 위에 올라앉을 순 없었습니다. 주군께서 결정하시면 속하는 따를 뿐입니다. 속하의 이런 충정을 나무라신다면 달게 받겠습니다."

능청스러운 대답이었다. 절반은 진실이고 절반은 거짓이었다. 무극검왕은 정상이 아닌 휘륜을 강호에 깊숙이 끌어들여 그를 통해 무림에 산적한 문제들을 해결하고자 했고 그런 의도를 내비치며 설리를 종용한 바 있었다. 마음속에 다소나마 찔림이 있었지만 무극검왕은 그때의 결정을 뉘우치거나 후회하지 않았다. 무극검왕은 이 순간 얼굴에 철판을 깔기로 결심했다.

무극검왕은 조심스럽게 제 견해를 밝혔다.

"역대의 검황들께서 세사에 관여하지 않고 구름 위의 신비한 존재로 지내 왔던 것은 필유곡절이 있었고 속하 또한 상당 부분 공감하는 바이나 현재 무림 정세의 심각성은 이전과는 판이하게 다릅니다. 정파의 잠재력을 모조리 끌어내 발휘한다 해도 결코 장담할 수 없는 위기 상황입니다. 이참에 주군께서

결단을 내리시고 적극적으로 무림의 힘을 이용하는 편이 낫다
는 생각입니다.”

휘륜은 고개를 저었다.

“네 생각은 틀렸다. 강호 전체를 위태롭게 만들 수도 있는
매우 위험한 판단이다. 무림의 판도가 어찌 바뀌든 변하지 않
는 것들도 있다. 그 소중한 가치는 무림의 주인이 바뀐다고 해
서 훼손되거나 사라지는 것이 아니다. 정사의 분쟁은 내게 무
의미하다. 정파가 천하를 거머쥐든 사파가 천하를 장악하든
대부분의 사람들에게는 별반 영향이 없다. 무림의 최상위 지
배층 간의 다툼일 뿐 누가 가지든 하등 관계가 없다. 내 직무
는 마교를 견제하는 것이고 마공의 지배 아래 놓여 인간이기
를 스스로 포기해버린 악귀들을 처단하는 일이다. 그들이 무
림의 주인이 되는 일만 막으면 된다. 그들이 세상을 지배하게
해서는 안 된다. 그 직무를 효과적으로 수행하기 위해서라도
나는 나 자신을 드러내서는 곤란하다. 정파의 저력을 무시해
서가 아니라 마교를 대적하기엔 적절치 않기 때문이다. 무림
전체를 끌어들여 싸움판을 키워봤자 희생자만 늘어날 뿐 대세
를 결정짓는 데는 별반 도움이 되지 않는다.”

“하지만……..”

“의심하지 마라. 마교가 작정하고 무림으로 쏟아져 나오면
정사가 힘을 합한다 해도 감당할 수 없다. 마공은 중원 무림의
무공으로 상대할 수 없다.”

무극검왕이 과거 숭산에서 휘륜을 통해 느꼈던 참담함을 다시 한 번 느끼는 순간이기도 했다. 마교의 마공이란 것이 그처럼 대단한 것인가? 도저히 수긍하고 인정하기 힘든 말이 아닐 수 없었다.

"그럼 이제부터 어찌하실 계획이십니까? 예전처럼 다시 홀로 저들을 상대해 나가실 작정이십니까?"

"아직은 아무것도 결정하지 못했다. 먼저 알아보아야 할 일이 있다. 우선…… 나머지 검왕들을 소집하라. 그들을 만나보겠다."

휘륜의 눈빛이 그 순간 섬뜩하게 느껴질 만큼 강렬하게 빛나는 걸 무극검왕은 놓치지 않았다.

'드디어 결단하신 건가? 검왕들이 과연 주군을 인정하고 받아들일지…… 나로선 의문이구나. 최악의 경우 정파를 지탱해 오던 큰 기둥들이 사라질지도 모르겠구나.'

*　　*　　*

백석산(白石山) 불회곡(不回谷).

이곳은 중원 무림인들의 가슴 속에 살아 숨 쉬고 있는 협의의 상징과도 같은 장소였다. 삼백여 년 전 천축 무림의 패자인 뇌음사가 전격적으로 중원 무림을 침략한 적이 있다. 당시의 중원 무림계는 정사 간의 오랜 격전으로 인해 대파들이 전력을 회복하지 못하고 극도로 피폐해져 있던 시기였다. 구파일 방을 비롯한 정파의 주력들은 싸움다운 싸움 한번 못해보고 지리멸렬하며 퇴각하기 바빴다.

제남에서 서남 방향 팔십 리 지점에 있는 이곳 백석산까지 도주한 정파 주력들은 전멸을 당할 최악의 위기 상황에 직면하기에 이른다. 그때 곤륜파의 장령제자 하나가 자원해서 나섰고 추격하던 뇌음사의 주력들을 불회곡 철교 다리 위로 유인해 철교를 끊어 잠시 지체하게 만들었다. 한 의로운 청년의 산화 덕분에 전멸을 면하게 된 정파는 이후 전열을 정비할 수 있었고 중원 전역에서 달려온 새로운 전력들을 충원해 역공을 펼치기에 이른다. 백척간두(百尺竿頭)에 서 있던 중원 정파는 가까스로 뇌음사를 물리치고 정기를 지키기에 이른다.

곤륜파 장령제자의 희생을 기려 매년 시월 초닷새에 이곳 백석산 철교에서 제사를 지내왔는데 이것이 바로 그 유명한 백공제(白公祭)였다. 시월 초닷새를 전후한 며칠을 제외하고 이곳 백석산 불회곡을 찾는 사람의 발길은 뜸한 편이었다. 백석산 자체가 귀기가 감도는 음산한 곳인데다 워낙에 험지인지라 길이 있든 없든 가리지 않는다는 표행마저 이곳을 거쳐 가는 경우는 드물었다.

그런 백석산의 철교 위로 사뿐히 내려서는 사람이 하나 있었다. 휘륜이었다.

깎아지른 절벽과 절벽 사이를 겨우 두 자 정도에 불과한 폭

좁은 철교가 보기에도 아찔하게 걸려 있었다. 세찬 바람이라
도 불면 끼기긱, 끼기긱 듣기 싫은 비명을 지르기 바빴다.

 늦은 밤, 휘륜은 흔들리는 철교 가운데 서서 뒷짐을 진 채
민 하늘을 응시하고 있었다. 휘륜이 이곳에 온 지 한 식경쯤은
흘렀을 시간이었다. 밤하늘을 가르는 야조처럼 멋들어진 경신
술을 발휘한 네 개의 인영이 옷자락을 휘날리며 철교 위로 사
뿐히 떨어져 내렸다.

 이 시대 정파의 정점에 올라 있는 오대 검왕 중 네 명이 동
시에 모습을 드러낸 것이다. 선두에 서 있던 무극검왕이 돌아
서 있는 휘륜을 향해 허리를 꺾으며 입을 열었다.

 "명하신 대로 세 분의 검왕을 데려왔습니다."

 따라오면서도 반신반의했던 세 사람의 검왕은 이 순간 머리
카락이 곤두서는 전율을 주체하지 못했다. 냉정함을 잃어버린
건 세 사람 모두가 동일했다. 이곳까지 세 사람을 이끌어온 무
극검왕은 검황의 등장에 대해 얘기했고 그 말을 듣고 나서지
않을 사람은 아무도 없었다. 그래도 여기까지 오는 내내 검황
의 재등장이 곧이곧대로 믿기진 않았다.

 하늘 아래 무극검왕의 고개를 숙이게 만들 사람이 있다면
검황이 분명할 것이다. 달빛 아래 드러난 세 검왕의 표정은 경
악 일색이었지만 그 내심만은 제각각이었다.

 휘륜이 몸을 돌려세웠다.

 검황의 진면목이 드러난 순간 셋 중 한 사람의 얼굴이 돌변

했다. 바로 동악(東岳)인 태산(泰山)의 주인이자 동방세가의 든
든한 배경이 되고 있는 뇌풍검왕(雷風劍王) 동방초재(東方礎材)
였다.

"당신은 바로 근자에 도제라 불리며 명성을 떨치고 있는 신
진 고수가 아닌가."

불신의 기색이 역력한 동방초재의 시선이 곧바로 무극검왕
을 찾는다.

"지금 무슨 수작을 부리는 것이오. 이 젊은이가 검황이란
허무맹랑한 소리를 나더러 믿으란 게요?"

무극검왕의 검미가 꿈틀거렸다.

"말을 삼가시오."

뇌풍검왕의 입에서 도제란 소리가 흘러나오자 나머지 두 검
왕도 의아함을 감추지 못했다.

휘륜은 자신이 검황이란 사실을 믿지 않으려 드는 세 사람
을 차례대로 바라보며 천천히 입을 열었다.

"나는 삼십대 검황인 휘륜이오. 당신들이 믿고 싶어 하지
않는다 해서 진실이 거짓이 되지는 않소. 내가 당신들을 이 자
리에 왜 불러냈는지 짐작하고 있을 터. 묻겠소. 당신들은 여전
히 검황의 시종이오?"

다섯 검왕은 기억조차 까마득한 과거에 분명 그런 약속을
한 적이 있었다. 전대의 검황 앞에서 다섯 젊은이는 영원토록
종복이 되겠노라 다짐했고 그 순간은 영겁의 세월이 흐른다

해도 잊힐 수가 없었다. 하지만 지금에 와서?

무극검왕을 제외한 나머지 세 검왕은 서로의 시선을 살피기에 여념이 없었다.

누구도 먼저 나서서 승복하거나 또는 반대로 불복하지 않는다. 서로 눈치만 보고 있는 것이다. 세월이 그만큼 흘렀다. 세월은 이들 세 사람에게 많은 변화를 가져다주었다. 더 이상 오를 데 없는 무림의 최정상에 서게 되었고 절대 권좌에 앉아 아래를 굽어본 지도 어언 수십 성상이 흘렀다. 정파에서 가장 고귀하고 높은 지위에 올라 있는 세 사람이 다른 누군가의 종이 되는 일이 정말로 일어날 수 있는 일일까?

휘륜은 그들의 망설임이 이해가 갔다. 누구라도 저 입장이 되면 선뜻 대답하지 못할 것이다. 그런 점에서 보자면 무극검왕은 참으로 유별나고 대단한 사람이 아닐 수 없었다. 뒤로 한걸음 물러난 무극검왕도 세 검왕의 망설임을 비난하지 않았다.

언제까지고 입을 다물고만 있을 수 없었던 삼왕을 대표해 결국 동방초재가 나섰다.

"당신이 진실로 검황이 분명하고…… 과거의 약속을 이행하라고 요구한다면…… 따를 수밖에 없소. 노부는 과거 틀림없이 전대의 검황 앞에서 그런 약속을 한 적이 있소. 하지만…… 속마음을 가감 없이 표하자면 당신은 노부의 주인이 되기 전에 한 가지 사실을 먼저 입증해야만 하오. 그건 당신이 아닌 전대의 검황이라 해도 마찬가지요. 노부는 과거의 세상 물정 모르던 순진한 무지렁이가 아니오. 그때 이후로 죽을 고비를 숱하게 넘기며 혼신의 힘을 다해 정진해왔소. 강해지기 위해서 할 수 있는 모든 노력을 다 기울였소. 노부의 야심은 검황마저 넘어서는 것이었고 그 순간을 위해 한시도 쉬어본 적이 없소. 과연 당신이 나를 수하로 거느릴 자격이 있는 사람인지 시험해보고 싶소. 결과를 확인해 보기 전까지 당신의 요구를 받아들일 수 없소. 만약 노부를 꺾는다면 옛 약속을…… 이행하리다.”

예상 밖의 말이 동방초재의 입에서 흘러나오자 나머지 검왕들은 다소 놀란 눈치였다. 설마 검황에게 당신을 꺾어 보이겠다며 도발할 줄 어찌 짐작인들 했겠는가.

휘륜의 태도가 달라졌다. 그나마 갖고 있던 호의마저 사라졌다. 그의 전신에서 보는 이를 얼어붙게 만드는 싸늘한 한기가 휘몰아쳐 나오고 있었다.

“동방초재, 뭔가 단단히 착각하고 있군. 네 힘과 능력이 반드시 필요해서 이 자리로 불러냈다고 보는가. 그동안 찾지 않은 이유가 당신들 검왕들이 부담스러워서라고 여겼나. 당신이 옛 약속을 거부할 권리가 있다고 믿는 것처럼 나 또한 그런 당신을 어찌 처리할지 결정할 권한을 갖고 있다. 검황의 능력을 시험해보고 자격이 없다면 따르지 않겠다고? 제 능력에 대한 자부심이 아주 대단하군. 한 가지 알려주자면 사부께서 당신들에게 익히라고 주었던 검법들은 내가 알고 있는 수백 가지 무공 중에 하나일 뿐 특별한 것이 못된다. 당신은 나를 시험할 자격이 없다. 그래도 알고 싶다면 몸으로 체험하게 해주지. 자신이 그동안 얼마나 보잘것없는 실력을 가지고 오만해 있었던 가를 뼈저리게 느끼게 해주겠다. 나머지 두 사람도 같은 생각 인가? 여러 번 할 것 없이 아예 세 사람이 함께 덤벼도 좋다. 거추장스러운 부담감을 지워버리고 싶다면 그편이 후회를 남 기지 않을 것이다.”

휘륜은 화가 났다. 그 역시 동방초재가 이런 식으로 나올 줄 예상하지 못했다. 옛 약속을 지키지 못하겠노라, 솔직하게 얘 기했다면 이렇게 분노하지 않았을 것이다. 만약 저들이 그리 나온다면 원하는 대로 해줄 참이었다. 평생 마음속에 짐이었 을 부담감을 해소시켜주고 자유를 줘야겠다고 마음먹고 여기 로 왔다. 사부께서도 검황총으로 떠나시며 그런 유지를 남긴 바 있었다. 설사 다섯 검왕이 신의를 저버리고 따르지 않는다 해도 용서해주라는 것이었다. 그간 다섯 검왕이 기대보다도 더 훌륭하게 정파를 지켜오고 번성시켜왔기 때문이었다. 그것 만으로도 칭찬할만한 업적이고 공덕이 아닐 수 없었다.

휘륜도 같은 생각이었다. 무극검왕이 숭산에서 스스로 종을 자처하고 따르겠다고 맹세하는 바람에 팔자에도 없는 수하를 거느리게 되었지만 나머지 검왕들을 거둘 계획은 애초에 갖고 있지 않았다. 오늘 저 세 사람을 부른 것은 옛 약속을 상기시키고 이행할 것을 강요하기 위함이 아니라 저들에게 몇 가지 사실을 확인받고 당부하기 위함이었다. 또한 제 존재를 미리 인식시켜 저들이 혹 딴마음을 품는 일이 없도록 주의를 주기 위함이었다. 그런데 이제 상황은 달라졌다. ˊ

휘륜의 분노가 고스란히 깃들어 있는 일성은 동방초재뿐만 아니라 나머지 두 검왕마저 불쾌감을 가지게 만들었다. 두 사람은 동방초재와 달리 막상 이런 순간이 닥친다면 어쩔 도리 없이 따라야 하지 않을까 내심 마음의 준비를 해두고 있던 차였다. 그런 그 두 사람마저 지금 휘륜이 한 말을 별 감정의 동요 없이 순수하게 받아들이지 못하는 것이다. 휘륜의 말은 자신들 검왕을 무시하는 어조가 분명한데다 셋이 함께 덤비라고 한 대목에서는 치욕까지 느꼈다. 저들 같은 위치에 있는 사람들에게 그 이상이 있을까 의심이 될 정도로 모욕적인 언사였다. 무극검왕과 가장 가까운 곳에 서 있던 구룡검왕 서릉단야가 흥분했는지 입꼬리를 파르르 떨며 격앙된 어조로 말했다.

"듣기 거북한…… 말씀을 하시는구려. 그대의…… 사부께서도…… 우리를 이리 함부로 대하진…… 않았소."

빙백검왕도 말을 보탰다.

"우리는 저마다 무림에서 적수가 없다고 자부하는 사람들이오. 그런 우리 세 사람을 동시에 상대하고도 우위를 점할 수 있는 사람이 하늘 아래 존재한다고 믿지 않소. 설사 검황이라 해도 말이오. 그 결과가 어떻게 나오든 우리 책임은 아니오.

정말 후회하지 않겠소? 실언한 걸 인정하고 번복한다 해도 비웃지 않겠소. 우리는 무공으로는 더 이상 오를 수 없는 한계까지 도달한 사람들이오.”

휘륜은 웃었다.

“하하하하하. 내가 어리석었군. 당신들의 자부심이 하늘을 뚫고도 남는다는 사실을 미처 생각 못 했어. 더 이상 오를 수 없는 한계까지 도달했다고? 그 말이 사실이라면 나보다 뛰어난 게 맞지. 나조차 그런 생각은 한 번도 가져본 적이 없다. 무도의 길은 끝이 없고 한계 따위도 존재하지 않는다. 무한한 무도의 길에서 어느 한 지점에 묶여 정체되어 있으면서 더는 오를 수 없는 극점 운운하다니 진정 가소롭기 그지없군. 내가 경솔했어. 우리 사이에 더 이상의 대화는 무의미할 것 같군. 긴말 늘어놓을 것 없이 그대들은 그대들의 실력을 증명하면 되는 것이고 나는 신의를 저버린 당신들 세 사람을 처단하면 되는 것이니.”

세 검왕은 아직 마음이 결정을 내리지 못한 상태였다. 아무리 상대가 신화 속 인물인 검황이라 하더라도 자신들 세 명이 동시에 상대한다는 건 있을 수 없는 일이란 생각을 떨치지 못했다. 설사 그렇게 해서 이긴다 한들 무슨 의미가 있겠는가. 하지만 검황이 저렇게 나오니 이제는 스스로를 입증하기 위해서라도 싸우지 않을 수 없게 되었다. 그때다.

“노부 혼자 상대해 보겠소. 두 분은 나서지 마시오. 노부가 혹 패한다면 다음 차례를 넘겨 드리리다.”

　뇌풍검왕이 자진해 나서는 걸 본 두 검왕은 서로를 바라보더니 고개를 끄덕거렸다. 아무래도 그의 말대로 하는 편이 좋겠다는 생각을 한 것 같았다. 그 꼴들을 보고 있자니 휘륜은 그저 어이가 없어 말문마저 막혀버렸다. 가당치도 않은 착각 속에 빠져 헛된 망상을 품고 있다는 사실을 저들이 깨닫고 나면 얼마나 허망할까를 생각하자니 휘륜은 그저 가소로울 따름이었다. 가장 뒤쪽에 처져 있던 무극검왕은 최악의 상황으로 흘러가자 안달이 났다.

　‘큰일이다. 이대로라면 삼왕의 목숨을 보전할 길이 없어진다. 저들이 자존심 때문에 주군의 심기를 건드리고 분노를 샀으나 정파를 지탱하는 기둥들이라는 사실만은 부정할 수 없다. 당장 저들의 부재는 정파의 희망이 꺾일 만큼 지대한 사건이 될 것이다. 막아야 한다. 주군의 손에 검왕들의 피를 묻히는 악몽과도 같은 불행한 사태만은 무슨 일이 있어도 막아야 한다.’

　그렇지만 어떻게? 거기에 생각이 미치자 무극검왕은 뾰족한 수가 생각이 나지 않아 답답해졌다. 무극검왕은 용기를 내 휘륜에게 간절한 심정을 담아 전음을 보냈다.

　『주군, 속하의 얼굴을 봐서라도 저 노망난 늙은이들의 무지함을 용서해 주십시오. 오랫동안 정상에 머무르다 보니 귀가 멀고 눈이 어두워져 사리판단을 제대로 못 하고 있습니다. 저들이 정파 무림을 위해 헌신해온 지난 공적을 생각해서라도 이대로 목숨을 거두지는 말아주십시오. 저들이 현실을 직시하게 되면 반드시 자신들의 잘못을 뉘우칠 것입니다. 부디, 부디 사비를 베풀어 주십시오.』

휘륜은 대답하지 않았다. 무극검왕 앞에서 그와 나란히 명성을 떨치며 같은 길을 걸어온 세 사람을 처단한다는 건 참으로 못할 짓인 건 분명했다.

'이들은 신의를 저버리고 오히려 내게 도전하고 있다. 이런 자들을 어찌 용납하고 용서할 수 있단 말인가. 나는 스스로 인간의 길을 포기하고 수라의 길을 선택하였다. 내 손에 악인과 위선자들의 피를 묻히는 일을 주저한 적이 없고 사명을 완수하기 위해서 온 세상을 적으로 돌린다 해도 두렵지 않다. 검황은 도전하는 자에게 자비를 베푼 적이 없다. 검황은 하늘 아래 가장 강해야만 한다. 그런 자부심이 훼손된다면 더 이상 존재할 이유가 없어진다.'

마음을 굳힌 휘륜은 모든 소리를 닫아버렸고 인간의 감정마저 차단시켜버렸다. 그러자 놀라운 변화가 생겨났다. 그의 전신에서 뚜렷이 구별될 정도로 거센 강기의 폭풍이 휘몰아쳐 나오기 시작했다. 머리칼이 풀어지며 허공에 휘날리고 화강암처럼 단단한 신체는 어두운 밤에 우뚝 선 철탑을 방불케 했다.

"어리석은 자들. 나를 도발한 일이 얼마나 우매한 짓이었는지를 깨닫게 해주겠다."

느닷없이 어두운 하늘 가운데서 몇 번의 섬광이 일어나 검왕들의 주의를 집중시키게 만들었다. 휘륜의 쳐든 한 손 주변으로 새카만 어둠을 찢어발기는 섬전이 번쩍거려 쳐다보고 있는 검왕들의 눈이 멀 지경이었다. 심상치 않다. 그런 위기감을 세 검왕은 동시에 가졌을 것이다. 더 이상 오를 수 없는 무공의 극점에 도달했다고 자부해오던 검왕들도 멀쩡한 하늘에 뇌전을 불러올 재주는 없었다. 무공으로 그런 일을 할 수 있으리라고 생각해 본적조차 없었다. 지금 주변에서 일어나고 있는 심상치 않은 변화가 우연히 일어나는 현상이 아니라면 틀림없이 검황이 만들어낸 조화일 것이다. 세 검왕은 눈으로 뻔히 보고 있으면서도 현재 목전에서 벌어지고 있는 현상에 대해 불신의 기색을 보였다. 휘륜의 신형이 서서히 공중으로 상승하더니 오 장 정도 높이에 이르러 우뚝 멈춰 섰다.

"자 보아라! 검황이 너희처럼 오만해지지 않기 위해 뼈를 깎고 혼을 태우는 심정으로 스스로 절제해온 것은 우리가 지닌 힘이 너무도 엄청나기 때문이었다. 세상의 악을 징계하겠다는 우리가 오히려 세상을 해롭게 하는 악이 될까 두려웠기 때문이다. 검황의 실체를 보여주겠다. 이것이 바로 검황의 생사지도(生死之道)니라."

철교 위에 서 있던 네 명의 검왕 모두가 눈을 찢어져라 부릅뜨고 있었다. 갑자기 어디서 생겨난 것일까? 휘륜의 쳐든 손 안에 전에 없던 환한 빛의 덩어리가 번쩍이고 있는 것이었다.

그것은 이내 번개가 치는 것처럼 요동을 치는가 싶더니 급기야 완벽한 검의 형상을 갖추었다.

무극검왕의 뇌리에 그 순간 한 가지 믿기 힘든 거짓말 같은 고사가 스치고 지나갔는데 그것은 이 자리에 있는 사람들 중에 비단 그만이 생각해낸 것은 아니었다.

무림에 전해 내려오는 수만 가지 전설 중에 현실성이 없기로는 첫째 둘째를 다투는 일곱 가지 거짓말 같은 괴사가 전해져 내려오고 있었으니 이를 두고 고금칠대괴사(古今七大怪事)라고 한다. 그중에 두 번째에 올라 있는 이야기가 무치 풍덕에 관한 고사였다.

지금으로부터 무려 천오백 년도 더 된 진나라 말기에 천하 무림의 고수 삼십삼 인이 태산에 모여 자신들이 평생을 통해 익힌 비기들을 서로 겨주며 무공의 한계에 대해서 논하고 있었는데 천망산이란 이름조차 생소하고 수상쩍은 곳에서 왔다는 무치(武癡) 풍덕(豊德)이란 신비 노인이 돌연 나타났다. 그는 모여 있는 영웅들에게 자신을 소개히며 제 생명이 이세 얼마 남지 않았으며 머지않아 목숨이 끊어질 것을 알고 기다리던 중 마침 태산에서 천하에 명성이 자자한 무인들이 모여 무공을 논한다는 소리를 듣고 그냥 지나칠 수 없어 들렀다고 했다.

무치 풍덕은 제 나이가 이백 살이 넘었고 나이 스물다섯이 되던 해부터 천하 곳곳 안 다닌 곳이 없어 세상에 알려진 적

없는 천외비학(天外秘學)을 두루 섭렵하였다고 했다. 거기 모인 사람들은 무치 풍덕이란 노인이 보기엔 평범해 보여도 결코 범상치 않은 내력을 지닌 사람이란 것을 알아보았지만 그가 다소 과장이 심한 허풍쟁이일 것이라고 여겼다.

나이가 이백 살이 넘었다는 것부터가 미심쩍었다. 무리 중한 사람이 무치 풍덕에게 묻기를 지금 우리가 천하 최강의 무공이 무엇인가를 놓고 사흘 전부터 격렬하게 설전을 벌였지만 답을 내리지 못하고 서로 다투고만 있는데 의문을 속 시원하게 풀어줄 수 있느냐고 한다. 그러자 무치 풍덕이 이르길 마침 자신이 알고 있는 무공이 하나 있는데 천하제일인지는 모르겠으나 자신이 아는 무공 중에 이보다 더 위력적인 것이 없다고 자신 있게 말한다.

사람들이 종용하여 그 무공을 펼쳐 보이라고 하자 무치 풍덕은 그 무공을 펼치게 되면 얼마 남지 않은 기력이 다하여 재만 남고 사라질 것이라며 한사코 사양한다. 사람들은 그런 풍덕을 비웃으며 조롱했다. 풍덕은 중인들의 무례함을 대하고 그들을 꾸짖어 말하길 무공은 알되 무도는 모르는 무지한 자들이라며 백 년이 지나도 이 중 참된 무인이 나오지 못할 것이라고 악담을 퍼붓는다. 그 말을 듣고 분개한 몇 사람이 무치 풍덕을 에워싸고 핍박을 했는데 예상 밖으로 풍덕은 홀연히 그 자리에서 바람처럼 사라지더니 달려들었던 사람들이 오히려 추풍낙엽처럼 나뒹구는 창피를 당하고야 만다. 그제야 거기 모인 무인들은 이 노인이 자신이 한 말처럼 진정한 세외지인이란 사실을 비로소 믿게 되었다.

그 자리를 떠나려던 무치 풍덕은 무슨 생각을 했는지 문득 멈춰 서서 고민을 거듭하다가 중인들이 이해할 수 없는 얘기들을 풀어놓기 시작한다. 이야기를 다 마친 풍덕은 마지막으로 무공을 시전했는데 그의 손안에서 번개가 치는 것 같은 섬광이 일어난 후에 거대한 빛의 덩어리가 생겨났고 풍덕이 그것을 이리저리 흔드니 거대한 바위가 쪼개져 돌가루가 날리고 산이 갈라져 계곡이 생겨났으며 하늘을 날고 있던 새들마저 재가 되어 흩어지는 광경을 목도하게 된다. 무치 풍덕은 제가 한 말처럼 일 각을 채 버티지 못하고 순식간에 전신이 화염에 휩싸이는가 싶더니 끝내 재가 되고 말았다고 한다. 고금칠대괴사에 버젓이 올라 있는 이 거짓말 같은 이야기를 믿는 사람은 얼마 없겠지만 어쨌든 무치 풍덕이 시전한 무공을 두고 무형검(無形劍), 또는 의형검(意形劍)이란 이름이 붙었는데 현실에서 실현될 수 없는 상상 속 검학으로 치부되고 있었다.

지금 네 검왕이 똑같이 무치 풍덕의 고사를 떠올린 일은 결코 우연이 아니었다. 그 형상이 전설이 전하는 것과 흡사했고 무엇보다 그걸 펼치고 있는 사람이 검황이란 사실 때문에 더 설득력이 있었다. 무형검이 실현 가능한 검학이라는 사실도 놀랍거니와 위력이 어떠한지를 모르니 막상 자신이 상대하겠다고 큰소리쳤던 뇌풍검왕의 입에서마저 절로 신음성이 흘러나왔다. 그렇다고 천하에 두려운 것이 없다고 생각하는 뇌풍검왕이 겁을 집어먹은 건 아니었다. 신중한 성격인지라 서두르지 않는 것뿐이었다.

머릿속에서는 지금 어떤 식으로 검초를 연환해서 상대의 허를 찌를지 짜내느라 분주하기만 했다. 위력이 어떤지조차 가늠이 안 되는 신비한 검공을 초견하게 된 뇌풍검왕은 섣부르게 덤비는 건 위험하다고 판단하고 이기어검술이 최선이라 생각했다. 그가 막 검을 뽑아 허공에 떠 있는 휘륜을 향해 던지려는데 갑자기 허리가 뜨끔하더니 진기가 흩어지는 것이 아닌가. 뇌풍검왕은 소스라치게 놀랐다.

그 순간 곁에 있던 두 검왕도 뇌풍검왕과 똑같은 경험을 하고 있었다. 몇 번 호흡을 더 하기도 전에 내력이 원활하게 이어지긴 했지만 이 상황 자체가 여간 찜찜한 게 아니었다. 원인을 모르는 기이한 현상에 뇌풍검왕이 당황하고 있는 사이에 휘륜은 천신처럼 아래를 내려다보며 손에 든 검을 살짝 그었다. 그것은 마치 아이가 작대기를 들고 흔드는 것마냥 별로 신통치 않아 보였다. 거기에 어떤 위력이 담겼는지 알 수 없지만 뇌풍검왕은 일단 신형을 빠르게 움직여 자리를 이동했고 이내 이기어검술을 발동했다. 쾌속함에 있어서는 으뜸이라 할 수 있는 이기어검술이고 위력 또한 강맹하기 그지없지만 내력 손실이 커 웬만한 경우가 아니면 잘 쓰지 않는 수법이었다. 거기다 이기어검술은 첫 번째 공격이 실패로 돌아갈 경우 재차 공격하기까지 공백을 감수해야 한다는 치명적 약점이 있었다. 상대가 상대거니와 우선은 근접전을 피하기로 작정하지 않았다면 이기어검술을 택하진 않았을 것이다. 이 한 수에 담긴 힘은 삼 장 두께의 바위를 꿰뚫고도 남을만했다. 그러니 적중만 된다면 검황 아니라 신선이라도 치명적인 부상을 면할 길이 없다고 확신했다.

인간이 포착 가능한 시력의 한계를 뛰어넘는 것이 바로 불가사의한 이기어검술의 속도였다. 이보다 더 위력적인 이기어검술을 평생 다시 펼칠 수 있을까 의심될 정도로 뇌풍검왕은 전력을 다 기울였고 손끝을 떠나는 검신의 진동만으로도 상당히 만족스러웠다. 그런데 그런 만족감은 이내 당혹감으로 바뀌고 말았다.

측정 불가능한 속도로 공간을 가른 검이 돌연 시야에서 사라져 버린 것이다. 어둡다지만 대낮처럼 훤히 사물을 분간할 수 있는 뇌풍검왕의 눈은 그 장면을 똑똑히 알아볼 수 있었다. 자신의 손을 떠난 검이 검봉에서부터 부서지며 히공에서 가루가 되어 우수수 떨어지고 있었다. 이 충격적인 광경을 접한 검왕들은 심장이 입 밖으로 튀어나오지 않는 것이 이상할 정도로 경악했다.

어찌 저럴 수가 있단 말인가. 상대의 손에 들린 무형검의 광채에 살짝 닿은 것만으로 모래성 무너지듯 허물어지는 광경을 목격하고는 검왕들 모두가 한꺼번에 넋을 잃어버렸다. 비장의

수가 별 효력도 발휘하지 못하고 무산되는 것을 보고 뇌풍검
왕은 즉시 죽음을 예감했다. 번개처럼 뇌리를 스치고 지나가
는 위기감은 그의 생애에 처음 겪어보는 생소한 것이었다. 이
런 불길한 느낌을 가져본 적이 없었으니 그 또한 생경한 일이
아닐 수 없었다.

　검황의 검이 산처럼, 아니 하늘처럼 뇌풍검왕을 가둬오고
있었다. 빛의 폭풍이라고 해야 할 정도로 거대한 파도가 되어
순식간에 자신을 덮쳐버렸다. 피하고 말고 할 여유도 없거니
와 아까와 같은 기이한 현상이 하필이면 이 절박한 순간, 또다
시 자신의 몸 안에서 발작처럼 일어나는 바람에 피할 마음만
먹었을 뿐 시도조차 못 하고 있었다. 그저 두 눈을 질끈 감고
말았다. 그 짧은 순간 그의 지난 세월의 풍상이 주마등처럼 머
릿속을 스쳐 지나가고 있었다. 이렇게 어이없이 죽는구나, 라
는 비감 어린 생각보다는 무슨 연유인지 차라리 홀가분한 심
정을 느끼고 있었으니 알다가도 모를 일이었다. 그가 끝까지
부여잡고 있던 야망의 사슬에서 놓였기 때문일까. 지금 비명
횡사의 액을 당하는 것은 뇌풍검왕만이 아니었다. 싸우기로
뜻을 세운 나머지 두 검왕도 속수무책으로 빛의 물결 속에 휩
싸여버렸다. 세 사람을 삼켜버린 빛은 몰려오던 순간만큼이나
빠르게 사라졌다. 촌음의 순간을 천 번 쪼갠 짧은 시간이 흐르
고 드디어 무엇이 어찌 된 것인지를 구별할 수 있게 되었다.

　툭 투툭.

피가 솟구쳐 오르며 묵직한 덩어리들이 바닥으로 동시에 떨어져 내렸다. 세 사람의 몸에서 분리돼 철교 위로 떨어져 내린 건 놀랍게도 그들의 몸에 조금 전까지 붙어 있던 팔이었다. 팔꿈치 아래로부디 씽둥 살려나간 팔에서는 피분수가 뿜어지고 있었지만 세 사람은 지혈할 생각조차 못하고 멍하니 넋 놓고 바라보고 있었다.

수급이 아닌 팔을 잘랐다. 그 의미를 따지기 전에 살아 있다는 사실에 안도해야 하는 게 당연하겠지만 세 사람은 그럴 경황조차 없었다. 죽음보다 더 깊은 허탈감에 사로잡혔기 때문이었다. 신체 중 일부가 잘려나간 고통은 정신적 충격에 비할 바가 아니었다. 지금 세 사람은 살아 있어도 죽은 것이나 다름없었다. 단지 무극검왕만이 그 의미를 헤아리느라 눈빛을 반짝이고 있을 따름이었다.

'주군께서 저 세 사람을 살려주기로 뜻을 바꾸셨나? 살수를 쓰지 않으면 모를까 한 번 쓰면 결단코 자비를 베풀지 않는다는 검황이 팔 하나를 자르고 만단 말인가. 다행이다. 최악의 상황만은 면했구나.'

아직 안도의 한숨을 쉬기엔 일렀다. 철교 위로 내려선 휘륜이 충격에 빠져 허우적대고 있는 세 검왕을 한 사람씩 주시하며 입을 열었다. 왠지 모르게 아까와는 달리 휘륜의 얼굴에 허탈한 심경이 그대로 드러나 있었다.

"신의를 저버린 그대들에게 죽음을 내려야 마땅하나…… 그간의 공을 인정해 이 정도로 끝내겠다. 이제 당신들은 자유의 몸이다. 팔이 몸에서 잘려나간 것처럼 내 마음속에서도 그대들이 잘려나갔다. 그대들은 더 이상…… 검황의 시종이 아니다. 철노, 이만 가자."

휘륜이 그 자리를 먼저 떠났다. 무극검왕은 긴 한숨과 함께 넋이 빠져 우두커니 서 있는 세 사람의 등을 향해 처연하게 말했다.

"참으로 안타까운 일이오. 이런 사태를 맞게 될 줄 정말 몰랐구려. 당신들은 어리석었소. 검황께 대적할 생각을 품다니…… 아무리 생각해도 나는 당신들의 선택을 이해하지 못하겠소. 자존심 때문에 울컥해서 저지른 일이라 변명한다 해도…… 마찬가지요. 과거 우리에게 무공을 전수해주셨던 그분은 당시의 내게 신처럼 보였소. 그 생각은 지금도 마찬가지요. 참으로 무서운 일이오. 오만은 분별의 혜안을 가리는가 보오."

무극검왕의 시선은 의형제처럼 지내온 구룡검왕을 안타깝게 주시하고 있었다.

"자네만은 내 뜻을 헤아려줄 줄 알았는데. 나를 그리 모르나? 우형이 주군으로 섬기는 걸 보고 어찌 대적할 생각을 품을 수 있었는지…… 자네의 경솔함에 적잖게 실망했네."

"혀…… 형님."

무극검왕은 등을 돌렸다. 그들 세 사람과 더 이상의 대화는 무의미했기 때문이다. 서로 뜻이, 갈 길이 다름이 확실해진 사람들끼리 무슨 얘기를 더 주고받겠는가. 결과적으로 홀로 검황을 따르게 된 무극검왕은 뼛속까지 시린 고독감을 지금 이 순간 느끼고 있었다. 종종 충돌도 있었지만 평생 같은 곳을 바라보며 함께 해왔던 동지들과 갈라서는 순간의 비애감은 이루 말할 수 없이 큰 것이었다.

무극검왕마저 그곳을 떠났다. 그제야 세 검왕들은 지혈을 했다. 살아남은 사람은 어떻게든 살아가야 했다. 뇌풍검왕은 죽음 대신 팔 하나를 잘라 징계를 대신한 검황이 두렵긴 했지만 자비를 베풀어줘 고맙다는 생각 따위는 들지 않았다. 그렇다고 원망하는 마음이 생기지도 않았다. 당장은 그저 모든 게 허망할 따름이었다.

빙백검왕은 깊은 한숨을 토해냈다.

"우리가 어리석었소. 하늘을 눈앞에 두고서 하늘인 줄도 몰라봤으니. 무공에는 끝이란 것이 없는가 보구려. 아예 차원이 다른 강자를 만나게 될 날이 올 줄 누가 알았겠소. 변명의 여지가 없는 완벽한 패배요."

빙백검왕의 허심탄회한 술회에 구룡검왕도 동의했다.

"무엇보다 진기의 흐름을 방해하던 그 알 수 없는 힘부터가 속수무책이오. 거기에 대한 대책이 없는 한 검황은 넘볼 수 없는 무적자임에 틀림없소. 아무것도 못해보고 이렇게 허망하게 패배하다니. 꿈에서조차 다시 겪고 싶지 않은 끔찍한 악몽이구려.”

뇌풍검왕은 생각이 조금 다른 눈치였다.

“그가 특별하다고 여기는 순간 그건 사실과 별개로 진실이 돼 버리오. 그런 생각을 품고 그를 넘어서길 기대하는 건 어리석은 일, 생을 마감할 때까지 그 근방에 도달할 수도 없을 것이오. 패배자와 겁쟁이들의 공통적인 특징이지. 살 만큼 산 인생, 무엇이 두렵겠소. 노부는 끝까지 가보리다. 그가 머물고 있는 곳에 반드시 노부 또한 가보고야 말겠소. 그런 경지가 없다면 모를까 내 눈으로 직접 본 이상 반드시, 반드시 성취하고야 말겠소. 오늘의 굴욕적인 참패를 돌려줄 날이 언젠가는 오리라 믿소.”

위풍당당하던 기개는 사라지고 초라한 모습이긴 했지만 뇌풍검왕의 눈빛 속에는 여전히 두 검왕과 색채가 다른 야심의 기운이 도사리고 있었다. 그가 품어온 최고를 향한 일념은 이런 충격적인 사건을 겪으면서도 사그라지지 않았던 것이다.

빙백검왕은 우려의 빛을 지우지 못했다.

“사람마다 생각이 다 같을 순 없으니깐. 오늘의 도전은 검왕으로 산 지난 인생에 대한 확인이었을 뿐 진실로 검황을 대적할 의도는 없었소. 당신 뜻대로 남은 생을 살아가는 거야 자유겠지만 우리까지 끌어들이진 마시오. 마지막 순간까지 추해지고 싶은 마음은 없소. 전대 검황의 저주에 시달리며 번민하고 싶지도 않소. 그분이 우리에게 새 삶을 준 건 부인할 수 없

는 사실이고 우리가 시종을 자처한 것도 결코 지워버릴 수 없
는 진실이니."
　똑같이 왼쪽 팔꿈치부터 잘려나간 세 검왕은 그 자리서 헤
어졌다. 각기 다른 생각들을 품고서.

제2장
뜻밖의 초대

휘륜이 달라졌다는 사실을 주변 사람들은 알아채지 못했다. 확실치는 않지만 분위기가 다소 무거워졌단 느낌을 받은 사람도 있지만 고개를 한 번 갸우뚱거리고는 대수롭지 않게 여기고 넘어갔다. 휘륜은 자신의 기억이 완전히 회복되었다는 사실을 주변 지인들에게 알리지 않았다. 휘륜은 알릴 것인가 말 것인가를 두고 고민하지 않았다. 만약 그 사실을 알렸다면 지인들에게도 적잖은 충격이겠지만 본인이 느낄 어색함도 만만치 않았을 것이다.

참으로 이상한 일이었다. 본래의 자신을 잃어버리고 새로운 사람으로 잠시 살았던 그 순간의 기억들은 현재의 휘륜에게

도무지 이해할 수 없는 동떨어진 생경함을 줬다. 자신 안에 스스로도 모르는 또 다른 자신이 숨어 있다가 마침 기회를 노려 온갖 사고를 치고 다닌 것 같았다. 그 낯 뜨거운, 짧지도 길지도 않은 세월을 머리로 가슴으로 되짚어 보다가 휘륜은 한 가지 사실을 깨닫게 되었다. 또 하나의 그는 솔직했다. 화가 나면 화를 내고 기쁘면 웃었다. 좋은 건 좋다하고 싫은 건 쳐다보지도 않았다. 허나 비이성적이라 단언하기도 어려운 것이 또 하나의 그는 새로 알게 된 지인들에게 해가 될까 봐 결정적인 순간에는 참을 줄도 알았다는 사실이다. 감성에 의지한 직관적인 판단과 돌출 행동이 빈번하긴 했지만 새로운 삶을 살았던 자신이 현재의 기준으로 되짚어 보아도 크게 공도에 어긋나거나 잘못된 건 없었다. 그럼에도 지금 휘륜이 골치가 아픈 건 사실이었다.

설리.

지난 삶의 휘륜에게 여자란, 비참하게 돌아가신 생모를 제외하고는 존재하지 않았다. 방으로 돌아와 제 침상에 걸터앉은 순간부터 휘륜은 생애 한 번도 경험해보지 못한 묘한 감정의 기복을 깨닫고 내심으로 적잖게 당황했다.

늦게 방으로 돌아온 휘륜에게 재잘거리는, 새처럼 시끄럽게 떠드는 여자아이는 유난히 흑백이 선명한 눈동자를 가지고 있었다. 반짝거리는 그 눈빛은 매 순간 새로운 함정을 만들어 가 둬버리는 재주가 있는 것 같았다. 바라보는 이를 넋 놓게 만드는 마력적인 이끌림은 휘륜 같은 사람마저도 설레게 만들었다. 세상의 순수함과 고결함을 모조리 모아놓은 것 같은 그 눈길 앞에서 휘륜은 차마 고개를 돌리지 못했다. 내심 휘륜은 인정할 수밖에 없었다.

'이래서 내가 그토록 끌렸던 거구나. 이 아이는 가지고 있는 상처들에 비해 너무도 맑고 깨끗한 성품을 지니고 있다. 흠없는 완벽한 겉모습보다도 속사람이 더 아름다운 아이다.'

두근두근하던 심장은 어느새 안정이 되고 깊은 산 속에서 시작된 샘물을 따라 졸졸졸 흘러가는 물줄기에 실려 흐르는 풀잎과도 같이 휘륜은 지금 이 순간 어떤 편견도 선입견도 가지지 않고 그저 느껴지는 그대로 받아들이기로 했다.

휘륜이 기억을 회복했다는 사실을 선행자들에게 듣고 한달음에 달려온 이가 있었다. 옥불이었다. 정도련의 초대 련주가 되었으니 눈코 뜰 새 없이 바쁠 텐데도 산적한 공무를 미뤄두고 달려온 것이다. 휘륜은 옥불이 온 순간 헛소리를 해서 산통을 깨 놓을까 싶어 얼른 그를 끌고 밖으로 나갔다.

사람들의 이목을 피하기에 가장 좋은 장소는 오히려 정도련 내부였다. 그렇지 않아도 옥불 역시 휘륜과 긴히 할 애기가 있었는데 잘 되었다 싶었던지 그를 자신의 처소로 인도해갔다. 어제까지만 해도 뭔가 어수선하고 정리가 안 돼 있는 느낌을 받았는데 그새 달라져 있었다. 정도련 전체에 감도는 비장하게까지 느껴지는 긴장감은 거기 머물고 있는 사람들이 현 무림 정세를 얼마나 심각하게 여기고 받아들이고 있는지를 알게 해주는 대목이었다.

철통 같은 삼엄한 경비망도 허점이 없어 보였다. 어지간한 고수가 아니면 몇 발자국을 움직이기도 전에 시야에 포착될 정도로 촘촘하게 경비망이 갖춰져 있었다. 경비 무사들의 동선과 위치를 정해준 사람이 누군지 모르지만 아마도 매우 유능한 사람일 거라는 생각을 휘륜은 잠시 했다.

옥불이 집무실로 사용하고 있는 방으로 와보니 책상 위에 가득 쌓인 서류 더미가 먼저 눈에 띄었다. 그것만으로 현재 옥불이 겪고 있을 참상을 짐작할 수 있었다. 그걸 보자마자 휘륜의 입에서 절로 한 마디가 터져 나왔다.

"이 산더미를 보고 나니 정도련이 큰 조직이라는 게 실감 나는군. 이걸 다 보려면 족히 열흘은 걸리겠는걸."

옥불은 자리에 앉자마자 서류 더미를 한쪽으로 밀어놓고서는 깍지 낀 두 손을 그 위에 올려놓고 까닥거리며 손장난을 했다.

"우선 축하한다. 먼 길 떠났다 돌아온 소감이 어때?"

"글쎄…… 나름 정겨운 나날인 것 같고 다시 오지 않을 달콤한 시절을 방해한 건 분명한 사실이니 좀 미안하긴 하군. 내가 언제 또다시 이런 아늑한 평안을 누려볼 수 있겠어."

"하하. 잠시 휴가를 보냈다고 생각하게. 자 그럼 이제야 제대로 된 검황과 대화를 나눠볼 수 있겠군."

휘륜은 자리에 앉자마자 옥불을 당황케 만들었다.

"너는 큰 실수를 했다. 해서는 안 될 치명적인."

뜻밖의 말에 옥불은 다소 어리둥절해져 있었다.

"내가 무슨 실수를 했다고 처음부터 면박을 주지?"

"천선부의 장령과 천선 오로, 그리고 천선부의 수행자들은 나와 마찬가지로 무림의 표면에 드러나서는 안 된다. 넌 끝까지 정도련의 련주직을 거절했어야 했다."

옥불은 억울했다.

"이, 이게 다 누구 때문인지 정말 몰라서 하는 소리냐. 다 너 때문이잖아."

"핑계 댈 거 없다. 변명해도 실책은 실책이니."

"젠장."

"누구 생각인지 모르지만…… 천선부가 무림으로 나온 건 실수인 것 같다. 최악의 상황, 즉 내게 문제가 생기면 마지막 보루는 천선부뿐이다. 천선부의 수행자들이 사람들 눈에 띄기 시작하면 장차 마교의 표적이 될 날도 멀지 않았다. 천선부는 실체가 드러나지 않을 때 마교에게 부담이 될 뿐 드러나 있는 천선부는 아무것도 아니다."

"나는 생각이 좀 다르다. 지금은 그런 걸 따질 때가 지났다고 본다. 확인해 본 결과 우리 우려보다 상황은 더 심각했다. 이대로 국면이 종료될 수도 있는 위기 상황이야. 너는 현재의 마교에 대해서 아는 게 너무 없어. 좀 더 확실한 걸 알아보고

난 후에 얘기해주려고 언급을 삼갔는데 이제 그럴 필요가 없
어졌다.”

옥불은 자리에서 일어나서 집무실을 서성거리기 시작했다.
내심의 초조함이 그의 행동과 표정에 그대로 담겨 있었다.

“저들과 우리의 입장이 달라졌어. 예전 마교의 도발이라고
해봐야 그리 심각할 정도는 아니었지. 저들은 확실한 승산이
없는 싸움에 전부를 걸 생각이 없었고 무엇보다 검황이라는
필생의 천적 때문에 중원에 나오길 꺼려했지. 그런데 이제는
저들이 그러질 않는다. 검황은 이제 더 이상 자신들의 적수가
아니라고 생각하고 있고 또 그것이 사실이다.”

옥불은 휘륜을 똑바로 직시했다.

“너는 인정하기 힘들겠지만 이제 확실해졌다. 너와 나, 그
리고 천선부가 힘을 합한다 해도 이 싸움에 과연 승산이 있을
지 미지수다.”

휘륜의 검미가 꿈틀거렸다. 확실히 불쾌한 말이 아닐 수 없
었다.

“아주 제멋대로군.”

“너도 천선 오로 중에 한 분인 홍타어르신을 알 거야.”

휘륜은 의외라는 눈빛이었다.

“그분마저 세상으로 나왔나?”

“물론. 내가 천선부의 장령이란 중책을 맡고 있지만 실상
홍타어르신이 안 계셨다면 선행자들을 결집시키는 건 불가능

했겠지.”

휘륜에게 홍타란 노인은 천선부 사람들 중 가장 익숙한 인물이기도 했다. 현재 생존해 있는 천선부의 선행자들 중 최연장자이기도 했으며 과거 휘륜의 사부와도 곧잘 어울려 지내곤 했기 때문에 낯이 익었다. 천선 오로 중 우두머리임에도 불구하고 검황과의 연락책을 자임했으며 그 때문에 휘륜의 어린 시절에도 적잖은 영향을 미친 사람이었다. 지금껏 살아오면서 한 사람에게서 그토록 여러 가지 면모를 발견한 적도 없었다. 그는 알면 알수록 모를 사람이었다. 세상의 근심을 혼자 진 듯 암울함의 끝을 보여주는가 하면 악인을 처단할 때는 그 자신이 악귀가 아닌가 싶을 정도로 잔혹한 심성도 엿보였다. 어린 휘륜에게는 자상하게 대하는 편이었지만 천선부의 젊은 수행자들을 대하는 태도를 보면 냉혈한이라 단정 지을 수밖에 없을 정도였다.

홍타(紅駝)라는 명칭은 천선 오로들 사이에서 불리는 별명이었다. 그의 본래 이름이 무엇인지, 그런 게 있기나 한지조차 확실치 않았다. 붉은 곱사등이라는 별명이 붙은 건 전적으로 그의 외모 때문이었다. 그의 드러난 피부는 홍시처럼 붉었다. 등이 툭 튀어나온 꼽추 늙은이에 대해서 가장 잘 알고 있는 천선 오로의 나머지 네 사람에게 홍타에 대해 설명하라고 하면 고개부터 젓고 만다.

“홍타어르신께서 자진해 마교를 정탐하러 가셨다. 그리

고…… 절망적인 소식을 가지고 돌아오셨다. 어르신! 어르신 여기 계십니까?”

옥불이 주변을 돌아보며 하는 소리에 휘륜이 설마 이곳에 홍타가 있는가 싶어 어안이 벙벙해졌다.

‘하긴 그라면 귀신도 속일 수 있을 테니.’

휘륜은 묵묵히 기다렸다. 주변의 미세한 기운을 포착해보았지만 허사였다. 그가 움직이지 않고 한곳에 가만 멈춰 있다면 휘륜의 능력으로도 그를 발견해내는 일은 쉽지 않았다. 바로 그때였다. 휘륜은 자신의 배후 일 장 정도 떨어진 곳에서 돌발적인 기운이 꿈틀거리는 걸 감지하고 긴장을 늦추지 않았다. 이내 날카로움은 덜어내고 부드러운 기운으로 바뀌더니 제 옆에 한 사람이 불쑥 나타나는 것이었다. 홍타였다.

사람 얼굴이 저토록 붉을 수 있다는 것도 참으로 이해하기 어려운 일일 것이다. 허리를 쭉 펼칠 수 있다면 꽤나 거구일 것 같은 작지 않은 체구에 회색빛 장포가 바닥을 질질 끌고 있었고 역시 회색인 산발한 머리칼이 얼굴의 절반 이상을 가리고 있었다. 그 사이로 빛나는 눈빛은 한 번 본 사람이라면 절대로 잊을 수 없을 정도로 암울하게 가라앉아 있었다. 옥불과 휘륜이 동시에 자리에서 일어섰다. 휘륜이 이처럼 예의를 갖추는 경우는 매우 드문 일이었다. 홍타와 휘륜의 시선이 마주쳤다. 한겨울 서릿발 같은 눈빛 속에 잠시 따스한 기운이 맴돌다 사라졌다. 자리에 앉은 홍타의 첫마디가 이랬다.

"다 컸구나."

"오랜만에 뵙습니다."

"네 사부가 떠나고 나서부터 못 봤던가?"

"사부께서 가시기 전 이 태 전쯤부터 발길을 끊으셨으니 세월이 꽤 흘렀습니다."

"네 사부가 지금의 널 보았다면 무척 대견해했을 거다."

휘륜은 홍타의 칭찬에도 별 반응을 보이지 않았다. 그저 고개를 한 번 숙여 보였을 따름이다. 마음이 급한 옥불은 태연하게 말을 주고받고 있는 두 사람을 차례로 바라보더니 다급하게 말문을 열었다.

"어르신, 제게 하셨던 말씀을……."

홍타의 붉은 얼굴이 더 붉어졌다.

"그 화급한 성미를 고치라고 누누이 얘기했건만 아직도 그 모양이냐! 네놈이 재촉하지 않아도 때가 되면 어련히 하지 않을까. 그리 조급한 마음을 갖고 어찌 천선부를 이끌어갈는지 쯧쯧."

느닷없는 홍타의 꾸지람에 옥불은 겸연쩍어했다. 다른 선행자들은 나이가 어려도 장령이라고 깍듯하게 대접을 해주는 편인데 홍타만은 예외였다. 그의 눈에 옥불은 예나 지금이나 철부지 어린아이로 보일 뿐이었다. 그래서 늘 부족하고 단점이 보였으며 그 때문에 곧잘 꾸지람을 들어야만 했다.

홍타는 언제 그랬나 싶게 휘륜에게로 관심을 돌리더니 천천히 입을 열기 시작했다.

"마교에 갔었다."

다른 곳도 아닌 마교에 갔었다는 소리를 저리 태연하게 할 수 있는 사람은 아마 하늘 아래 그밖에 없을 듯싶었다. 휘륜은 별반 놀라지도 않고 침착하게 되물었다.

"거기서 무엇을 보셨습니까?"

"전부."

"별 탈 없이 돌아오셨으니 다행이로군요."

"탈이 날 뻔했지. 결론부터 애기하자면 현재의 마교는 우리가 알고 있던 마교가 아니다."

홍타는 눈까지 지그시 감고 잠시 생각에 잠겨 있었다. 자신이 보았던 그 끔찍한 참상들을 다시 떠올리는 것만으로도 고통스러웠다. 그 고통은 예견된 앞날에 대한 고뇌 때문이기도 했다.

"마교 역사를 거슬러 올라가 봐도 이전에도 없었고 앞으로도 결단코 출현하지 않을 것 같은 절대자가 등장했다. 마교의 적통을 이어오던 교주들은 절대자 앞에서 충성을 맹세하고 비참한 신세로 전락했지만 아무 내색조차 하지 못하고 있었다. 그 앞에서 모든 마교도들은 버러지나 다름없었다."

휘륜은 긴장했다. 얼마나 대단한 사람이기에 저리도 서두를 충격적으로 장식하나 싶었다. 홍타가 깊은 인상을 받은 것만은 확실해 보였다. 마교 역사에 전무후무한 절대자의 권좌를 차지한 사람이 홍타의 입을 통해 처음 밝혀지려하고 있었다.

"그가 누굽니까?"

"우선은 이 늙은이와 한 가지 약속부터 해라."

"약속이라니요? 무슨 약속을 하라는 거죠?"

"내 얘기를 듣고 어떤 경우든 결코 경거망동하지 않겠다고."

"필생의 적수인 마교를 상대함에 있어 신중해야 한다는 사실은 어르신께서 당부하지 않아도 당연한 일입니다."

"좋다. 그럼 널 믿고 얘기하마. 마교의 교주들 위에 군림하고 있는 절대자가 마교 내에 있다는 사실을 알게 됐고 나는 더 상세한 정보를 얻기 위해 모험을 했다. 별다른 성과가 없자 위험을 무릅쓰고서라도 좀 더 접근해보기로 했지. 신중하게만 처신하면 발각당하지는 않을 거라 자신했는데 웬걸…… 지척에 이르기도 전에 발각되고 말았다."

휘륜은 홍타가 얼마나 긴장했을지 짐작이 갔다. 조금 전에도 보았듯 홍타가 자신을 드러내지 않을 삭성을 하면 휘륜이라도 찾아내기 힘들었다. 그런 홍타가 발각되었다는 사실 하나만으로도 휘륜은 적잖은 충격을 받았다.

"그 순간 나는 도주해야겠다고 마음먹었다. 그런데 그럴 수가 없었다. 그자는 내 상상을 훨씬 상회하는 불가해한 존재였다. 나는 아무것도 못 해보고 꼼짝없이 사로잡히고 말았지. 내가 어떤 수법에 당했는지도 모른 채 말이다."

휘륜의 숨소리는 절로 거칠어졌다.

"이제 죽었구나, 라고 체념하고 있는데 그자는 오히려 흥미롭다는 듯 나를 쳐다보더군. 그러더니 반갑다며 아는 체를 하는 거야. 처음에는 의아했지만 시간이 지나며 나는 그자가 누군지를 기억해내고 말았다."

옥불은 제게도 하지 않은 얘기가 나오자 긴장하는 기색이었다. 옥불은 입안에 고인 침을 소리 나게 꿀꺽 삼킨 후에 다급하게 물었다.

"그가 누구였습니까?"

"그는 바로 다름 아닌 검계의 검주였다."

옥불뿐만이 아니었다. 휘륜도 쇠망치로 얻어맞은 사람처럼 얼이 빠져 있었다. 이게 무슨 허파 뒤집어 까는 소리란 말인가? 납득이 안 되는 말에 한동안 멍해져 있는 휘륜 대신 옥불이 혼이 빠진 사람처럼 중얼거렸다.

"검계 검주가 마교에 투신을 하다니…… 그 거짓말 같은 말씀이 진정 사실입니까?"

홍타는 오해의 소지가 있을지 몰라 고쳐 말했다.

"정확하게 해두자면 그는 전대의 검계 검주였다. 두 명의 검주 중 남파의 우두머리인 증지산(曾智山)이란 사람이지. 그가 마교에 투신했다는 소리는 잘못됐다. 그가 마교를 자기 것으로 만들었다는 게 정확한 표현이겠지."

잠시 멍해져 있던 휘륜이 정신을 수습하고 침착하게 질문했다.

“남파의 검주였던 사람이 마교에는 왜 가 있으며 거기서 무엇을 하고 있단 말입니까?”

“나도 처음에는 믿고 싶지 않았다. 우리에게는 죽었다고 알려져 있던 그 사람이 멀쩡히 살아 있는 것도 놀라운데 마교의 우두머리가 돼 있으니 그 사실을 어찌 받아들여야 할지 곤혹스럽더군. 충격을 받은 내게 그자는 연이어 그보다 더 심한 충격을 주더군. 내가 그곳에서 머물면서 보고 들은 얘기들은 충격의 연속이었다. 그는 역대 검계 검주들 중 현재 북파 검주인 휘야겸과 함께 다섯 손가락에 꼽힐 만큼 걸출한 검의 귀재였다. 그가 검주로 있던 시절은 남파가 북파를 압도했을 만큼 뛰어난 영도력을 발휘하기도 했었지. 그랬던 그가 어떤 연유로 마교까지 가게 되었는지는 나도 들은 바가 없다. 거기까지는 얘기해주지 않더군. 하지만 한 가지 확실한 건 있다. 그는 더 이상 예전의 지혜롭고 자애롭던, 검계가 자랑하던 존경받는 검주가 아니라는 사실과 현재의 그는 그 누구와도 비교할 수 없는, 무공에 있어서만은 절대자라고 불려도 손색이 없다는 사실이다. 그는 광인처럼 보일 때도 있었고 지혜로운 현자처럼 여겨질 때도 있었다. 종잡을 수 없는 사람이었다.”

검계의 사정에 대해서 휘륜도 대충은 들어 알고 있었다. 증지산이란 이름 역시 확실하진 않지만 사부께서 몇 번 언급하신 적이 있었던 것 같다. 검계의 지고무상한 검주가 마교의 절대권자로 화해 있다는 사실은 서로 어울릴 수 없는 물과 기름이 하나가 되었다는 것만큼이나 받아들이기 힘든 사건이었다. 어떤 말 못할 사정이 있었다 해도 결단코 용납될 수 없는 사건이 벌어진 것만은 분명했다. 검계의 사람들이 이 사실을 알게 된다면 과연 어떤 반응을 보일까? 확실치는 않지만 마교에 대한 검계의 증오심을 감안한다면 계율을 파기하는 한이 있어도 당장 마교의 씨를 말리겠다고 몰려나올 가능성도 배제할 수 없었다.

'혹시 검계의 현 검주들은 이 사실을 진작부터 알고 있던 게 아닐까. 과연 그들 사이에 무슨 일이 있었던 걸까? 무슨 피치 못할 사정이 있었기에 검황인 내가 이런 소식을 뒤늦게 들어야 한단 말인가. 검계에 이탈자가 발생하면 그 즉시 검계는 내게 그 사실을 통보해야 한다. 그런 가장 기본적인 원칙마저 어기다니…… 이는 절대 용납할 수 없는 일이다.'

자신이 감지하지 못했던 거대한 암류가 보이지 않는 곳에서부터 시작해 서서히 자신을 향해 옥죄어오고 있었다는 께름칙함이 휘륜을 잠시 어지럽게 만들었다. 휘륜은 냉정을 되찾으며 낮고 빠른 어조로 물었다.

"어르신께서 서두에 미리 약조하라고 하셨던 건 무엇입니까?"

휘륜이 옥불과 달리 금세 침착함을 되찾는 걸 보고 홍타는 내심으로 감탄하지 않을 수 없었다.

"그가 나를 살려둔 이유는 자신에게 전혀 위협이 안 되기 때문이 첫 번째였고 두 번째는 나를 보내 네게 소식을 전하기 위함이었다. 일단 말은 그렇게 하지만 과연 그 속에 어떤 생각이 똬리 틀고 있는지는 나도 알 수 없었다. 나는 여기 오는 내내 과연 이 말을 전해야 하는지를 두고 수천 번은 더 고민을 거듭했다. 막상 너를 대면하고 보니 며칠간의 내 고민이 하잘 것 없이 여겨지는구나. 너는 당대의 검황이고 어디까지나 선택은 네가 하는 것이지 미리 예단해 숨기거나 있는 그대로를 전하지 않는 건 주제넘은 짓 같구나. 놀라운 일이긴 하지만…… 그가 널 초청했다."

초청이란 단어가 이처럼 적절하지 않게 들리는 경우도 드물 것이다. 심각해져 있던 휘륜마저 피식 웃고 말았다. 옥불은 한 술 더 떴다.

"아니, 그 사람 제정신입니까? 마교를 장기판의 졸로 여긴다는 사람이 검황이 운명적으로 제 필생의 적수가 될 것을 모르지는 않을 테고 대체 무슨 생각으로 그런 허세를 부린다는 겁니까? 그리고 멀쩡한 정신을 지닌 사람이면 어떤 함정이 도사리고 있을 줄 알고 그 호랑이굴로 자진해서 걸어 들어간답니까?"

옥불은 흥분해서 저도 모르게 말을 쏟아놓고는 습관처럼 슬쩍 홍타의 눈치를 살피느라 곁눈질했다. 옥불의 말이 틀리지 않아서인지 이번에는 홍타도 잠자코 있었다. 홍타도 거기에 대한 제 견해를 덧붙였다.

"나도 네가 그의 제안을 거절하리라 믿는다. 그는 다른 흑심을 품고 있다. 서로의 심장을 겨누기 전에 진솔한 만남과 대화를 나누길 희망한다고 했지만 다른 계획을 세우고 있는 것처럼 보였다."

그때 옥불의 머리를 번개처럼 스치는 생각이 있었다.

"혹시 중지산이란 사람은 휘륜을 수하로 거두기라도 하겠다는 걸까요?"

의외로 홍타는 부정하지 않았다.

"그 비슷한 거라고 본다. 수하가 아닌…… 그는 널 후계자로 미리 점찍어 놓은 것 같았다. 마교의 교주들마저 하찮게 여길 정도로 그는 오만하고 완벽을 추구하는 사람이지만 유독 검황에 대해서만은 지극한 호기심과 더불어 뭐랄까…… 호감이라고 여겨질 정도로 관대하다는 느낌마저 들었다. 그는 검황을 이 땅의 가장 위대한 무맥이라고 입버릇처럼 말하곤 했었다. 그건 아마도 검주 시절부터 지니고 있던 관점이 반영된 탓이겠지. 검황을 제 과업의 후계자로 삼는다는 건 그에게 가장 완벽한 성공을 의미하는 것이니깐."

옥불은 제가 결정을 내려야 할 당사자도 아닌데 코웃음을 치며 흥분했다.

"꿈도 야무지군요. 어쨌든 그런 원대한 야심을 품었다면 품안에 날아든 검황을 해치진 않겠군요."

"그는 자존감이 강한 사람이다. 그런 일은 없을 거라 짐작되지만…… 내가 걱정하는 건 다른 불안감을 지울 수 없기 때문이다. 그의 초대에 응해 그를 만나고 나서 혹…… 부정적인 결과가 생길까 두렵다."

휘륜의 눈은 잠시 동안 불꽃처럼 화려하게 불타올랐다가 가라앉았다.

"무엇을 걱정하시는 겁니까?"

"상대를 제압하고 혹하게 만드는 묘한 매력을 발산하는 사람이었다. 그의 궤변은 경계 대상이었지만 그 사람 자체에 대한 호감만은 나도 거부할 수 없었다. 그와 지내는 며칠 동안 나는 헤아릴 수 없이 그에게 감탄했다. 마지막 날에는 그의 궤변에 내 생각까지 살짝 흔들리는 걸 느꼈을 정도였다. 그를 떠나 이곳까지 오면서 그가 했던 말이 얼마나 얼토당토않은 궤변인지를 깨달았지만 어지간한 사람은 그를 보고서 감복하고 따르지 않을 재간이 없겠다는 생각이 들더구나. 물론 네게도 나와 같은 일이 벌어진다고 보긴 어렵지만 민에 하나라도 검황인 네가 그의 뜻에 동조하는 사태라도 벌어진다면 그에게 장애란 아무것도 없어진다. 나는 그게 걱정될 뿐이다."

휘륜은 홍타의 우려를 대수롭지 않게 넘길 수 없었다.

'어르신이 이렇게까지 말씀하시는 걸로 봐서 그는 확실히 대단한 사람임에는 틀림없을 것이다.'

휘륜의 신념이 담긴 한 마디가 홍타의 귓가를 울렸다.

"그의 초대에 응해야 할지 말지는 아직 결정 못 내렸지만…… 설사 상황이 어찌 달라진다 해도 내 자신이 검황이라는 사실만은 변하지 않습니다. 그러니 너무 심려 마십시오. 하늘이 두 쪽 나도 그런 일은 없을 것입니다."

"그래, 그래. 네가 알아서 현명하게 잘 처신 하겠지."

그리 수긍은 하고 넘어갔지만 홍타의 우려를 단번에 씻어줄 순 없었다.

휘륜은 마음에 품고 있던 의문을 해결하고 싶었다.

"그의 무공 기반은 검계에서 완성된 것으로 보였습니까?"

"그걸 모르겠다. 검계의 것으로 보기도 어려웠고 마교의 마공이라 여기기에도 석연찮았다. 직접 겪어본 것이라고 해봤자 단편적인 것뿐이라 판단을 내릴 근거로는 미약하다만 내 짐작에는 검계의 검학을 기반으로 삼고 있으나 전혀 다른 성질로 보였다."

"직접 몸으로 부딪혀 보기 전에는 모르겠군요."

"……그의 초대에 응할 작정이냐?"

"아직은 잘 모르겠습니다. 하지만 그가 그토록 원한다면 칼을 맞대기 전에 한 번쯤 만나 보는 것도 나쁘진 않을 것 같군요. 적에 대한 정보는 많으면 많을수록 좋습니다."

말을 중단하고 잠시 생각에 잠겨 있던 휘륜이 다시 입을 열었다.

"검계로 사자를 보내 공식적인 저들의 답변을 들어보는 게 좋겠습니다. 검계가 이 사실을 진작부터 알고 있었는지 아닌 지는 지금 상황에서 무척 중요한 일입니다. 만약 모르고 있었 다면 증지산이 검계를 왜 벗어났고, 왜 그때 그 사실을 알리지 않았는지 추궁해야 할 것 같습니다."

"그리 조치하마. 선행자 중에 적임자를 골라 보내도록 하겠 다. 과연 어떤 소식을 듣고 올지 나 또한 매우 궁금하구나. 만 약 네 우려처럼 검계와 증지산의 연결 고리가 지금까지도 이 어지고 있다면 우리가 처한 상황은 더 절망적이다. 만약 그렇 게 밝혀지면 어찌할 거냐?"

휘륜은 지체하지 않고 단호하게 대답했다.

"그때는 검계 역시 대가를 치러야지요. 변명은 통하지 않습 니다. 신의를 저버리고 계율을 위반한 대가는 오직 목숨으로 만 대신할 수 있습니다."

홍타는 한층 어두워진 안색으로 고개를 흔들었다.

두 사람 사이에 더 많은 얘기들이 오가고 시간은 점차 새벽 을 향해 치달리고 있었다. 그리고 더 이상 할 얘기가 남지 않 은 휘륜이 돌아가려고 일어서는 찰나에 홍타의 마지막 당부가 이어졌다.

"나는 거기서 생각지도 못했던 놈을 하나 보게 되었다. 천 선부가 탄생시킨 희대의 망나니 한 놈이 있는데 그놈을 거기 서 보았다. 그놈이 거기까지 흘러가 증지산의 수족 노릇을 하 고 있더구나. 너는 기회가 된다면 그놈을 반드시 죽여다오. 절대 살려둬서는 안 될 놈이다. 이름은 뇌호륵이라고 하며 이마 가운데에 대추알만 한 붉은 점이 있으니 알아보긴 쉬울 것이다.”

홍타의 증오심 가득한 말에 휘륜은 어리둥절해졌지만 굳이 더는 묻지 않고 그 자리를 떠났다. 휘륜이 사라지고 나자 옥불이 조심스럽게 물었다.

“뇌호륵이라면 섭장로님의 애제자였다던 바로 그 패륜아 아닙니까?”

홍타는 말없이 눈을 감고 미약하게 고개만 끄덕거렸다.

“그 반도가 거기 있었습니까? 놀라운 일이군요.”

“왜 아니겠느냐. 천하에 다시없을 악종 놈이 혹 증지산을 만나 날개를 단 것이 아닌가 싶어 심히 우려되는구나.”

“휘륜이 과연 증지산을 감당할 수 있을 것 같습니까?”

옥불에게 이 순간 그것보다 더 중요한 것은 없었다.

“글쎄다. 두 사람은 직접 겨뤄보기 전에는 누구도 승부를 장담할 수 없는 초강자들이다. 증지산은 하늘을 덮고도 남을 인물이었고 그 능력의 끝을 도저히 헤아릴 수 없었다. 그에 비해 륜이는 아직 덜 완성돼 있는 느낌을 받긴 했다만…… 내심 기대하는 바가 있다. 검황에게는 실력 그 이상의 무언가가 있다. 적어도 사람을 죽이는 능력에 있어서 하늘 아래 검황을 능가할 사람은 없다. 그것이 과연 증지산에게도 통할지는 미지수다만 기대는 해봐야지.”

　두 사람의 우려와 탄식이 깊어가는 새벽에 정도련 내의 다른 곳에서도 한숨 소리가 그칠 줄 몰랐다.

　세 검왕이 팔이 잘려 돌아왔으니 발칵 뒤집힌 것은 당연했다. 정파 최고의 고수들이라는 검왕들 셋이 한꺼번에 저 지경이 되어 돌아왔으니 왜 안 그럴까. 세 검왕의 제자들뿐만 아니라 직접적인 연관이 있는 세 가문의 직계들은 난리법석을 떨진 않았지만 모여서 잠도 잊고 탄식만 이어가고 있었다. 더 답답한 건 세 사람이 약속이라도 한 듯 어디서 어떤 무리에게 이런 변고를 당했는지조차 말해주지 않는다는 사실이었다. 아무도 이 일이 한 사람에 의해 자행된 일이라고 짐작조차 못 했다.

　빙백검왕과 구룡검왕은 몰려와 있는 측근들을 물리고 혼자 제 처소에 남아 오지 않는 잠을 억지로 청했다. 그에 반해 뇌풍검왕은 직계 혈족들만 불러 모아 아침을 맞도록 긴 얘기를 나눴다. 그들 사이에 어떤 얘기가 오갔는지 모르지만 뇌풍검왕의 처소를 나오는 이들의 얼굴에 저마다 비장한 긱오가 서려 있는 것만은 동일했다. 일부는 괴로워하는 기색마저 보였다.

*　　*　　*

　아침 이른 시각, 휘륜은 일어나자마자 뒤뜰로 갔다. 거기엔 휘륜이 기억을 잃어버린 시간 동안 심사가 복잡할 때마다 패 놓은 장작들이 수북하게 쌓여 있었다. 나무 등걸에 걸터앉은 휘륜은 맑은 하늘을 잠시 올려다봤다. 어디로 향하는지 모를 한 떼의 새무리가 열을 맞춰 날아가고 있었다. 그때 갑자기 바람이 불었다. 머리칼을 스치며 지나가는 바람이 싱그럽다. 휘륜은 잠에서 깨고 나자 좋든 싫든 아직 잠들어 있는 설리의 얼굴을 보게 되었다. 아기처럼 쌔근거리며 자고 있는 순수한 그 얼굴을 잠시 보고 있자니 온갖 번뇌가 일어나 마음을 심란하게 만들었다. 휘륜은 절로 얼굴을 찌푸렸다.

'설리의 얼굴을 보고 있으면 마음이 따뜻해지고 잡다한 세상사마저 어느 순간 잊어버리게 된다. 이 아름다운 미소를 지켜주고 싶다, 그런 생각이 드는 건 어쩔 도리가 없구나. 불현듯 평범한 일상의 행복을 나도 누려보고 싶다는 욕심을 자꾸만 가지게 되는구나. 이런 감정의 변화는 나 같은 사람에겐 지극히 위험천만한 것이다. 나도 모르는 사이에 나약해지고 종내에는 이로 인해 큰 약점을 가지게 될 것이다. 애초에 가지 말았어야 할 길에 들어서 버렸다.'

휘륜은 복잡한 상념을 떨쳐내며 자리에서 일어났다.

제3장
수상한 미행자

세 사람이 대문을 나서고 있었다. 휘륜과 무극검왕, 그리고 휘륜의 스승인 만취공이었다. 만취공은 아직 잠이 덜 깼는지 쏟아지는 햇살을 손바닥으로 가리며 인상을 썼다.

"아니, 이 녀석이 대체 꼭두새벽부터 어딜 가자고 보재는 거야."

휘륜의 손에 이끌려오면서 만취공은 연신 불만을 토해놓고 있었다.

"가보시면 압니다."

"어허 그 녀석 참……."

늙으면 잠이 없어진다는데 그런 점에서 보자면 만취공은 예외의 경우에 해당한다. 제남으로 내려오고부터 이른 시간에 잠을 청한 적이 드문 것도 이유가 되겠지만 아침잠이 부쩍 늘었다. 오늘도 새벽녘에 간신히 잠들었는데 이른 아침부터 제자 녀석이 깨웠으니 짜증을 부릴 만도 했다. 그런데 자세히 살펴보면 다소 불만을 털어놓기는 했지만 휘륜의 이런 보챔이 영 싫지는 않은 기색이었다. 세 사람이 당도한 곳은 병기점이었다. 만취공은 의외라는 반응이었다.

"아니, 이곳은 네 칼을 산 곳이거늘. 여긴 왜 또 온 것이야? 혹시…… 그 칼이 마음에 들지 않느냐?"

"아닙니다. 마음에 듭니다."

"그런데 왜 여길 다시 온 게야?"

"검이 한 자루 더 필요합니다."

만취공은 의아했다.

"그래서?"

"제 손으로 사도 되겠지만 전 스승님께서 골라주시고 사주시는 검이 좋습니다."

만취공의 얼굴이 그 순간 활짝 펴졌다. 내색을 하지 않으려고 해도 자꾸만 웃음이 흘러나와 얼굴이 기묘하게 일그러지고 있었다.

"허……허허허. 흠흠. 그래? 그럼 진작 얘기를 하지. 어허, 한번 보자. 어느 것이 좋을까. 이보시오 주인장!"

휘륜의 말은 확실히 만취공을 들뜨게 만들 만했다. 눈에 넣어도 아프지 않을 소중한 제자가 제 도움을 청하고 있지 않은가. 제자에게 별 도움도 안 되는, 도움은커녕 오히려 짐이 되지나 않을까 노심초사하는 스승의 처지는 생각보다 더 쓰리고 아픈 것이었다. 뭐라도 해주고 싶은 마음은 간절한데 제게 휘륜이 원할만한 게 아무것도 없다는 사실이 비참했다.

무인에게 가장 중요한 병기를 제 손으로 장만해주고 싶다는 생각을 그 때문에 만취공이 하게 된 것인데 이번에는 제자 녀석이 직접 요청을 해오고 있으니 이보다 더 기분 좋은 일이 어디 있겠는가. 신이 나서 주인장과 흥정을 하고 있는 사부의 뒷모습을 휘륜은 흐뭇한 시선으로 바라보고 있었다. 주군의 마음을 헤아린 무극검왕은 몇 걸음 뒤에 떨어져 희미한 미소를 지으며 바라보고 있었다. 바로 그때였다.

『철노.』

갑작스런 휘륜의 전음에 무극검왕은 즉각 전음으로 대답했다.

『하명하십시오.』

『아까 집을 나설 때부터 느낀 것인데 아주 께름칙한 꼬리가 하나 따라붙은 것 같다..』

『미행자…… 가 있다는 말씀이십니까?』

『돌아보지는 말고. 네가 선 곳에서 좌측 십오 장 뒤쪽 좌판들이 늘어서 있는 곳을 보면 검은색 장포에 삿갓을 눌러쓴 놈이 오가는 행인들 사이에 몸을 숨기고 이곳을 주시하고 있을 것이다.」

무극검왕은 의문이 들었다. 감히 누가 자신들을 미행할 생각을 한단 말일까. 한편으로는 놀랍기도 했다. 자신은 전혀 별다른 낌새도 느끼지 못했을 정도로 미행자가 여간내기가 아니라는 뜻이었다.

『어찌 처리할까요?』

『지금 즉시 반대쪽으로 돌아가서 그놈의 뒤를 은밀히 따르도록.』

『그리하겠습니다.』

막 떠나려는 무극검왕에게 휘륜은 당부를 잊지 않았다.

『각별히 조심을 해야 한다. 그놈에게서 심상치 않은 냄새가 난다.』

『냄새라시면……..』

『마공을 고도로 수련한 놈 같다. 억제하려고 무던히도 애쓰고 있는 눈치지만 미세하게 흘러나오는 마기가 감지되고 있다. 이놈은 하수가 아니다. 놈의 뒤를 쫓으며 신중에 신중을 기해야 할 것이다.』

『명심하겠습니다.』

무극검왕이 반대쪽을 향해 시야에서 사라져 갈 때까지도 만취공은 병기점의 주인과 흥정하느라 정신이 없었다.

"아니, 은자 마흔 냥이면 너무 과한 것 아니오? 기억하고 있는지 모르지만 멀끔하게 생긴 내 제자 녀석이 차고 있는 저

칼, 저거 보시오, 저 칼. 저것도 여기서 산 거란 말이오. 앞으로도 종종 이용할 테니 어지간하면 서른 냥에 주시오.”

“어이구 어르신. 그건 안 됩니다. 서른 냥이라면 다른 걸 보여 드립지요. 이 검은 저희 병기점에서 그래도 꽤 상품에 속하는 것입니다. 사실 마흔 냥도 싸게 드리는 겁니다.”

“어허 거참, 마음에는 쏙 드는데 너무 비싼 게 흠이네.”

“그만큼 값어치를 하는 것입니다. 병기를 잘 아는 사람한테 물어보시면 싸게 샀다고 다들 부러워할 겁니다. 제가 이 장사만 지금 삼십 년 넘게 해오고 있는데 한 번도 손님에게 바가지를 씌워 본 적이 없습니다. 맹세합니다.”

만취공은 손에 든 검을 이리저리 살펴보더니 입맛을 쩍 다셨다. 은자 마흔 냥이면 만취공의 두 달 치 술값과 얼추 비슷했다. 이걸 사고 나면 당분간은 술 냄새도 맡아서는 안 됐다. 현재 만취공은 딱히 돈벌이를 하는 것도 아니어서 풍족하진 않았다. 제자인 성수신의가 하집사를 통해 가끔씩 손에 쥐여 주는 용돈으로 술을 마셔 왔던 것이다. 그렇지 않아도 믹부에게 술 얻어 마신 적이 많아 체면이 안 서는 처진데 아무리 막역한 사이라 해도 여기서 더 신세를 질 순 없는 노릇이었다. 그동안 틈틈이 모아둔 돈이 은자 쉰 냥쯤 되었다. 현재 허리춤에 차고 있는 전대에 쉰 냥이 있다. 만취공은 주인의 눈길이 제 전대를 슬쩍 스쳐보는 걸 놓치지 않았다.

“어르신. 이것보다 조금 더 좋은 쉰 냥짜리도 있사온데 그것도 보시겠습니까?"

만취공은 혀를 내둘렀다. 우연의 일치겠지만 마치 병기점 주인이 제 전대 속을 꿰뚫어보는 것 같아 께름칙해졌다.

'귀신같은 놈이로세.'

고민하던 만취공은 병기점 안으로 따라 들어온 휘륜을 돌아보며 물었다.

"네가 보기엔 어때 보이냐? 이게 마흔 냥의 가치가 있어 보이느냐?"

휘륜은 흘러나오는 웃음을 참으며 심각한 얼굴로 검을 받아 들었다.

"꽤 좋은 것이긴 한데…… 마흔 냥까지는 과한 것 같습니다."

실제 지금 휘륜이 손에 들고 있는 검은 흔하디흔한 철검에 불과했다. 단지 손잡이에 정성을 쏟은 탓에 고급스러워 보이는 것뿐이었다. 그걸 휘륜이라고 모를 리가 없었다. 여기 들어서는 순간 대충 훑어본 바로는 이곳 병기점에 진열된 검들 중에 쓸 만한 건 하나도 없었다. 지금 휘륜은 보검이나 명검을 원하는 게 아니다. 사부가 사주신 철검 한 자루면 족했다. 만취공의 성격을 감안할 때 싸구려를 사게 되면 그것은 또 그것대로 자존심에 상처가 될 것이다. 그 때문에 일단은 그럴듯해 보이는 것을 골라야 했다. 여러 가지 사항을 고려하면 지금 손에 쥔 검이 적당해 보였다. 그렇지만 마흔 냥이라면 심한 바가

지라 할 수 있었다. 스무 냥 정도면 적당한 가격이고 넉넉하게 쳐줘도 서른 냥을 넘지 않을 것이다. 병기점 주인은 휘륜이 지껄이는 말에 속으로 이놈도 병기 보는 눈이 형편없다고 확신하며 내심 쾌재를 불렀다.

"생기긴 멀쩡하게 생기신 젊은 무사 분께서 병기 보시는 눈은 왜 그리 형편이 없으십니까? 이게 어딜 봐서 마흔 냥도 안 된단 말씀이신지요. 정 비싸다고 생각되면 사지 마십시오. 그보다 싸게는 절대 못 팝니다. 이리 주십시오."

사부의 마음을 흡족하게 해주는 것과 별개로 병기점 주인이 하는 짓이 좀 괘씸했다. 휘륜은 그를 골려줄 심산으로 장난을 쳤다.

"이게 그리 대단한 것이란 말이오?"

"두말하면 잔소리입니다. 병기의 생명은 단단한 재질에 날카로움을 겸해야 합지요. 이 검은 질 좋은 철을 수만 번 담금질해서 만들어진 보기 드문 귀물입니다. 한 번 소리를 들어보십시오."

병기점 주인이 손에 들고 있던 끝이 구부러진 쇠젓가락으로 검의 표면을 소리 나게 쳤더니 맑고 청아한 소리가 나는 대신 둔탁한 쇳소리가 울리는 것이었다. 자기도 다소 당황한 눈치였지만 그는 시침 뚝 떼고 우겼다.

"사람의 심금을 울리는 맑고 청아한 소리가 나지 않습니까?"

"내가 듣기엔 사발 깨지는 소리 같은데."

"어허, 그럼 이리 주십시오. 저도 마음에 안 드는 걸 억지로 떠넘길 생각은 없습니다."

바로 그때 휘륜의 손에서 강기가 흘러나와 검 속으로 주입 됐다. 눈으로 보면서도 믿기 힘든 광경이 벌어지고 있었다.

치지직.

검 끝에서부터 부글부글 끓어오르며 쇳물이 녹기 시작한 것 이다. 그걸 본 병기점 주인은 귀신을 본 사람처럼 화들짝 놀라 며 뒤로 물러섰다. 얼굴이 샛노랗게 변한 것만 보아도 그가 이 순간 얼마나 놀랐는지는 말하지 않아도 알만했다. 병기점에 있던 점원 세 명도 이 믿기 힘든 광경에 하던 일을 멈추고 입 을 쫙 벌리고 있을 따름이었다.

휘륜은 검을 녹여버릴 심산으로 과도한 강기를 주입해놓고 서는 천연덕스럽게 말했다.

"겉모양만 그럴듯했지 실은 속 빈 강정이었군. 이보시오 주 인장. 담금질도 제대로 돼 있지 않은 이런 하품을 고가에 팔려 고 하다니, 당신 이제 보니 아주 못된 사람이었군."

병기점 주인은 눈앞에 있는 사람이 세상에 드문 초고수라는 사실을 알게 되자 태도가 돌변했다.

"아이고 대협 나으리. 눈이 있어도 귀인을 알아보지 못한 점은 백번 잘못했사오나 제가 부득불 가치가 떨어지는 하품을 속여 팔 일이 있겠습니까. 재료비에 인건비까지 따지면 최소

스무 냥은 받아야 동전 한 문이라도 이득이 생깁니다요."

"끝까지 마흔 냥의 값어치가 있다고 우길 셈이로군."

"그건 아니지만…… 죽을죄를 지었습니다."

서슬 퍼런 휘륜의 기세에 주눅 든 병기점 주인은 무릎을 꿇으며 휘륜의 바짓가랑이를 잡고 연신 고개를 조아렸다.

"소인이 과한 욕심을 부렸습니다. 살려 주십시오."

"내가 언제 당신을 죽인다고 했소. 단지 당신이 하는 행태가 도를 넘어서는 것 같아 두고 볼 수 없었을 따름이오. 그럼 이제 제대로 된 것을 가져와 보시오."

휘륜의 눈치를 살피며 몸을 일으킨 주인은 구슬 같은 땀을 뻘뻘 흘리며 말을 더듬거렸다.

"저희 집에는 귀인께서 탐낼 만한 명검은 없사옵니다. 그런 건 제남 전부를 다 뒤져도 몇 자루 안 될 겁니다."

"누가 명검을 내오라 했소. 은자 삼십 냥 선에서 적당한 놈을 골라와 보시오. 그리고 내가 훼손한 이 검은 따로 배상을 해 드리리다."

얼굴이 다소 밝아진 병기점 주인은 연신 고개를 숙이며 말했다.

"감사합니다. 감사합니다, 나으리. 그럼 얼른 가져오겠습니다."

병기점 주인은 진열된 검들은 쳐다보지도 않고 안채로 뛰어들어갔다. 잠시 뒤 나타난 병기점 주인의 손에는 침향목으로 된 기다란 나무 상자가 하나 들려 있었다.

휘륜은 의아해졌다. 저 나무 상자의 가격만 해도 꽤 나갈 것 같았기 때문이다. 자신은 분명 은자 서른 냥 정도로 살 수 있는 것을 가져오라고 했건만 혹 병기점 주인이 잘못 알아듣기라도 한 것일까? 의문을 갖고 있는 휘륜 앞에 병기점 주인이 자랑스럽게 나무 상자를 열어보였다.

"이것은 고인이 되신 제 스승께서 평생 주인을 찾아주려고 그렇게 애쓰셨지만 실패하고만 보검입니다."

휘륜은 그 검을 본 순간 묘한 울림을 느끼고는 흠칫했다. 그것은 놀랍게도 귀곡성(鬼哭聲)이었다. 검이 울고 있는 소리를 다른 사람들은 듣지 못하는 것 같았다.

"검이 울고 있구려. 혹시 이 검에 얽힌 사연을 들을 수 있겠소?"

주인은 놀라지 않을 수 없었다.

"그 소리가, 그 소리가 진정 들리십니까?"

"왜 그리 놀라시오?"

"드디어 찾았군요. 저도 혹시 싶어서 가져와 본 건데 드디어 주인을 찾았군요."

병기점 주인이 희열을 참지 못하고 감동의 눈물을 흘리는 걸 본 휘륜과 만취공은 대체 무슨 영문인지를 몰라 어안이 벙벙해져 있었다. 울음을 그치고 눈물을 닦은 병기점 주인은 격정을 가라앉히고 차분하게 말하기 시작했다.

“이 검에 얽힌 사연은 삼백 년 전으로 거슬러 올라갑니다. 당시 산서 땅에 대대로 명검, 보검을 여럿 만들어 이름 높은 명인의 집안이 있었습니다. 사람들은 그곳을 검혼당이라고 불렀습니다. 검혼당의 당시 당주에게는 늦게 얻은 외동아들이 하나 있었는데 가업을 이을 생각은 않고 술로 집안 재산을 탕진하며 말썽만 일으키는 파락호였습니다. 그 아들이 몇 년간 집을 나가 실종되었다가 돌아왔는데 두 살 터울의 남매를 데려왔습니다. 그리고 그 아들은 수년 후 병을 얻어 죽고 말았지요. 가업이 끊어질 것을 걱정한 당주는 늦었지만 유일한 혈육인 남매에게 정성을 쏟았지요.”

병기점 주인이 털어놓은 검에 얽힌 사연은 휘륜과 만취공을 정신없이 빠져들게 만들 만큼 흥미로운 얘기였다.

“남매는 다행스럽게 가업을 잇는 것에 불만도 없었고 커가면서 보니 재주도 아주 뛰어나고 성품도 장인이 되기에 매우 적당해 보였다고 합니다. 두 아이가 열두 살, 열네 살이 되던 해에 사건은 발생하게 됩니다. 검혼당에 한 무사가 방문하게 되는데 후에 알게 된 일이지만 당시 녹림을 지배하고 있던 녹림대제의 측근이었습니다. 녹림대제는 명검을 수집하는 취미가 있었사온데 만금을 들여서라도 원하는 건 얻어냈고 만약 원소유자가 팔지 않겠다고 하면 상대를 죽여서라도 뺏어야 직성이 풀리는 사람이었습니다. 그가 소문을 듣고 검혼당에 수하를 보냈던 것입니다. 검혼당에 있던 여러 자루의 명검이 고가에 팔려갔는데 녹림대제가 매우 흡족해했다고 합니다. 거기서 끝나지 않고 녹림대제는 산서에 있던 검혼당 식솔들을 강제로 이주시킵니다. 죽기 전에는 녹림대제의 손아귀에서 빠져나가지 못하게 된 것이지요. 하루는 녹림대제가 검혼당 당주가 만든 보검을 녹림을 방문한 귀빈들에게 자랑했습니다. 그걸 본 귀인 중 한 사람이 자신이 소지하고 있던 검을 내보이며 그 날카로움을 겨뤄보자고 했고 두 개의 검이 서로 맞부딪혔습니다. 놀랍게도 검혼당 당주가 만든 검이 동강 나버렸습니다. 손님들이 다 돌아가고 난 뒤 격분한 녹림대제는 두 아이가 지켜보는 앞에서 검혼당 당주의 목을 베고 사지를 잘라 들개 떼의 먹이로 주라고 수하들에게 소리쳤습니다. 그 충격적인 장면을 어린 나이에 목격한 두 아이는 실신해버렸고 그 이후로 식음도 전폐하며 시름시름 앓았습니다. 소리가 끊어졌던 검혼당에서 다시 망치질 소리가 나기 시작한 건 그 사건이 있고 나서 석 달이나 흐른 뒤였습니다.”

남매는 다시 망치질을 시작했다. 곡기를 거의 끊다시피 한 여아가 먼저 쓰러졌고 남동생에게 자신을 불 속에 넣어달라고 청한다.

“혼자 남은 남동생은 미친 듯이 망치질을 계속했으며 누나의 원혼에 의지해 결국 검을 완성하고야 말았습니다. 하지만 혼자 남은 동생은 결코 원한을 갚을 수가 없었습니다. 녹림대제는 벌써부터 알고 있었던 겁니다. 멈췄던 검혼당의 망치질

소리가 다시 시작되었고 두 아이가 어떤 마음으로 검을 만들고 있는지를. 그런데도 그는 명검이 탄생할지도 모른다는 유혹을 이기지 못해 두 남매를 그대로 두었던 것이었지요.”

듣고 있던 만취공은 혀를 내둘렀다.

“아주 죽일 놈이로군. 사람의 탈을 쓰고 있되 짐승의 마음을 지녔지 않은가. 그래서 어떻게 되었소?”

“검이 완성된 것을 알고 자신을 찾아온 녹림대제의 수하들 앞에서 소년은 검을 거꾸로 잡고 자결을 합니다. 그때 소년은 녹림대제를 저주하고 세상을 하직하게 됩니다. 두 남매의 피와 혼을 뒤집어쓴 그 검이 바로 이것입니다. 그 후 이 검의 첫 주인은 녹림대제가 됩니다. 하지만 두 남매의 원귀 때문인지, 아니면 우연의 일치였는지 모르지만 이 검 하나로 인해 녹림대제의 직계는 모조리 비참한 죽음을 맞고야 맙니다. 단 한 사람도 예외 없이 말입니다.”

“그게 진정 사실이오?”

“사실입니다. 대다수의 직계는 의원도 병명을 모르는 희귀병에 걸려 시름시름 앓다가 죽었고 혼자 남은 녹림대제도 적과 싸우는 중에 퉁겨진 제 검에 제 목이 잘려 죽고 맙니다. 유일하게 살아남은 녹림대제의 아들은 그 후 광인이 되어 이 검으로 자결을 했다고 하더군요.”

“이게 바로 그 검이란 말이오?”

만취공은 다시 상자 안에 고이 모셔져 있는 검을 내려다보더니 께름칙한지 전신을 한차례 떨었다.

"아니, 그런 귀검을 왜 가져오셨소? 설마 이걸 우리 제자 아이에게 주려고 하는 게요? 그런 불길한 검을?"

병기점 주인은 얼굴을 붉히며 죄송한지 연신 고개를 조아렸다.

"정말 면목이 없습니다만…… 제 딱한 처지도 헤아려 주십시오. 이 검이 여러 명의 주인을 거쳐서 제 사부에게까지 왔고 그때부터 이 검 때문인지 주변에서 비명횡사하는 사람이 늘어났습니다. 그래서 제가 사부님께 차라리 멀리 가서 땅속에 묻어버리거나 강 깊은 곳에 던져버리는 게 어떻겠냐고 수차례 청했지만 한사코 사부께서는 그리하면 더 큰 화를 당한다 하시며 들은 척도 않으셨습니다. 이 검에 서린 저주를 풀려면 귀기를 다스릴 수 있는 사람을 찾아야 한다고만 하셨지요. 평생토록 이 검의 귀기를 다스릴 수 있는 사람을 찾아다녔지만 실패했고 심지어 대부분 이 검이 우는 소리조차 듣지 못하는 것이었습니다. 부끄러운 얘기지만 이 검을 간직하고 있는 저조차 젊었을 적에 이 검을 버리는 게 어떻겠냐고 사부께 청한 그날 딱 한 번 귀성을 들었을 뿐 그 뒤로는 듣지 못했습니다."

만취공이 물었다.

"그럼 그 뒤로 주인장의 주변에서도 흉사가 벌어졌소?"

"네. 제게 유일한 독자가 있었는데 그놈이 술에 취해 들어와 이 검으로 스스로 제 목을 긋고 죽었습니다."

“허⋯⋯.”

그런데도 그 검을 버리지 못하고 간직하고 있는 이유가 궁금했다.

휘륜이 물었다.

“그런 일까지 겪으며 검을 버리지 않은 이유가 무엇입니까?”

“버릴 수가 없었습니다. 버리려고 숱하게 마음을 먹었지만 그럴 때면 꼭 주변 사람 하나가 횡액을 당하더군요. 이제는 근심을 해야 할 사람조차 남지 않게 되었고 버리자면 못 버릴 것도 없습니다만⋯⋯ 사부님의 유언도 있었고 게다가 이 검 하나로 인해 억울하게 죽은 사람들의 원한을 생각하자면 이대로 끝낼 수가 없었습니다. 만약 내가 죽기 전까지도 주인을 찾지 못한다면 그때 가서야 버려야겠다고 생각했습니다. 저는 요즘도 일 년에 반절은 여길 떠나 이걸 가지고 천하를 주유하며 지내 왔습니다. 혹 검의 주인을 찾을 수 있지 않을까 해서 말입니다. 이걸 과연 귀인께 드려도 좋을지 아직은 모르겠습니다. 하지만 보자마자 귀성을 들었다고 하니 어쩌면 이 귀기를 다스릴 수 있는 분이 아닌가 싶어서⋯⋯.”

휘륜은 눈앞에 있는 검이 범상치 않은 것이라는 건 알았지만 그토록 처절한 사연을 간직하고 있다니 그로서도 썩 반가운 마음이 들지 않았다.

“일단 한번 봅시다.”

휘륜이 겁도 없이 귀검을 손에 든 순간 만취공이 난리법석을 떨었다.

"아니, 그걸 대책도 없이 만지면 어쩌자는 것이냐?"

휘륜은 검을 손에 쥔 순간부터 놀라운 일을 연달아 겪고 있었다.

"허, 이걸 믿어야 한단 말인가."

"왜, 왜 그러느냐?"

휘륜에게서 한 걸음 물러선 만취공이 얼굴에 수심이 가득한 채로 물었다.

"이게 안 보이십니까? 이 시퍼런 귀기가?"

"뭐, 뭐가 보인다는 게야. 너 자꾸 늙은이 겁줄래?"

휘륜은 두 사람의 어리둥절해져 있는 표정을 보고 거짓이 아님을 알 수 있었다. 놀랍게도 그 귀기는 제 눈에만 보이는 것 같았다.

웅우우우우웅.

귀성이 점차 강렬해지고 있었고 급기야 진동까지 생생하게 손에 전달될 정도였다. 새파란 귀기가 검 표면으로 뻗어 나오더니 자그마치 한 자 두께로 겹겹이 쌓여갔다.

"세상에 별의별 일이 다 있다지만 진정 이런 일도 다 있구나."

검이 자신을 거부한다는 생각은 별로 들지 않았다. 단지 막 낚아 올린 물고기가 발버둥치는 것처럼 날뛰고 있다는 느낌이

들었다. 휘륜은 천천히 손에 쥔 검에 강기를 주입해갔고 정신을 집중해 검무를 추기 시작했다. 돌연한 휘륜의 행동에 두 사람은 멀찍이 떨어져서 그 광경을 넋 놓고 바라보고 있었다.

신기한 일이었다. 처음에는 제자 녀석이 갑자기 왜 저런 행동을 하나 의아하게 쳐다보고 있던 만취공의 눈에서 돌연 눈물이 주르륵 흘러내리기 시작했다. 그건 병기점 주인도 마찬가지였다. 이유는 모르지만 갑자기 주체할 수 없는 슬픔이 가슴 깊은 곳에서 감당하지 못할 정도로 강렬하게 치솟아 오른 것이다. 그때 휘륜도 신비한 체험을 하고 있었다. 두 아이였다. 천상의 천동처럼 귀엽고 천진한 남자아이와 여자아이가 손을 잡고 들판을 뛰놀고 있었다. 연신 숨넘어가는 웃음소리를 흘리며 들에 핀 이름 모를 야생화를 꺾어 반지를 만들며 좋아하고 있었다.

'이 아이들인가. 정말 이 아이들의 원귀가 이 검에 서려 있었더란 말인가.'

검무는 점차 무아의 상태에 돌입하기 시작했다. 자신이 검무를 추기 시작한 이유조차 잊어버린 휘륜은 그 행위를 멈출 생각도 없이 골몰하고 있었다. 그렇게 검무를 얼마나 췄던가. 갑자기 춤사위를 멈춘 휘륜은 긴 한숨을 토해냈다.

병기점 주인이 조심스럽게 물었다.

"그걸 가져가시겠습니까?"

"그래도 되겠소?"

“네. 그래 주시면 고맙겠습니다.”

“스승님 들으셨죠. 어서 은자를 지불하십시오.”

빙긋 웃으며 휘륜이 하는 말에 만취공은 난감해했다. 귀검 때문에 혹 자신에게도 날벼락이 떨어지지 않을까 우려하는 마음도 앞섰거니와 병기에 문외한인 자신이 보기에도 저 검은 여간 비싸지 않을 것 같았기 때문이다. 그가 우물쭈물하고 있는 모습을 본 병기점 주인은 손사래를 쳤다.

“아닙니다. 제가 오히려 사례를 해야 할 입장인걸요. 은자는 됐습니다. 평생의 숙원이 이뤄질 마당에 그깟 은자 따위가 무슨 상관이 있겠습니까. 그리고 혹…… 이것 때문에 문제가 생긴다면 다시 되돌려 주셔도 무방합니다.”

“그래도 받으셔야 합니다. 그래야 합니다, 반드시.”

“그, 그럼 은자 서른 냥만 주십시오.”

“그걸로 되겠습니까?”

“네. 충분합니다.”

그렇게 해서 만취공은 우는 얼굴로 전대에서 은자 서른 냥을 꺼내 병기점 주인에게 건네줬다. 만취공의 얼굴에 왜 이런 귀검을 가져와 안기느냐 원망하는 빛이 가득한 것을 보고 병기점 주인은 죄송스러운 마음에 얼굴을 들지 못했다.

병기점을 나서는데 사부 얼굴에 수심이 가득한 것을 보고 휘륜이 밝은 음성으로 말했다.

“너무 심려 마십시오. 이 검은 모르긴 해도 나와 인연이 있는 것 같습니다. 그러니 너무 심려 마십시오. 도움이 되면 됐지 불상사는 벌어지지 않을 겁니다."

"그리된다면야 좋겠지만……."

집으로 돌아와 막 대문 안으로 들어가던 휘륜의 얼굴색이 다시 변했다.

'한 놈이 아니었던 말인가. 이거 생각보다 더 심각해질 수도 있겠는걸.'

바로 그때 휘륜은 왼쪽 허리춤에 걸려 있는 검이 진동하는 소리를 듣고 고개를 갸웃거렸다.

'설마 이놈이 적을 감지하고 이리 요란하게 우는 것인가? 만약 그렇다면 이건 귀검이 아니라 신검이 아니겠는가.'

무극검왕은 한참 뒤에 돌아왔다. 집안으로 들어선 무극검왕의 낯빛이 어두운 걸 보고 휘륜이 물었다.

"얼굴색이 왜 그 모양이지?"

"죄송합니다. 하명하신 일을 제대로 완수하지 못했습니다."

"무슨 뜻이지?"

"놈의 종적을 놓쳐버렸습니다."

무극검왕의 얼굴이 이 순간 붉어질 만도 했다. 천하의 무극검왕이 이런 실책을 범할 줄이야 휘륜이라고 알았겠는가.

"놈이 뒤를 미행당하고 있다는 걸 알아차렸나 보군. 역시 쉬운 놈들은 아닌 것 같군."

"도무지 믿기지 않는 일입니다. 아무리 그렇다 해도 그리

귀신처럼 종적을 감출 수 있는지 속하는 당최 납득이 안갑니
다.”

“마교의 고수라면…… 그럴 수도 있는 일이지. 지금 근처에
또 다른 한 놈이 여길 주시하고 있다.”

무극검왕은 벌떡 몸을 일으켰다.

“놈을 사로잡아 오겠습니다. 이번에는 기필코.”

“아니다. 아무래도 이놈들이 뭔 짓을 벌이기 전에 내가 먼
저 움직여야 할 것 같다. 우선…… 여기 있는 사람들을 모조리
정도련으로 옮겨. 그편이 안전하겠어. 옥불에게 사정 얘기를
하고 협조를 구하면 적당한 거처를 잡아 줄 거야.”

밖으로 나와 본 휘륜은 조금 전까지 느껴지던 마기가 흔적
도 없이 사라졌다는 걸 알았다.

‘눈치를 채고 떠났을 리는 없고…… 이놈들이 뭔가 행동을
개시할 생각인가? 대체 증지산은 무슨 생각을 하고 있단 말인
가. 나를 초대해놓고서는 이런 감시를 붙였다는 말인가. 아니
면 또 다른 자의 소행인가. 어떻게 해야 하나. 내가 이처럼 적
들의 시선 앞에 훤히 드러나 있어서는 곤란하다. 그렇다고 나
혼자 숨는다고 해서 나와 관련된 자들의 안전이 보장되는 건
아니고 난감한 일이로군.’

휘륜은 우려했던 일이 벌어질까 봐 두려웠다. 휘륜은 어떠
한 경우에도 마교도들을 믿지 않는다. 그들 중에 혹 한 명의
선한 사람이 있을지는 모른다. 하지만 대다수가 악인이고 돌

이킬 수 없는 악도의 길에 매료되고 사로잡혀 있다는 걸 확신하고 있었다.

'세상을 기웃거리는 마교도들은 단 한 명도 살려두지 않는다. 혹 죽이기 꺼려지는 자가 있다면 이전의 검황들이 그러했듯 금마옥으로 보낸다. 그 외에는 생각하지 말자. 저들과의 타협은 있을 수도, 있어서도 안 되는 일이니.'

휘륜은 이 순간 각오를 다지고 있었다. 설사 자신이 아끼고 사랑하게 된 사람들을 모조리 잃게 되는 한이 있어도 자신의 임무를 망각하고 포기할 생각은 없었다. 피눈물을 흘리는 한이 있어도 사명은 완수할 것이다. 적의 심장에 칼을 꽂고 죽음을 내릴 것이다. 그것만이 자신이 살아 있는 유일한 이유였다.

*   *   *

정도련의 련주와 동등한 직위이며 어떤 면에서는 더 막대한 권한을 보장받는 통령(統領) 선출만 남겨두고 있었다. 련주를 견제하기 위해 만든 직위라고 하지만 련주와 장로들을 제외한 정도련에 속한 누구라도 임의로 체포, 구금, 수사, 처형할 수 있는 막대한 권한을 지니는 통령은 사실상 련주보다 더 막강한 직위라고 할 수 있었다. 무엇보다 장로회 전체 인원의 삼분지 이의 동의만 얻어내면 장로를, 만장일치로 동의하면 련주마저 직위 해제할 수 있다고 하니 다소 지나친 감이 있었다.

정도련에 속한 전체 문파를 통솔 지휘하는 련주와는 달리 통령은 소수 정예의 강력한 예하 부대를 임의대로 조직, 해산할 수 있었다. 거부할 수 있는 권리는 장로들로 제한시켰다. 장로 신분인데 스스로 통령 직속이 되길 거부하지 않는다면 그 또한 가능한 일이다. 어쨌든 이러한 막강한 권력을 행사하는 자리인 만큼 련주와는 또 다른 의미의 긴장감을 불러일으켰다. 세 검왕에게 생긴 불미스런 사건으로 인해 다소 분위기가 어수선해지긴 했지만 그렇다고 통령 선출을 지체할 순 없었다. 지금은 정도련이란 조직을 정비하는 것이 우선이었다. 거기서부터 이후 정파를 아우르는 일사불란한 통제가 가능해지는 것이다.

정도련의 련주가 육대 문파와 세가 동맹이 각각 추대한 두 사람 중 한 사람으로 그 자격이 제한되었다면 통령은 누구에게나 기회가 열려 있었다. 가장 강한 사람을 통령으로 뽑는다, 오직 그 원칙 하나만 정해두었을 따름이었다. 출신에 제약을 두지 않는 것은 자신감의 발로였다. 결국은 오대 검왕 중 하나가 될 것이란 강한 확신에 근거를 둔 결정이었다. 혹 사파인이 출전한다 해도 상관없다는 뜻이었다. 그런데 검왕들에게 생긴 불미스러운 사건은 그런 확신에 의심을 품게 만들었다. 현재 장로회에서 가장 우려하는 점은 이번 통령 선발전에 마교의 수뇌 고수가 등장할 경우였다. 이런 우려를 안고서 통령 선발전을 위한 출전자 접수가 시작되고 있었다.

통령 선발전에 출전하고 싶은 사람은 장로회에 출전 의사를 밝히면 되었다. 그리고 마침내 시한이 되어 마감되었고 출전 명부가 작성되었다. 집계된 총인원은 스물다섯 명이었다.

어제까지만 해도 세가 동맹의 총단이었지만 오늘부터 정도련의 총단이 된 곳에 현재 머물고 있는 사람의 수는 대략 이만여 명이 넘는 걸로 집계되었다. 그중에 절반은 육대 문파와 십일대 세가, 네 산장의 제자들이었고 나머지는 중소 문파 소속이거나 문파에 소속되지 않고 개별적으로 참가한 정파인들이었다.

중심에 있는 가장 큰 광장에 방문이 하나 붙었다. 통령 선발전에 출전하는 인사들의 명부였다. 사람들의 이목을 집중시킨 건 십여 명쯤 되었다. 놀랍게도 사대 검왕이 모조리 출전 의사를 밝혔다는 소문이 사실로 확인되었다. 그걸 확인한 사람들의 반응은 대동소이했다.

"이거 맥 빠지게 시작도 하기 전에 결정이 난 셈이잖아."

"그러게 말이지. 애초에 검왕들이 출진한다는 사실을 알았으면 저렇게 많은 사람들이 출전하지도 않았을 텐데 말이야. 이건 장로회에서 실수한 것 같구먼."

"우리야 뭐 구경거리 늘어나서 좋지만 김이 샌 건 사실이지. 네 사람 중에 누가 가장 강할까?"

"무극검왕이 최고라는 얘기도 있고 뇌풍검왕이 최강이라는 사람도 있으니 막상 붙어보기 전에는 모르지."

"무적이라는 뇌풍검왕이 이번에 팔 하나가 잘렸다는 소문이 은밀하게 나돌던데 그게 사실일까?"

"쉿, 그런 확인되지 않은 소문을 마음대로 지껄였다가 무슨 봉변을 당하려고 그러나."

"이거 무서워서 어디 마음대로 떠들지도 못하겠군그래. 지금 객잔 가면 그 얘기들로 떠들썩하던데 무슨 비밀이라고."

"설사 사실이라고 해도 그런 얘기는 함부로 하는 게 아닐세."

"칠기 중에는 한 사람도 출전을 하지 않았네그려."

"어, 그러고 보니 그렇군. 칠기는 이대로 역사 속으로 사라지는가 보이. 한때는 정파 최고의 고수들이었는데 말이지. 세상에 영원한 건 없어. 세월이 흐르면서 천하를 진동시킨 절세미녀도 쭈그렁 할머니가 되고 불세출의 영웅도 결국은 새로운 영웅이 출현하면서 밀려나니 말이야."

방을 붙여 놓은 곳 앞에는 수백 명의 사람들이 모여 웅성거리고 있었다. 지금 방문을 바라보며 대화를 나누던 일행들은 인근 낭인 시장에서 몰려온 치들이었다.

"우리 이참에 내기나 한번 해보세."

"이 친구 또 병이 도졌군. 난 객잔에 머물 며칠 숙비를 빼고 나면 푼돈뿐이 없네."

"나랑 하세. 얼마 걸 건가?"

"은자 닷 냥일세."

“허, 이 친구 돈 많은가 보이. 좋아 까짓것. 장대인이 내일까지 금란표국의 표행에 넣어준다고 했으니 그걸 믿고 나도 은자 닷 냥 걸겠네.”

옆에서 걱정이 되는지 한 사람이 말리고 나섰다.

“야야, 너 그러다 내일 계약 못 하게 되면 어쩌려고 그래. 닷 냥이면 열흘 치 생활비인데. 괜찮겠어?”

“설마 생목숨 굶기야 하려고. 내가 몽땅 잃으면 네 신세를 좀 지든가 해야지.”

“그건 안 되지. 왜냐면 나도 걸 참이거든, 크크크. 자 여기 있다 닷냥. 더 없지? 총 열닷 냥이야. 이 돈은 누구한테 맡겨둘 참인가.”

“아무래도 함노인께 맡기는 게 낫지 않겠나. 그나마 믿을만한 분이니.”

내기를 건 세 사람은 이어 방문의 이름을 쭉 훑어보며 누가 최종 승자가 될지를 결정하느라 고심했다.

함노인이 물었다.

“만약 자네들이 정한 사람 중에 최종 우승자가 나오지 않으면 이 돈은 내가 다 가져도 되는 건가?”

“아니, 그런 게 어디 있소. 그럴 경우에는 승수가 많은 사람이 이기는 걸로 해야지.”

“가만있자. 나는 아무래도 무극검왕이 이길 거 같은데. 에라 모르겠다, 난 무극검왕.”

"그럼 난 뇌풍검왕일세."

"어? 나도 뇌풍검왕에 걸려고 했는데 그럼 이겨 봐야 닷 냥을 둘이 나눠 가져야 한단 소리잖아."

"자네도 뇌풍검왕인가?"

"잠시 기다려 보시오. 모 아니면 도지. 난 다른 사람으로 결정하겠소……. 저기 저거 낭왕 아닌가?"

"어디?"

"저기 일곱 번째에 있는 이름 말일세. 낭왕 하군표 같은데?"

"어, 그러네. 낭왕도 출전했다는 말이야?"

낭인들은 놀람을 감추지 못했다. 낭왕 하군표는 낭인들에게는 신적인 존재였다. '낭인무적'이라는 말을 한동안 유행시켰던 장본인으로 동방현리 같은 사람도 그를 끌어들이려고 만금을 가지고 설득하길 여러 번 했지만 번번이 실패하고 말았다. 그는 자유롭게 살고 싶어 했고 어디에 얽매이는 걸 죽기보다 싫어했다. 낭인으로 평생 살아온 그는 마음만 먹으면 돈을 산처럼 쌓아두고 살 수도 있을 텐데 큰돈을 벌어도 금세 탕진해버리고 다시 낭인 시장을 찾곤 했다. 소문에 의하면 낭왕을 한 번 부리는 데 지불해야 하는 돈이 최소 은자 만 냥은 될 거라고 했다. 그런 큰돈을 몇 달 지나지 않아 탕진하는 것도 재주라면 재주였다. 그런 그가 정도련의 통령이 되겠다고 출전 의사를 표한 것은 낭인들에게는 분명 충격적인 사건으로 받아들여지고 있었다.

"아무리 낭왕이 강하다고 해도 검왕들에게는 안 되겠지?"

"그야 모르지. 한 번도 붙어본 적이 없으니. 길고 짧은 건 대봐야 아는 거 아니겠나?"

"함노인 생각은 어떠시오?"

"나 같으면 낭왕한테 안 걸어."

"아무래도 안 되겠죠?"

"그렇다고 검왕들 중에 한 사람한테도 안 걸어."

"에? 그럼 누가 있다고요?"

"이리 와봐. 할 얘기가 있으니깐."

함 노인은 낭인들 중 아직 누구에게도 걸지 않은 한 사람을 저쪽으로 끌고 가서 작은 소리로 속닥거렸다.

"내가 확실한 사람을 찍어줄 테니깐 날 믿고 따르게. 내가 언제 내기에서 진 적이 있던가. 대신 내가 가르쳐 준 사람이 최종 우승자가 되면 내게 약간의 대가를 지불하면 되네."

"그야 내가 이기기만 한다면야 그 정도쯤이야 못히겠소만. 대체 누굴 엄누에 두고 계시오?"

"조기, 제일 밑에 있는 사람 이름을 잘 봐."

"보자 휘…… 륜이라. 휘륜? 누구요 저 사람이?"

"자네는 도제 휘륜도 모르나?"

"도제 휘륜이라면 삼사를 요절냈다는 바로 그 사람?"

"그래, 바로 그 사람이야."

"에이, 아무리 요즘 좀 명성을 드날린다고 해도 어찌 검왕들에 비견될까. 이번에는 함노인이 틀렸소."

"아니라니까 그러네. 그제 난 평소 안면이 있는 장대인 덕분에 정도련 연회장에서 푼돈이나 벌어볼 양으로 심부름을 했지 않겠는가. 난 거기서 엄청난 장면을 목격했네. 거긴 칠기 중에 두 사람이나 있었고 각파의 고수들이 거의 총망라돼 있었네. 그런 자리에서 도제가 뇌풍검왕의 대제자인 풍운룡을 아주 가지고 놀더라니까. 그것뿐이면 말을 안 하네. 동방세가의 제자들과 뇌풍산장의 제자들 수십 명을 눈 깜빡할 사이에 때려눕히지 않겠는가. 그것도 귀싸대기를 쳐서 말이지. 하여간 난 그 자리에서 확신했네. 지금 정파에서 도제를 이길 수 있는 사람은 아무도 없을 거야. 내가 자네들보다 무공은 좀 약해도 보는 눈은 초절정 고수급이야. 자네도 알지 않나?"

"그야 워낙 큰 싸움판을 많이 기웃거렸으니. 도제, 도제 휘륜이라…… 까짓 좋소. 함노인을 믿어보리다."

"잘 생각했네. 삼 할일세."

"에이, 그건 너무 하오. 딱 잘라 이 할로 합시다. 그것도 크게 선심 쓴 거니깐."

"사람 쫀쫀하긴. 알았네, 알았어."

다시 함노인과 함께 일행들이 있는 곳으로 돌아온 낭인은 자신 있게 말했다.

"나는 도제 휘륜을 지목하겠네."

"어디? 도제 휘륜도 출전했어? 에이, 그래도 힘들 건데. 차라리 나머지 검왕 중 하나를 선택하지 그러나. 그래야 그나마 긴장감이 좀 더 있을 건데."

"됐어. 난 도제 휘륜이야."

함노인이 세 사람 손을 덥석 잡더니 결정을 해버렸다.

"자, 결정은 끝났네. 이제 결과만 기다리면 되네."

바로 그때였다. 소림사의 스님들 몇 분이 방문 앞으로 다가오더니 붓에 먹물을 잔뜩 묻혀 그 위에 쓱쓱 긋는 것이 아닌가. 방문 앞에 있던 사람들이 물었다.

"아니 스님, 왜 사람들 이름을 지우는 것입니까?"

"출전 의사를 철회하신 분의 명단을 지우는 겁니다."

"네? 그게 정말입니까?"

좀 떨어진 곳에 서 있던 낭인들은 두 눈을 크게 떴다. 스님의 손이 한 번씩 지나갈 때마다 한 사람의 이름이 새까맣게 지워지고 있었기 때문이다.

"어, 어 안 되는데. 으악."

낭인 무사 하나는 얼굴을 감싸 쥔 채로 주저앉고 말았다. 방금 스님이 먹물을 묻혀 지워버린 이름은 다름 아닌 뇌풍검왕이었고 이 낭인은 조금 전 뇌풍검왕을 최종 우승자로 지목한 사람이었다.

"아 미치겠네. 뭐 이런 말도 안 되는 일이. 다른 사람들은 몰라도 뇌풍검왕 같은 사람이 왜 출전 의사를 번복하느냐고.

나가기만 하면 최소한 결승까지는 올라갈 사람일 텐데.”

주저앉아 있는 낭인을 향해 한 사람은 만면에 희색이 가득해 킬킬거리며 웃고 있었고 나머지 하나는 아직 다 끝나지 않은 스님의 무자비한 만행을 지켜보며 가슴 졸이고 있었다. 스님들이 방문을 다시 한 번 점검해 보더니 틀림이 없는지 이내 그 자리를 떠난다.

스님들이 먹물로 지워버린 출전자들 중에는 세 명의 검왕이 포함돼 있었다.

“휘유, 살았네. 도제는 다행히 안 지웠어.”

“다른 검왕들이 모두 지워지기에 무극검왕도 지워지는 줄 알았더니 그게 아니었군. 크크. 너와 나의 대결이군. 아무래도 내가 이길 것 같단 말이야. 미리 고맙다고 해야겠군. 크크크크. 아무렴 무극검왕이 이기겠지. 무극검왕이 출전하는 것 때문에 다른 검왕들이 포기한 건가? 설마 그건 아닐 텐데. 대체 무슨 일일까? 그나저나 고작 여덟 명을 두고 통령 선출을 결정하게 되었으니.”

함노인은 남아 있는 여덟 명의 이름 중에 낭왕이 여전히 속해 있다는 것을 눈여겨보고 있었다.

제4장
통령 선발전

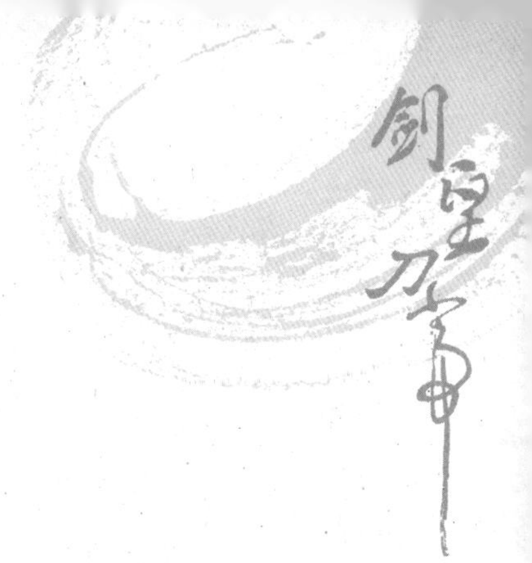

　사람들이 모두 달콤한 잠에 빠져 있을 시간에 두 사람은 마주 앉아 있었다. 옥불과 휘륜이었다. 옥불은 평소와는 달리 생사대적을 눈앞에 둔 사람처럼 비장한 표정이었다.

　"네 방식이란 게 뭔지 모르지만 이번에는 내 뜻대로 따라다오. 마탑, 나아가서는 증지산과 마교 전체를 상대하자면 너 혼자 힘으로는 무리다."

　"그럴지도."

　두 사람 앞에는 바둑판이 놓여 있었다. 바둑을 한 번도 뒤본 적 없는 휘륜과 달리 옥불은 상당한 기력을 쌓은 고수였다. 그는 대화를 나누며 바둑을 두는 일이 습관일 정도로 친숙한 경험이었지만 휘륜에게는 생소할 따름이었다. 그런 그에게 바둑을 가르쳤지만 금방 배운 실력으로 옥불을 이긴다는 건 불가능했다. 세 판을 연달아 지고 나자 휘륜은 약이 올랐는지 다른 승부를 겨루자고 했다.

"돌 다섯 개를 올려놔."

"다섯 개?"

바둑판 위에 백돌 다섯 개와 흑돌 다섯 개가 놓였다.

"부서지거나 바닥에 떨어지면 진다. 손을 써도 진다."

"그러니깐 내력만으로 돌을 움직여 승부를 보자는 거냐? 그거 재미있겠군."

두 사람이 움직이는 다섯 개씩의 돌은 이어 맹렬하게 바둑판 위를 오가기 시작했다. 나중에는 눈에 잘 보이지 않을 정도로 빠르게 움직이더니 결국 대결의 장은 공중으로까지 확장되었다. 옥불은 집중력을 잃지 않으려고 무던히도 애썼지만 다섯 개의 돌이 가루가 되는 것으로 결말이 나고 말았다. 허탈했다.

"너 방금 쓴 거 무형지기 아니냐? 치사하게 무형지기까지 쓰다니. 다시 해보자."

두 판째는 시작과 동시에 져버렸다.

"다시!"

딱.

다섯 개의 백돌이 바둑판을 요란하게 때리며 올려졌지만 돌가루만 쌓여갈 뿐이었다.

"안 해. 치사한 놈. 바둑에서 몇 판 졌다고 무공으로 누르려고 하다니."

"이거 재미있는걸. 종종 해야겠어."

"다시는 안 한다."

"너도 지는 걸 나만큼이나 싫어하는구나."

"세상에 지는 걸 좋아할 사람이 어디 있냐. 나도 마찬가지지."

"나도 그래. 난 내 생각대로 움직인다. 내 방식대로. 그리고 반드시 이기고 만다."

"고집불통 같으니라고. 난들 정도련주란 이 자리가 좋아서 승낙했을 것 같으냐. 내가 한 번 양보했으니 너도 한 번 양보해."

"호, 그걸 또 그렇게 가져다 붙이는군. 너야 두 개의 신분이 있고 그 두 개의 신분에 모두 충실해야 하니 어쩔 수 없이 받아들인 거지만 니까지 그래야 한다는 건 억지일 뿐이지."

"대체 어떻게 하겠다는 거지? 과거의 검황들은 혼자서도 충분히 임무를 수행할 수 있었지. 그건 초기에 검계의 반도들을 처단했기 때문이었다. 하지만 지금은 상황이 달라졌다. 게다가 증지산이란 생각지도 못했던 변수까지 등장했다. 너 혼자서 저들을 상대하겠다는 건 섶을 지고 불 속에 뛰어드는 것만큼이나 무모한 일이다. 역대의 검황들이 해남도에 마도의 근원인 일월신교가 있다는 걸 알면서도 왜 모른 척했는지 아느냐?"

"기어 나오지 않는 한 건드릴 필요가 없었으니깐. 저들은 검황에게도 부담스러운 세력이거든."

"그걸 알면서도 고집을 부리냐. 삼선에 얽힌 전설 중에 천선부에만 전해 내려오는 얘기를 해줄 테니 잘 들어. 이천 년도 더 된 시절의 얘기다. 세 사람이 모두 천축 출신이란 건 너도 알 거야. 어쨌든 그 세 명의 신선과도 같은 사람이 만든 천외선부에는 인간이면서도 인간의 한계를 뛰어넘어 자유롭고자 열망했던 사람들이 인연이 닿아 하나둘씩 들어오기 시작했고 그들을 제자로 거둬 천외선부는 점차 커져갔다. 그렇게 수백 년쯤이 흐르고 삼선은 어느 날 갑자기 모든 제자들 앞에서 사라져버리고 말았지. 남은 제자들은 크게 낙담하며 세 무리로 나눠 흩어졌다. 한 무리는 수련을 하면서 얻게 된 능력에 집착해 그것을 더 발전시키고자 애쓰게 되었고 또 한 무리는 고통의 근원인 마음의 작용을 극복하고자 충동과 자극에 집중했다. 마지막 한 무리는 오래 사는 것에만 관심이 있을 뿐 다른 것에는 별 관심을 두지 않았다. 그렇게 세 무리로 나뉘고 난 후 어느 날 삼선이 한 무리의 제자들 앞에만 나타났다. 바로 장생의 도에 집착해 그 능력을 키우는 데에만 열성이던 무리들 앞에 나타난 것이지. 삼선은 그들과 그 후로 수년 동안 더 지내며 가르침을 내렸다고 한다."

휘륜은 처음 듣는 얘기에 관심을 기울였다. 그의 말대로라면 사라진 삼선이 천선부의 수행자들에게만 나타나 수년간 함께 지냈다는 말이 아닌가.

"삼선은 떠나기 직전 마지막 순간 두 가지 당부를 남겼다. 첫 번째는 마음의 충동과 자극, 그리고 괴이한 술법들에 능통해 있던 자들을 경계하라는 것이었다. 삼선의 경고대로 그들은 얼마 지나지 않아 마의 실체에 직면하게 되었고 결국 거기서 만족할 만한 갖가지 능력들을 습득하게 되었다. 그들은 스스로가 어떻게 변해가고 있는지도 자각하지 못한 채 점차 마인이 돼 갔다. 그런 그들을 천선부는 경계하고 세상에 혹 해를 끼칠까 싶어 주의를 기울였다."

"삼선이 남긴 두 번째는 뭐지?"

"그건 바로 너와 관련된 얘기다."

휘륜은 어리둥절해졌다.

"나와?"

"바로 심신이 남긴 희대의 살성에 관해서였다. 검황의 시초가 된 사람이다. 처음부터 검황이라 불린 건 아니었다. 그자는 마교를 경계함과 동시에 검계 역시 속박하기 위해 삼선이 남긴 비장의 한 수였다. 검계의 제자들 중 가장 뛰어난 한 사람을 골라 삼선이 가르친 것은 누구라도 죽일 수 있는 능력이었다. 그 뒤로 검계는 마교를 감시해왔고 마교는 그런 검계와 살성을 부담스러워해 세상에 대한 야욕을 키워오면서도 쉽사리 자신을 드러낼 수가 없었다. 그렇게 또 세월이 흐르다가 스스로를 검황이라고 자처하는 살성이 등장했지. 그가 바로 초대 검황인 야율천자였다. 그는 역대 어떤 살성보다도 뛰어난 사람이었고 그 스스로 무공을 창안하고 보완하고 완벽한 것으로 만들 수 있는 특별한 초인이었지. 그는 삼선의 후예들 모두에게 재앙이 되었다. 하지만 다행인 건 그는 악하지 않았다. 오히려 너무 고지식한 선인이었다. 원리원칙대로 그는 자신에게 맡겨진 임무를 수행했다. 숱한 마교의 마인과 검계의 검사들이 그의 손아래 죽음을 맞았다. 어느 정도였느냐면 세속인과 접촉만 해도 금기를 어겼다면서 죽음을 내릴 정도였지. 검황의 횡포를 견디다 못한 검계는 결국 속세와 완전히 등지고 숨어들고 말았지. 그 뒤 초대 검황은 검계에다 검황들의 무덤인 검황총과 악인과 마인들을 가두는 금마옥을 지었다. 당시 검계의 검주들과 야율천자 사이에 하나의 약속이 세워졌으니 그건 바로 검황일맥이 존재하는 한 검계는 세상에 나오지 않는다는 것이었다.”

휘륜은 지금 옥불이 무얼 말하고 싶어 하는지 궁금했다.

“그건 나도 다 아는 얘기야. 대체 삼선이 무슨 얘기를 했다는 건지만 말해봐.”

“이 세계에 상극의 도리가 동시에 존재하는 건 필연이다. 악이 있으면 선이 있고 불이 물에 의해 소멸되는 것처럼 이런 상극의 도리는 우리 인간의 삶에도 예외는 아니지. 마와 접촉하고 그 마의 능력을 가진 사람들이 생겨나면서 그걸 견제할 천적이 생겨나기 시작했으니 그게 바로 너희 검황 일맥에게 내려진 천형이 실체다."

"뭐라고?"

"왜, 안 믿기냐? 삼선이 직접 한 말이니 나도 사실 여부는 모른다. 마교를 더 강력한 무언가로 억누를 수 있는 천부적인 능력이 너에겐 있다. 일단 너는 마공의 가장 큰 특징이자 이점 인 심성과 내력을 제어하는 능력에서부터 자유롭다. 그것만 해도 굉장한 것이지. 그리고 너는 마음먹기에 따라 저들 마교 도들보다 더 강력한 마공을 몸에 익히고 완성할 수도 있다."

"무슨 뚱딴지같은 소리냐? 지금 하는 얘기가 정말 삼선이 남긴 건 맞아?"

"한 점의 거짓이나 과장도 섞이지 않은 진실이다. 삼선은 특히 후대에 나타날 야율천자에 대해서 많은 얘기를 남겼다고 한다."

"초대 검황에 대해서?"

"초대 검황은 삼선과 깊은 연관이 있는 사람으로 과거에 어 떤 맹세를 하는 바람에 약속을 이행하기 위해 환생하는 사람 이라고 했다. 실상 마교가 가장 강력해질 때를 대비한 안배를 해두는 것, 그게 초대 검황 야율천자가 태어난 이유라는 거 지."

"나도 모르는 얘기를 하는군."

"마교가 가장 강성할 때라면 지금이 아닐까? 그럼 너와 관련이 있는 어떤 안배를 야율천자가 해두었다는 건데 혹시 짐작 가는 바가 없냐?"

"전혀. 그런 게 있었다면 스승님이 언질이라도 하셨겠지."

"마란 분노와 공포 원한, 미움 같은 감정을 양분으로 삼고 있다. 선한 의지도 강력한 힘을 발휘하지만 악한 의지 또한 그에 못지않은 무한한 능력을 지니고 있지. 그럴 일은 없어야겠지만…… 만약 네가 도저히 감당할 수 없는, 그래서 선한 의지만으로 저들을 억제하지 못할 때 너는 그 반대의 상황에 직면할 수도 있지 않을까. 그 순간 네 안에 금제되어 있는 마의 본성이 드러나고 자신을 자각하게 되면 세상이 감당할 수 없는 재앙이 될지도 모른다. 본 천선부의 선조들은 초대 검황 야율천자가 아슬아슬하게 그 경계를 넘어서지 않았다고 전하고 있다. 그리고 모든 역대의 검황들은 그런 가능성을 가지고 있다고 보고 경계해 왔던 거고."

휘륜은 기가 막혔다.

"그러니깐 네 말대로라면 나는 태어나면서부터 마의 본질에 가장 가까운 신체를 지니고 있는데 그게 억제돼 있다는 거냐?"

"잘 이해했네. 그런 셈이지."

"무슨 그런 얼토당토않은 얘기를 그리 진지하게 해. 허 참, 웃음도 나오지 않는군."

"홍타어르신께서 네게 끝내 하지 않은 얘기를 해줄까?"

결국 그 말까지 꺼내게 될 줄은 몰랐던지 옥불은 잠시 머뭇거렸다. 지금 이 순간 옥불은 자신이 혹 실수를 하고 있는 게 아닌가 우려스럽기 그지없었다.

"하지 않은 얘기?"

"증지산이 어디서 그런 능력을 얻었을까? 그가 검계에서 실종된 이유가, 또 그 사실이 검황인 네게만 전달이 안 된 이유가 뭐라 생각해? 그건 바로 네게 사실대로 얘기해줄 수 없었기 때문이지. 증지산은 금지돼 있던 곳을 들어갔다. 바로 검황총이다."

휘륜은 다소 충격을 받았다. 검황총은 검황에게는 성지였다. 역대의 검황들이 마지막 안식을 취하기 위해 간다는 그곳에 증지산이 들어갔다는 소리를 별 심적 동요 없이 들을 순 없었다.

"그가, 그가 검황총에 들어갔었다고?"

"그래. 그는 그곳에 들어갔다 나온 유일한 사람인 셈이지. 그가 거기서 무얼 보고 경험했는지는 알 길이 없다. 한 가지 분명한 사실은 검황총을 다녀오고 나서야 비로소 지금의 증지산이 완성되었다는 점이다."

"검황총에 내가 모르는 또 다른 무언가가 있다는 소리냐?"

"그건 나도 모른다. 하지만 아무것도 없다면 증지산이 저리 변할 수는 없겠지. 단순한 무덤일 뿐이라면 왜 그곳에 한 번

들어가면 다시는 못 나올까. 그것도 이상한 일이지. 거기에 무슨 큰 비밀이 숨어 있는 건 틀림없다. 천선부의 선행자들은 하필 검계가 그곳에 터를 잡은 건 검황총 때문이라고 믿고 있다."

휘륜은 이 순간 궁금해졌다.

"홍타어르신께서 왜 그 사실을 감춘 거지?"

"네가 혹…… 그곳으로 들어가려 할까 봐…… 그것이 걱정되니 그랬지, 다른 이유야 있을까. 지금 상황은 네 생각보다 더 심각하고 고약하다. 너와 나 그리고 천선부, 최악의 경우에는 검계까지 힘을 합하고 모아야 할 때다. 지금까지 검황은 독자적으로 행동해 왔고 본 천선부와도 일정한 거리를 뒀지만 이번 경우엔 그래선 곤란해. 나는 천선부 장령으로 네게 부탁하는 것이다."

"내게 뭘 원하는 거지?"

"우선은 증지산을 만나러 가지 마라. 내 생각에는 그를 만날 이유가 전혀 없다. 어차피 언젠가는 맞서야만 할 사람이다. 그리고 이제부터는 너 혼자 싸울 생각은 버리고 함께 싸우는 거다. 죽어도 모두가 함께 죽고 살아도 함께 사는 거야. 최악의 경우 정도련에 속한 사람 모두가 죽는다 해도, 이들의 전력을 소모해서라도 네 부담을 줄여야 한다. 그래도 안 되면 천선부를 동원한다."

"한 가지 묻자. 천선부에는 장령인 너와 다섯 장로인 천선 오로가 있다. 장령인 너는 어느 정도의 권한을 행사할 수 있지? 너는 저들에게 명령을 내릴 수 있나?"

옥불은 대답을 못 하고 머뭇거리다가 솔직하게 털어놨다.

"사실 상징적인 의미만 있을 뿐 천선부의 수행자들을 강제할 권한은 없다. 대신 딱 한 경우에는 막대한 권한을 행사할 수 있지."

"예외 경우가 뭔데?"

"검황의 유고시, 또는 검황의 힘으로 마교를 억지할 수 없다고 판단될 때 천선부 전 수행자들을 동원할 수 있는 권한이 있다. 대신 그런 권한 행사의 기회는 한 번뿐이다. 지금껏 그 권한은 행사된 적이 없었고 행사될 이유도 없었지."

"단 한 번이지만 천선부의 수행자 전원을 동원할 수 있다 이거지? 검황의 유고시에? 내가 죽고 나야 가능하단 소리군. 나는 솔직히 천선부의 수행자 수가 얼마나 되는지, 그 전력이 어느 정도인지 아는 바가 없다. 내가 접촉한 사람은 고작 몇 명에 불과했지. 과연 천선부가 마교를 상대하는 데 얼마나 큰 보탬이 되는지도 모르겠다. 이런 상황에 너희를 믿고 보조를 맞추자고?"

휘륜이 그런 얘기를 한 건 옥불의 입을 통해 천선부의 전력을 대충이나마 가늠해보기 위함이었다.

"천선부의 수행자들은 누구보다 오래 살아온 사람들이다. 내가 만나본 사람들 중에서도 가장 젊은 사람이 삼백 살이 넘고 너도 대충은 짐작하겠지만 홍타어르신은 자그마치 오백 살이 넘는 걸로 알고 있다. 그런 그들이 서로 접촉하길 꺼리는데다 잘 뭉치지 못해서 그렇지 어떤 계기가 주어져 힘을 합하면 검계나 마교에 비해 크게 열세는 아니라고 본다.”

“그럼 고민할 것 없이 천선부를 동원해.”

“흠, 그렇게 간단한 일이면 고민도 안 하지. 무엇보다 현재로서는 동원령을 내릴 명분이 없다. 네가 멀쩡하게 살아 있는데다 마교를 억지할 수 없다는 판단을 내리기에도 아직은 시기상조니깐. 좀 창피한 얘기긴 한데 천선부의 수행자들 성향을 감안해봤을 때 불리한 상황이다 싶으면 아예 발을 빼려고 들지도 모른다. 저들은 그만큼 싸우고 다투는 일에 소극적이고 세상이 뒤집혀도 별 관심이 없는 사람들이지.”

“자랑스러운 얘기는 아니군.”

“사실이니깐. 지금 해남도의 상황을 대충 간추려보면 일월신교에서 이탈한 반도들과 기존의 마교 직속 후예들이 섞여서 묘한 힘의 균형을 이루고 있다. 거기에 증지산이라는, 막후 절대자의 입김이 직접적으로 작용하는 신진 세력이 전면에 포진해 있지. 증지산은 현재 특별히 금지시킨 일만 아니면 마교도들이 어떤 짓을 저질러도 묵인하고 방관해오고 있다. 결국은 야욕을 드러내겠지만 그 시기는 짐작할 수 없고. 마탑을 앞세워 현재 사파가 장악하고 있던 지역을 유린하고 있지만 그게 저들 전력의 전부는 아니다. 그걸 우리는 항시 명심해야 한다.

어쨌든 현재 저들의 행보를 보면 너와 우리 천선부, 그리고 최종적으로는 검계의 개입까지도 안중에 없다는 듯 거침이 없다. 그 정도로 저들은 사기가 올라 있어. 그게 다 증지산이란 절대자의 존재 때문이겠지만. 결국 이러니저러니 해도 네가 과연 증지산을 처치할 수 있을까가 무엇보다 중요하다. 그것만 확실하다면 좀 힘든 과정을 거친다 해도 최종 승자는 우리가 될 테니 걱정 없지만, 만약 네가 증지산에게 굴복하고 만다면 희망이 사라지게 되는 거지. 홍타어르신이 증지산 앞에서 그런 꼴을 당했으니 천선부에는 그를 감당할 고수가 없고…… 검계의 두 검주라도 증지산에게는 무리일 게 뻔하고. 결국 네가 안 되면 누구라도 힘들다는 소리지. 증지산의 입장에서 생각하자면 너 하나만 제거해버리면 자신을 위협할 존재가 없는데 과연 그가 그 유혹을 거부할 수 있을까?”

“일리 있는 말이긴 한데…… 그가 조무래기가 아니라면 자신이 뱉은 말에 대한 책임은 지겠지.”

“그리고 검계 역시 현재로서는 미심쩍기 그지없다. 생각해봐라. 언젠가부터 검계의 반도가 생겨도 미리 그러기로 약속한 것처럼 중원을 안 거치고 곧바로 해남도로 가서 마교와 합류하고 있는 징후들이 포착되고 있지. 물론 그것만으로 검계의 변절을 의심하긴 부족하지만 우리는 항시 그 점도 염두에 두고 있어야 하겠지. 다시 한 번 누차 강조하거니와 예전처럼 네 단독으로 저들을 상대하기엔 여러모로 위험 부담이 커졌다. 가능한 한 동원할 수 있는 건 다 동원해야 한다고 본다. 무림에서도 핵심적인 고수만 추리면 무시할 수 없는 전력이 된다. 그러니 딴소리 말고 내 말대로 네가 정도련의 통령을 맡는 게 최상이다.”

옥불이 지금까지 늘어놓은 말들은 결국 그 얘기를 이끌어내기 위함이었다. 통령이 되어라. 거기에 대해 휘륜의 생각은 달랐다.

“통령은 무극검왕이 제격이다. 그가 너와 나의 뜻을 이어줄 거고 정도련을 장악하는 일 역시 너와 함께 잘 해내리라 본다.”

“그럴 거면서 출전은 왜 한 거지?”

“오늘 아침 제남에서 마교의 고수로 짐작되는 자들을 몇 명 보았다. 놈들이 무언가를 획책하고 있고 마침 공교롭게도 그 시기가 통령 선출과 맞물리다 보니 나로서도 안심이 안 됐던 것뿐이다. 거기에 더해 나머지 세 명의 검왕이 자진해서 물러나도록 압박하기 위함도 컸고.”

“역시 그들이 팔 하나씩이 잘린 것은 네가 한 짓이었군.”

“모르는 척해라.”

“그들이 너를 인정하지 않았나 보군.”

“그 대가를 치렀고 또 자유를 줬으니 앞으로는 더 이상 그 얘기를 할 필요도 없어졌다.”

“만약 그들이 변심한다면?”

“그 역시 대가를 치르면 된다. 목숨으로.”

“간단해서 좋군.”

“복잡할 일이 없지.”

“과거 네 사부의 은덕이 아니었다면 삼류 무사로 저잣거리
나 헤맸을 사람들이 배가 불렀군.”

“그렇게 볼 건 아니지. 지금까지의 성취는 자신들의 노력으
로 이뤄낸 것이니깐. 무극검왕 하나면 족하다. 억지로 충성을
맹세했다면 그게 오히려 내게는 부담이었을 거야. 그런 수하
는 없느니만 못하니깐.”

“그리고 보면 무극검왕은 대단한 사람이야.”

“대단하지.”

“그런 믿음직한 수족이 있다는 점 하나는 나도 부럽군.”

“그는 수하 그 이상의 의미다. 만약 이 싸움에서 내가 끝까
지 살아남는다면 중원은 그의 것이 되겠지.”

“너 이제 보니…… 무극검왕을 위해 뭔가 대단한 걸 준비하
고 있나 보군. 왠지 그런 느낌인데.”

“그 이상이라도 주고 싶은 마음이다. 우선은 무극검왕의 능
력을 현재보다 더 끌어올리는 게 급선무다. 그가 마교 고수들
과의 싸움에서 살아남도록 하자면 그 수밖에 없지.”

“현재 상태에서…… 마교 수뇌들을 만난다면 아무래도 좀
힘들겠지?”

“살아남지 못한다고 봐야지.”

"검왕들은 그 사실을 믿고 싶지 않을 거야."

"믿든 안 믿든 엄연한 현실인걸. 정작 자신이 죽는 순간이 되면 믿고 싶지 않아도 믿을 수밖에 없으니깐. 저들은 강하다. 내가 직접 상대해본 교주들은 현재 검왕들에 비하면 최소 몇 단계 위였다."

"본부의 장로님들은 어떨지 궁금하군."

"홍타어르신이라면……."

옥불은 궁금했다. 천선부 최강 고수인 홍타가 과연 어느 정도일지가.

"마교 교주들 중 하나쯤은 거뜬히 제압할 수 있겠지."

"둘이라면 역시 힘들단 소리군. 무서운 일이야. 그런 강자들이 마교에 얼마나 있을지 전혀 짐작조차 가지 않으니 말이다."

두 사람 사이에 합의를 이룰 수 있는 부분도 많았지만 반대로 원만하게 일치를 보이기에는 견해차가 너무 큰 것 역시 있었다. 그런 경우 주로 설득하는 쪽이 옥불이었고 거절하는 쪽은 휘륜이었다. 옥불은 어떤 희생을 치르더라도 마교만 소탕하면 된다는 쪽이었고 휘륜은 희생을 최소화할 수 없다면 별 의미가 없다는 쪽이었다. 옥불은 대규모 세력전으로 갈 것이 자명하므로 우선 적의 전력을 줄여놓은 뒤에 핵심수뇌부를 노리자는 주장을 펼쳤고 그에 반해 휘륜은 수뇌부만 제거하면 마교는 힘을 잃을 것이므로 후에 해남도로 몰아넣어두고 척살하든 살 길을 열어주든 하는 편이 좋겠다는 관점이었다. 아무리 생각해도 불가능해 보이는 길을 휘륜은 한사코 걷겠다고 고집하고 있으니 옥불로서도 답답한 노릇이 아닐 수 없었다. 두 사람의 의견이 팽팽하게 맞선 채 전혀 좁혀질 기미를 보이지 않음에도 불구하고 옥불은 휘륜을 제 계획의 핵심에서 결코 제외시킬 수가 없었다. 그가 없이는 아무런 그림도 그려지지 않기 때문이었다.

*　　*　　*

　통령 선출이 진행되기로 예정된 날이 되었고 정도련 광장은 이른 아침부터 인산인해를 이뤘다. 기본적으로 정도련 소속의 무인들 수가 많은데다 련주의 특별 조치로 오늘의 행사는 외부에 개방하도록 지시를 내렸기 때문이었다. 광장 가운데 설치돼 있는 대 주변은 사람으로 물결치는 바다라고 해도 손색이 없을 정도로 새까맣게 몰려든 인파로 발 디딜 틈도 없을 지경이었다. 단지 군중들 사이에 정도련 소속 무사들이 줄지어 서서 미리 구역을 나눠놨기에 망정이지 안 그랬으면 사람들이 오갈 길조차 막혀버릴 뻔했을 것이다.

　보통 비무대라고 해봐야 대개 폭이 십 장을 잘 넘지 않는 데 비해 오늘의 비무대 규모는 그 세 배는 족히 넘어 보였다. 비무대 바로 북쪽에 귀빈들을 위한 좌석을 따로 마련해두었는데 거긴 이미 빈자리 하나 없이 빼곡히 들어차 있었다. 각파의 장문인들과 배분이 높은 정파의 명숙들이 대거 자리를 잡고 있었다. 그중에는 무극검왕과 막부, 참마도도 보였다. 옥불 바로 옆자리에 앉은 세 사람은 오늘의 비무 결과가 어떻게 될지에는 별로 관심도 없는지 다른 얘기를 나누고 있는 중이었다.

"가주는 어디 가고 안 보입니까?"

"아까 륜이를 데리고 어딘가로 가던데 잘 모르겠습니다."

막부는 옥불에게 예전처럼 미동이라고 부르기도 멋쩍었고 편하게 말을 놓기도 어색했다. 어쨌든 지금은 정도련의 련주고 여기는 공적인 자리였다. 사람들이 보지 않는 곳이라면 편히 대하겠지만 사람들의 시선 때문에 여간 신경 쓰이는 게 아니었다. 그런 막부의 태도가 우스꽝스러웠는지 옥불은 장난을 쳤다.

"막할아버지, 어째 다른 사람이 된 것 같습니다. 이제는 머리통 안 쥐어박으실 거죠?"

막부는 누가 들은 게 아닌가 싶어 저절로 주변을 둘러봤다.

"제가 언제 련주님의 머리통, 아니 귀하신 존체에 손을 댔다고 그런 재미도 없는 농담을 다 하십니까. 허허허. 련주께서는 늙은이를 당황하게 만드는 재주가 아주 비상하시군요."

"막할아버지, 미동이 많이 컸죠?"

"흐음, 공공선사님께서 지금의 련주님 모습을 보았다면 참으로 대견하게 여기셨을 것입니다."

순간 옥불은 감상에 젖었다. 이빨이 다 빠져 철없는 사문의 어린 동자승들이 합죽이 노선사라고 놀렸지만 인자한 웃음이 얼굴에서 떠나지 않는 분이었다. 당시의 미동에게는 더없이 자상한 부모나 다름없는 분이었다. 천애고아인 자신을 업어 키웠고 어딜 가든 데리고 다녔다. 그가 쏟은 정성과 사랑은 지금도 생각하면 가슴이 뜨거워질 정도로 크고 깊었다.

'스승님. 저 옥불, 스승님의 기대를 저버리지 않는 천선부의 장령으로 한점 부끄러움 없는 사람으로 살겠습니다. 그 길만이 스승님의 헤아릴 수 없는 은덕에 조금이나마 보답하는 길임을 잘 알고 있습니다. 지켜봐 주십시오. 그리고 용기와 지혜를 주십시오. 이 험난한 시대를 헤쳐나갈 수 있도록 도와주십시오. 제 목숨을 바쳐 세상을 구할 수 있다면 저는 반드시 그리하겠습니다.'

소림사의 천수대사가 옥불에게 가까이 다가와 허리를 굽히고 여쭙는다.

"시작할까요?"

"그러시오."

천수대사는 약 반 각 동안 오늘의 이 대결이 갖는 의미에 대해 일장연설을 한 다음에 통령의 직위와 권한에 대한 설명을 간략하게 덧붙였다. 그런 뒤, 오늘의 출전자를 호명하기 시작했다.

"존칭은 생략하겠습니다. 무극검왕 고신철한, 낭왕 하군표,

만사통 좌정······."

낭왕 하군표까지는 군중들이 익히 들어본 명호들이었다. 하지만 그다음에 흘러나온 만사통 좌정은 연단에 앉은 장로들과 명숙들조차도 처음 들어보는 생소한 명호였다. 그다음은 더했다.

"남궁상진."

외호도 없이 이름만 호명된 사람이 있는가 하면,

"매초······ 향."

외호도 없고 거기다 여자가 아닐까 의심되는 이름까지 흘러나왔다.

나머지 두 사람도 생소하기는 마찬가지였다. 각기 단월량, 신도헌원이라는 이름이었는데 지금껏 강호에 알려진 바가 없는 정체불명의 신비인들이었다.

마지막으로 휘륜이 호명되었다.

"도제 휘륜. 이상 호명된 여덟 분은 속히 연단 위로 올라와 주십시오."

연단 상석의 장로 중 한 사람이 혀를 차며 중얼거리는 소리가 앞줄에 앉은 옥불의 귀에까지 똑똑하게 들렸다.

"이거 원, 자격을 미리 심사하지 않았더니 이름조차 들어보지 못한 뜨내기들까지 출전했나 보군. 검왕께서 나섰는데 주제도 모르고······ 어련히 물러나야지 쯧쯧."

"그래도 어지간히 제 실력에 자신이 있지 않고서야 저기 저

위로는 다리가 떨려서라도 못 올라갈 테니 지켜보면 알겠지
요.”

“실력을 입증한다 한들 사파 출신이면 별 소용이 없는 세
아니겠소.”

“그거야 그렇긴 하지만……..”

옥불은 아무래도 이번 비무대회에 별 제한을 두지 않은 것
이 실책이 아니었나 싶은 생각마저 들었다. 장로들의 대화에
서도 그런 우려 섞인 의견들이 오가고 있었다.

일곱 사람이 차례로 연단 위로 올라왔다.

휘륜은 제일 마지막에 연단 위로 천천히 모습을 보였다. 그
런데 사람들의 눈을 의심케 할 장면이 연출되고 있었다. 놀랍
게도 일곱 번째로 호명된 매초향(梅艸香)이 정말로 여자였던
것이다. 두꺼운 검은색 면사로 얼굴의 대부분을 가리고 있어
용모는 확인할 길 없었지만 그가 여자라는 사실은 몸매만 보
아도 알 수 있는 일이있다. 친수대사 역시 의외라고 생각했는
지 출전 의사를 재차 확인했다.

“본인이 맞습니까?”

그러자 엉뚱하게도 바로 옆에 있던 젊은이에게서 대답이 흘
러나왔다.

“전 본인이 아닙니다. 스승님을 대신해서 나왔습니다. 본인
이 직접 신청해야 한다고 해서 임시방편으로 우선 제 이름으
로 올렸습니다. 금방 오실 겁니다. 잠시만 기다려 주시면 안

되겠습니까?”

바로 남궁상진이라는 이름을 지닌 젊은이였다. 천수대사는 이 경우 어떻게 처리해야 할지 미리 결정해둔 바가 없기 때문에 옥불을 잠시 바라봤다. 옥불이 고개를 가로젓는 것을 확인하고 천수대사는 단호하게 말했다.

“아무래도 사정을 일일이 봐드릴 수 없습니다. 더 이상 지체하는 건 안 되겠군요. 소협의 스승님께서 누구신지 모르지만 아무래도 정상적인 접수로 보기엔…….”

바로 그때였다.

“천수대사, 나 여기 와 있네.”

하늘에 보이지 않는 계단이라도 설치해 둔 것이 아닌가 싶을 정도로 허공을 빠르게 걸으며 다가오는 사람이 있었다. 그의 모습을 일별한 연단 위의 사람들이 분분히 자리에서 일어서는 모습만 봐도 꽤나 놀란 눈치들이었다.

“스승님!”

남궁상진은 그제야 안심이 된 듯 길게 숨을 토하고는 한 걸음 물러섰다. 길게 자란 흰 수염을 나풀거리며 연단 위로 떨어져 내린 노인은 제자의 머리를 한 번 쓰다듬어 주었다.

“수고했다.”

“네, 스승님. 전 이만 내려가겠습니다.”

제자 대신 연단에 남은 노인은 천수대사뿐만 아니라 연단 위의 경악해 마지않는 장로들을 바라보며 너털웃음을 흘렸다.

"다들 오랜만이오. 살아들 있으니 다시 만나는구려."

그의 시선이 무극검왕에게서 멈췄다.

"건강하신 모습을 보니 좋구려. 그 태산 같은 기도는 여전히 사람을 주눅 들게 만드는구려."

무극검왕은 설마 그가 이런 자리에, 이런 순간에 나타날 줄은 몰랐기에 의외였긴 했지만 반갑게 노인을 대했다.

"오셨구려. 칠기의 맏형이신 벽사신군(辟邪神君)께서 이대로 무림을 은퇴했다고는 믿지 않았소."

"허허허. 다 부질없는 일인 줄은 알지만 기력이 남아 있는 한 최선을 다해보는 것이 또한 무인으로서의 본성이자 도리가 아니겠소. 패배가 내게는 쓴 약이 되었고 그 덕분에 제 부족함을 깨달았으니 검왕께는 무척 고맙게 생각하고 있소."

정파 무림의 최고수를 다투던 일곱 고수들 중에 단연 두각을 보였던 벽사신군이 마지막으로 무림에서 모습을 감춘 것이 무극검왕과의 대결에서 패한 이후였다. 그랬던 그가 통령을 가리는 자리에 나타난 것은 대단히 충격적인 일이었다. 그 자신이 칠기 중 한 사람이기도 한 천수대사는 아직까지도 벽사신군의 출현이 믿기지 않는다는 표정이었다.

"천수, 뭘 그리 넋을 놓고 있나? 다들 기다리고 있거늘 어서 진행하지 않고."

"정말 엄시주시오?"

"어허, 이 사람 아주 넋을 빼놓고 있군. 내가 아니면 누구란 말인가."

"그, 그럼 진행하겠습니다. 혹시 벽사신군 임무외 선배의 출전을 인정할 수 없다는 출전자분은 안 계십니까? 따지고 보면 이건 편법인지라 만약…… 여러분 중 한 분이라도 반대하는 분이 계시면 장로회에서 다시 논의를 거쳐서 결정을 내리도록 하겠습니다."

"대사님, 반대하는 사람 없으니 속히 진행하시지요."

낭왕이었다. 그는 휘륜 못지않은 거구였다. 키는 휘륜 정도였지만 몸무게는 족히 두 배는 될 듯싶었다. 그는 제 머리통만한 철추 두 개를 어깨에 짊어지고 아까부터 뭐가 그리 신이 나는지 히죽거리며 웃고 있었다.

"좋습니다. 대결 상대는 공평하게 제비뽑기로 결정하도록 하겠습니다."

천수대사는 두꺼운 검은 천으로 가려진 상자를 하나 가져왔다.

"이 안에는 각기 다른 숫자가 적힌 구슬이 여덟 개 있습니다. 일부터 팔까지 적힌 구슬 중에 일과 이를 뽑은 분들끼리, 삼과 사를 뽑은 분들끼리 대결해 승자를 가리게 됩니다. 그런 식으로 네 번의 대결을 마무리한 뒤 승자들은 재추첨을 통해서 비무 대상을 새로 결정하게 됩니다. 질문 있으십니까?"

낭왕이 입을 열었다.

"대사, 승리 조건은 어떻게 됩니까?"

"네 가지 경우에 해당됩니다. 비무대 밖의 바닥이나 기물에 신체 중 일부가 닿으면 그 즉시 승패가 가려집니다. 패배를 자인할 때도 마찬가집니다. 더 이상 싸울 수 없는 상태가 될 경우 심판인 제 권한으로 중지시킬 수 있습니다. 계속 대결을 펼칠 순 있어도 부상이 심할 경우 역시 제 권한으로 중단시킬 수 있습니다. 마지막 경우에 출전자가 계속 대결하겠다는 의사를 표시해도 소용없습니다. 그러니 되도록 서로 부상을 당하지 않도록 각별히 유의해 주십시오. 이 대결은 고하를 가리기 위함일 뿐, 승부가 가려지면 치명적인 살수는 펼치지 말아주십시오. 만약 고의적으로 살인을 할 경우 실격시키도록 하겠습니다."

낭왕이 어이없어하며 다시 물었다.

"실력이 엇비슷할 경우 전력을 다하다 보면 살수를 쓸 수밖에 없소."

"물론 그런 점은 참고하겠습니다. 그럼 한 분씩 차례로 추첨을 해주십시오."

여덟 사람의 숫자가 정해졌고 그 순서대로 연단 앞쪽에 마련된 의자에 자리를 잡았다.

휘륜은 칠(七)이 적힌 구슬을 뽑았는데 첫 번째 상대인 팔(八)을 뽑은 사람은 이름도 얼굴도 중인들에게 생소한 신비인이었다.

벽사신군과 만사통 좌정이라는 정체불명의 신비인이 먼저

대결을 펼치게 되었고 두 번째는 무극검왕과 단월량이, 세 번째는 낭왕과 유일한 홍일점인 매초향이, 마지막 대결은 도제 휘륜과 신도헌원의 대결이었다.

관전자들의 대개는 처음 네 명을 가리는 대결은 너무도 결과가 뻔해 시시해질 것이라고 생각했다. 자리에 착석하니 옥불의 전음이 휘륜의 귓속으로 파고들었다.

『그 네 명의 정체에 대해 혹 짚이는 거라도 있느냐? 네 주변을 서성거리던 마교의 고수들이 아닐까?』

『모르겠다. 네 사람 중 마기가 감지되는 건 한 명뿐이다.』

『그게 누군데?』

『낭왕과 상대하는 매초향이란 여자다. 수준이 보통이 아닐 것 같다.』

『낭왕이라면 그래도 무림에서는 칠기 못지않은 명성을 지닌 사람인데 쉽게 패할까?』

『네 기대가 무참히 깨질 것 같은데. 패하는 건 자명해 보이고 목숨이라도 부지하면 다행이지 싶다.』

옥불은 불신의 빛을 보였다.

『그 정도란 말이지. 만약 네 예상대로 저 여자가 마교의 고수라면 이 자리에는 무슨 의도를 품고 나타난 거지?』

『그야 모르지. 무슨 속셈이 있는지.』

『어찌할 작정이냐?』

『상황을 보면서 결정해야겠지만 여차하면…… 피를 봐야겠지.』

『그냥 이 대결을 없던 것으로 취소하고 저들을 사로잡아 추궁해 보는 편이 낫지 않을까. 저들 네 사람 모두가 의심스러운 상태라고 봐야 한다.』

『좀 더 두고 보자. 결코 이 자들이 원하는 대로 되진 않을 테니깐.』

『그래. 네가 잘 알아서 하겠지. 으음, 나도 주의 깊게 살펴봐야겠구나. 네 말이 맞는 거 같은데. 본부의 장로님들도 저들 네 사람이 수상하다고 하시는군.』

옥불 주변에는 늘 그들이 있다고 봐야 한다. 적어도 한 명 이상은 상주하면서 그를 보호하고 있는 것이다.

육(六)이 적힌 구슬을 뽑는 바람에 휘륜의 바로 옆자리에 앉게 된 매초향을 휘륜은 슬쩍 바라봤다. 그 시선을 매초향도 느꼈는지 휘륜과 시선을 교환했다.

그녀가 별다른 행동을 히는 것도 아니고 그저 바라만 보았을 뿐인데 섬뜩한 냉기가 흘러나온다.

그때 첫 번째 대결을 위해 두 사람의 출전자가 비무대 위로 올라서고 있었다. 거리를 벌린 채 양쪽으로 갈라 선 두 사람 사이에서 팽팽한 긴장감이 흘러나오기 시작했다. 천수대사가 연단 위로 물러선 뒤에 큰 소리로 외쳤다.

"첫 번째 대결 상대자는 벽사신군과 좌정입니다. 시작하겠습니다."

제5장
면사녀 매초향(梅艸香)

천수대사의 비무 시작을 알리는 일성이 있은 뒤로도 한참 동안 두 사람은 그대로 자기 자리를 지키고 있었다. 만사통 좌정은 검을 뽑아든 채로 천천히 호흡을 가다듬고 있었고 벽사신군은 양손을 부드럽게 늘어뜨린 채 발끝만 이리저리 조금씩 움식이고 있을 따름이었다.

매초향은 혼잣말로 중얼거렸다.

"사실상 이게 첫 대면인가. 새 하늘과 새 땅이 열리려면 반드시 한 번은 진통을 겪어야겠지."

무슨 의미일까. 휘륜은 당찬 매초향의 음성에 왠지 모를 처연함도 함께 담겨 있는 걸 놓치지 않았다.

본래 사람은 타고난 천성대로 살아가나, 환경에 따라 그 천성에서 멀어지기도 하는 법이다. 그녀가 어떤 삶을 살아왔는지는, 그래서 확인하지 않으면 안 되는 일이었다. 마공을 익혔다면 일단은 의심하는 편이 이로운 것이다. 그 마공이 심성에 영향을 미칠만한 것인지 아닌지가 중요했다.

마도의 계승자들이 사파에 관여하지 않았다면, 그리고 마탑이 등장하지 않았다면 단지 마공을 익혔다는 이유만으로 경계의 대상이 될 리는 만무하다. 시기가 시기인 만큼 정파인들이라면 그녀를 의심 없이 받아들이기 힘들 것이다. 그걸 그녀 자신이 가장 잘 알 것이다. 그런데도 이런 민감한 시기에 통령이 되겠다고 출전한 그 저의를 의심하지 않을 수 없었다.

만사통 좌정과 벽사신군의 대결은 막 시작되고 있었다. 비석처럼 땅에 두 발을 붙이고 움직일 생각이 없던 두 사람은 마치 약속이라도 한 듯 동시에 움직였다.

벽사신군은 칠기를 대표해 과거 무극검왕에게 도전했고 아깝게 패했다. 생애 첫 패배는 그 자신에게도 쓰라린 것이었지만 칠기가 누리던 명성과 영향력에 금이 가기 시작한 원년이기도 했기에 칠기 전체에게 절망적인 날로 기억되고 있었다. 그날의 패배를 되새기며, 절치부심하며 다시 기회를 잡은 벽사신군이기에 오늘 이 자리에 모습을 나타낸 각오가 남다른 것이었다. 또다시 패할 순 없었다.

난세에 등장하는 영웅이란 그 난세를 누군가가 끝내주길 바라는 힘없는 약자들의 기대감이 절반쯤 만들어 내는 것이다. 누구라도 그 기회를 잡을 수 있었고 누구라도 영웅이 될 수 있었다. 정파인들의 입장에서 보자면 이번 대결의 최종 승자가 되는 것이야말로 그 영웅이 되기 위한 첫걸음이었다. 살 만큼 살았고 누릴 만큼 누린 벽사신군이 새로운 야심을 품었다고 보기는 어려웠다. 그에게 절실한 것은 오로지 명예 회복뿐이었다.

두 사람이 한 번씩 부딪히고 떨어질 때마다 비무대 아래의 군중들에게서는 연신 감탄성이 흘러나왔다. 천신들이 하강해 서로 재주를 겨루고 있는 것처럼 보였기 때문이다. 제법 무공을 수련한 티가 나기 시작하는 제일 앞줄의 소년 검객은 넋을 놓고 두 사람을 우러러보고 있었다. 그 소년의 앞날에 지금의 신선한 충격은 영원히 가시지 않고 화인처럼 심장이 뛰는 한 남아 있을 것이었다.

벽사신군이 펼치는 벽사신강은 전체적으로 흰 강기의 덩어리, 그 가운데에 푸른 물을 들여놓은 것 같은 형상이었다. 인간의 두 손에서 뻗어 나왔다고는 믿기 힘든 강기는 정교함은 좀 떨어졌지만 그 위력에 있어서만은 검왕들과 자웅을 겨루기에도 부족하지 않은 것이었다. 그가 은거를 깨고 다시 나타난 이유를 알 것 같았다. 그런데 놀라운 일은 예전과 비교해 뚜렷하게 강해져 있는 벽사신군을 상대로 전혀 밀리지 않는 좌정이란 사람의 실력이었다. 사파에 저런 고수가 있다는 소리는 들은 적이 없었다. 정파 측 수뇌들은 저도 모르게 마교라는 이름을 뇌리에 떠올리기 시작했다. 딱히 마공으로 보이지도 않지만 그런 생각을 지우기가 힘들었다. 그렇지 않고서는 설명이 되지 않는 강자의 출현이었기 때문이다. 두 사람의 비무는 어느 한 사람이 압도하지 못한 채 백중지세의 대결로 흘러갔다.

오십여 초가 흘러가자 좌정의 검 끝에 서린 강기가 좀 더 강력해지며 벽사신군을 위협했다. 두 사람의 강기들은 맨몸에 스치기만 해도 심각한 타격이 될 정도로 위력적이었다.

단번에 끝날 것 같은데 신기하게도 두 사람은 어느새 오십 초를 넘기고 있었다. 수 싸움이 정말 치열했다. 어느 것이 허초이고 어느 것이 실초인지 짐작하기도 힘들뿐더러 허초였던 것이 어느새 실초가 되고 실초라고 생각한 것이 허초로 유인하고 있으니, 막상 상대하고 있는 두 사람은 연신 등줄기에 땀이 솟을 정도로 긴장하고 있었다.

연단 상석에 앉은 장로들 역시 언제부터인지 관전자가 되어 두 고수가 전력을 다해 상대하는 장면을 단 한 순간도 놓치지 않으려는 듯 집중하고 있었다.

"오, 조금만 더 깊었으면 끝낼 수도 있었는데……."

제 일처럼 안타까워하는 사람은 저도 모르게 벽사신군을 응원하고 있는 막부였다. 그걸 들은 옥불이 곁에 앉아 있는 막부에게 넌지시 물었다.

"막할아버지, 누가 이길 것 같나요?"

"글쎄요, 현재로선 도저히 예상힐 수 없습니다."

"벽사신군께서 이기시길 바라시겠군요."

"ㄱ, 그아……."

"승부가 한쪽으로 급격하게 기울기 시작하는군요. 마지막 불꽃을 태우기 위해 그가 흘렸을 고통의 순간들이 느껴집니다. 꺼지지 않는 불굴의 혼이 아름다운 승리를 만들어 내겠군요."

옥불의 말처럼 벽사신군은 누구도 의심하지 않을 완벽한 승리를 거머쥐기 위해 마지막 안간힘을 짜내고 있었다. 벽사신군은 무극검왕에게 패할 당시와는 확연히 달라져 있었다. 막백 초가 되는 순간 벽사신군이 궁지에 몰린 것처럼 보였다. 하지만 그건 무공을 잘 이해하지 못하는 사람들의 눈에만 그리 보였을 따름이었다. 벽사신군은 좌정의 검초에 익숙해지기 시작했고 검로의 변화를 반 박자 빠르게 미리 차단해갔다.

스스스스.

벽사신군의 성명절기인 벽사신장의 최후 절초가 펼쳐졌다. 허공을 가득 채워버리는 벽사신군의 손 그림자가 너울너울 춤을 추며 다가서는 나비들처럼 좌정을 압박해갔다. 좌정도 마지막임을 직감한 듯 전력을 다 기울였다. 그런데 이런 절체절명의 순간에조차 전혀 긴장하지 않고 오히려 입가에 미소를 짓고 있는 것이 이채로웠다. 두 개의 각기 다른 강기들이 부딪히며 섞여 들어갔다.

강기를 포함한 모든 기력은 충돌을 일으키면 반드시 어느 한 쪽은 부서지거나 소멸하기 마련이었다. 그 때문에 제 공력이 상대에 비해 다소 부족하다 싶으면 상대의 공격을 정면으로 맞상대하지 않고 다른 방법으로 우회해서 승부를 결정지으려고 한다.

지금 두 사람이 힘과 힘의 정면 격돌을 하게 된 데에는 초식의 전개만으로 승부가 결정되기 쉽지 않다고 판단해서이기도 했지만, 무엇보다 좌정이 피할 수 있는 방위가 모조리 차단당했다는 이유가 가장 컸다. 설사 이번 한 수를 피한다 해도 유리한 국면으로 반전시킬 자신이 없어진 좌정은 전력을 다해 마주치기로 결정을 내렸고 그 때문에 두 사람 사이에서 부딪힌 강기의 충돌은 벽력탄이 터지는 것 이상의 굉음을 자아내고 있었다.

콰쾅 쾅.

쩡 쩌쩡 쩡.

화려한 폭발이 연달아 터진 후 좌정의 신형은 여력을 견디지 못하고 비칠비칠 물러서고 있었다.

"으음."

좌정의 입술을 비집고 묵직한 신음성이 새어 나왔다. 옷자락의 앞섶이 찢어져 화기에 그을려 있었고 세우고 있던 검 끝이 부르르 진저리를 치며 떨리고 있었다. 그에 반해 벽사신군은 처음 비무를 시작했을 때와 별반 차이가 없는 모습으로 고요히 비무대 한쪽에 자리 잡고 있었다. 두 사람의 마지막 대결로 우위는 확실히 가려진 셈이었다.

좌정은 무지막지한 벽사신군의 공격을 대부분 막아내긴 했지만 그 충격마저 온전히 다스리진 못했던 것이다. 좌정이 수세에 몰리지 않았다면 이런 정면 격돌을 택하지도 않았을 것이다. 두 사람의 대결이 시작되고 나서 좌정은 벽사신군이 자신보다는 내력에서 앞선다는 걸 알게 됐고 그 때문에 초식의 우위를 바탕으로 장기전으로 유도해 갔다. 상대의 강기가 아무리 강력하다 해도 부딪히지만 않으면 얼마든지 유리하게 이끌어갈 자신이 있었다.

그런 자신의 생각이 잘못됐다는 걸 느낀 건 삼십 초가 지났을 때쯤이었다. 벽사신군은 초식 운용에 있어서도 결코 자신의 하수가 아니었다. 더군다나 좌정이 모르는 사실이 있었는데 벽사신군은 오대 검왕의 검법에 대한 연구를 철저히 해왔고 그 과정에서 저절로 터득하게 된 검로에 대한 이해력 때문에 어지간한 검법은 즉시 파해할 수 있을 정도의 능력을 갖게되었다. 좌정은 어느 순간인가부터 상대가 제 검로를 미리 예상하고 있다는 느낌을 강하게 받았는데 그때부터 변초 구사에 주력했다. 위력은 다소 떨어져도 변칙적인 초식으로 반전을 노려봤지만 그조차도 실패하고 말았고 한번 수세에 몰리기 시작하자 자신이 할 수 있는 선택의 폭이 점점 좁아지기 시작했다. 벽사신군은 서두르지 않고 조금씩 좌정을 몰아붙이며 힘의 대결로 유도해갔으며 결국에는 더 이상 피할 수 없는 지경까지 다다르고 만 것이었다. 이런 두 사람의 대결 과정을 온전히 이해하고 있는 사람은 관전자들 중에서도 소수에 불과했다.

좌정은 찢어진 앞섶을 슬쩍 내려다보더니 힘없이 검을 내려뜨렸다.

이어 좌정의 입에서 패배자의 것이라고 느껴지지 않는 여유로운 한마디가 흘러나왔다.

"졌소. 변명의 여지가 없구려. 당신은 대단한 고수요. 중원의 무공이 예상보다 뛰어나다는 사실을 인정하지 않을 수가 없구려."

두 사람의 승부가 생사를 가려야 하는 실전이었다면 상황은 달라졌을지도 모른다. 방금 그 한 수에 좌정이 치명적인 부상을 입었을 가능성은 매우 희박했다. 끝까지 싸운다면 누가 최후의 승자가 될지는, 마주 선 두 사람도 끝까지 가보기 전에는 알 수 없는 일이었다. 그렇지만 오늘은 서로의 목숨을 취해야 하는 절박한 대결은 아니었다. 한 수의 득수만으로도 승리를 결정지을 수 있었다.

"벽사신군께서 승리하셨습니다."

벽사신군의 승리를 선언하는 천수대사의 목소리가 미세하게나마 떨리고 있었다. 그 역시 좋든 싫든 칠기의 한 사람으로

서 오대 검왕의 등장 이후로 뒷전으로 밀려난 사실을 부인할 수 없었다. 벽사신군의 패배 이후로 정파의 공인된 최고수는 다섯 명의 검왕이었다. 그들이 버티고 있는 한, 그리고 칠기보나 우월한 다섯 검왕의 무력이 존재하는 한 자신들은 언제까지나 그다음 자리에 매김될 수밖에 없었다. 벽사신군의 뼈를 깎는 인고의 세월이 어쩌면 기울어진 추를 원래대로 돌려놓을지도 모른다는 기대감이 슬며시 피어오르기 시작했다.

"이런 비무는 역시 생소하군. 정파인들은 그런 면에서 보자면 시시하기 짝이 없어. 말도 안 되는 규칙을 정해서 서로의 고하를 결정하려 들다니."

불만 섞인 매초향의 중얼거림에 휘륜은 절로 관심이 갔다.

"독하지 않으면 장부가 아니라고 했지. 그리고 무사는 생사를 결정짓기 전까지는 검을 거둬들이는 법이 아닌데 저게 뭐 하는 짓인지. 비무나 하자고 이 많은 사람을 불러 모았다니…… 참으로 한심해. 서로의 목숨을 취하는 대결 가운데 우열은 수시로 바뀌는 것이거늘, 단 한 번의 우위로 승부를 결정짓다니 이 얼마나 우매하고 불합리한 짓인가."

바로 그때, 패한 좌정이 비무대를 내려가기 전 연단 쪽을 바라보며 살짝 고개를 숙이는 걸 보며 휘륜은 고개를 갸웃거렸다. 그가 목례를 한 것이 상석에 있는 귀빈들을 향한 의례적인 인사로는 생각되지 않았기 때문이다. 왠지 그 인사가 매초향을 향한 것이었다는 생각을 지울 수 없었다.

"당신은 좀 다르겠죠? 당신에게서는 피 냄새가 나는군요. 아주 진한 야성의 피 냄새가. 그 냄새가 너무도 짙어서 저를 흥분시키고 있다는 걸 알고 있나요?"

매초향이 옆으로 고개를 돌리고 하는 말에 휘륜은 피식 웃고 말았다. 그녀는 지금 은연중에 공력을 펼쳐 다른 사람은 자신의 목소리를 들을 수 없도록 차단하고 있었다. 이렇게 탁 트인 공간에서 음파를 차단할 수 있는 능력만 보아도 그녀의 실력이 대단하다는 걸 알 수 있었다. 게다가 그녀는 자신의 본색을 드러내려 하고 있지 않은가. 그녀는 지금 휘륜을 대화의 장으로 끌어들이고 있었다.

휘륜은 상대가 누군지 여기 무슨 의도를 가지고 출전했는지가 궁금해졌다. 이렇게 된 마당에 이리저리 돌려 말하지 않고 딱 부러지게 물었다.

"너희는 누구지? 여기 무슨 목적으로 왔지? 피에 굶주린 마교의 졸자들인가?"

"호호호. 다른 사람이 그런 식으로 말했다면 당장 목을 비틀었겠지만 당신쯤 되니 무례하게 들리진 않는군요."

"증지산이 보냈나?"

휘륜의 그 말에 매초향의 입가에 어려 있던 미소가 단번에 싹 가셨다.

"충고하는데 그 이름을 함부로 입에 올리지 않는 게 좋아요."

"그렇군. 너희는 내 짐작대로 역시 마교도들이었군."

매초향은 흥분하지도, 부정도 긍정도 하지 않았다. 그저 처음과 마찬가지로 냉정을 유지하고 있을 뿐이었다.

옥불은 휘륜과 매초향이 서로 대화를 나누고 있다는 걸 짐작하면서도 그들이 무슨 이야기를 주고받는지는 알 길이 없었다. 음성이 차단되었기 때문이다. 정면의 방향이 아니기에 입 모양도 제대로 확인할 수 없었다. 답답했지만 잠시 기다려 보기로 했다. 휘륜이 어련히 알려주지 않을까 싶어서였다.

"본녀를 그런 시시껄렁한 잡배들 중 하나로 보았다니 유감이로군요."

예상 밖의 말이 매초향의 입에서 흘러나오자 휘륜은 의아해졌다.

"마교도임을 부정하는 건가? 이상한 일이군. 여태껏 겪어본 마교도들은 스스로 마교도임을 자랑스러워했던 것 같았는데 별종이로군."

"확실하게 밝히는데…… 엄밀하게 말해 본녀는 마교도가 아닙니다."

"네게서 마기가 느껴지는데도 부정한다는 건가?"

"마공을 익혔다고 다 마교도라 생각하다니…… 자신이 지금 편협한 인간이라고 자랑이라도 하고 싶은 건가요?"

휘륜의 머릿속은 갑자기 복잡해졌다.

'증지산과 관련이 있음은 부정하지 않고 마교도라는 건 부

정하고 있다. 어조로 보아하니 오히려 마교를 증오하는 것 같지 않은가. 무슨 영문인지 모르겠군.'

"함께 출전한 세 사람도 당신 일행이겠지?"

"솔직하게 털어놓죠. 우리는 애초부터 여기에 출전할 의사는 없었어요. 그런데 마침 당신이 출전할 거라는 정보를 얻게 되었고 좀 더 자세히 살펴볼까 하는 호기심에 출전하게 된 것뿐이죠. 그런데 문제가 생겼죠. 예상과 달리 너무 적은 인원이 출전 의사를 표명했더군요. 그 바람에 주목을 받게 되었으니 무척 난처해졌죠. 지금의 이런 상황이 즐겁지만은 않아요. 하긴 뭐, 이런 곳에서 당신의 본래 실력을 다 드러내진 않겠지만 어쨌든 좋잖아요. 덤으로 정파 최고수라는 검왕들 실력도 겪어볼 수 있게 됐으니."

두 사람은 서로를 바라보지 않은 채 정면에 시선을 두고 얘기를 나누고 있었는데 어느새 두 번째 대결이 시작된 후였다. 무극검왕과 단월량의 대결은 좀 전보다 더 치열했다. 다만 처음부터 무극검왕이 우세를 점한 채 일방적으로 몰아붙이고 있다는 사실이 첫 번째 비무와 다른 점이었다. 단월량은 열세에 처했으면서도 당황하지 않고 극렬하게 저항하고 있었다. 단월량은 지름이 약 한 자 정도 되는 두 개의 륜을 어깨에 메고 있다가 풀어내 사용하고 있었는데 그가 쓰는 륜법은 단순하다 싶을 정도로 비슷한 초식이 되풀이되는 것이 특징이었다. 자세히 보면 미세하게나마 조금씩 다른 것을 알아차릴 수 있었다. 모든 초식이 완벽하게 연환되며 전혀 빈틈을 찾을 수 없었고 불필요한 낭비가 없었다. 아까 좌정에게서도 느꼈지만 휘륜은 단월량의 륜법 역시 마공의 그 특유의 공능이 전혀 발휘되지 않고 있다는 사실에 주목했다.

'이 자들은 대체 뭐지? 마공을 저 정도 수준까지 익혔으면 당연히 나타나는 현상이 이들에게서 보이지가 않는다. 마기는 기본적으로 상대의 내기에 침투해 억압하고 방해하며 제어하는 성질을 지니고 있고 그 수준이 올라갈수록 그 능력은 현저하게 향상된다. 이들이 의도적으로 그 능력을 제한하고 있는 것인가? 만약 그렇다면 왜? 자신들을 감추기 위해서? 아니야. 그런 단순한 이유가 아닌 것 같다.'

아무리 생각해도 의문이 풀리지 않자 휘륜은 결국 매초향에게 질문할 수밖에 없었다.

"강력한 마기는 상대의 내력을 제어하는 효력을 발휘하지. 마교의 마공을 중원의 무학으로 감당하기 힘든 점이 바로 그것 때문이었는데 너희들에게서 그런 능력이 전혀 발휘되지 않고 있군. 의도적으로 제한하고 있는 것인가?"

"흠, 물론 우리도 하자면 그런 수단을 쓸 수도 있어요."

결국 매초향의 말대로라면 일부러 그런 수단을 쓰지는 않는다는 뜻이었다.

"사정이야 어찌 됐든 이것 역시 승부인데 전혀 이기고 싶지 않은가 보군."

"우리는 적을 향해서만 이빨을 드러냅니다. 여기 있는 사람들은 아직까지는 우리 적이 아니죠. 오히려 그 반대일 수도 있어요."

"반대?"

"적의 적은 동지가 될 수도 있지 않겠어요?"

"지금 그 말은 마교가 너희 적이라고 말하는 건가?"

매초향은 완전히 고개를 휘륜 쪽으로 돌리고 한 자 한 자 힘주어 말했다.

"제발 있는 그대로 좀 받아들여줬으면 좋겠어요. 다시 말하는데 우리는 마교도도 아니고 오히려 마교도들과는 양립할 수 없는 사람들입니다. 저들과 우리 사이에 수년간 전쟁이 계속되고 있고 그 싸움은 둘 중 하나가 완전히 괴멸될 때까지는 멈추지 않아요. 우리와 저들과는 근본적으로 다르답니다. 단지 마공을 사용한다는 그 하나만으로 같은 무리로 엮이는 건 우리한테는 상당히 불쾌하고 무례한 일입니다."

저 말이 사실이라면 휘륜으로서도 무척 흥미로운 일이 아닐 수 없었다. 마교가 내분을 겪고 있다는 것이 되니 말이다. 그때 휘륜의 뇌리를 스치는 생각이 있었다.

'혹시 이들은 검계에서 유입된 반도들과 그 반도들의 후예가 아닐까? 어쨌든 이들과는 좀 더 대화를 해볼 가치가 있겠는걸.'

휘륜은 속마음을 숨기지 않고 솔직히 털어놨다.

"이 대결이 끝나면 따로 자리를 마련해서 심도 깊은 논의를 해보고 싶군. 당신들에게 궁금한 게 많아졌어.

"저도 대환영입니다. 저희가 이곳 제남까지 흘러들어온 목적은 다른 데 있었지만 당신이 이곳에 있는 것을 알았으니 대화를 나눠 보는 것도 좋겠지요. 그전에 먼저 처리할 일이 있습니다. 그 일을 마무리 짓고 나서 당신을 찾아가도록 하겠습니다."

매초향의 그 말을 끝으로 두 사람 사이의 대화는 종료됐다.

무극검왕과 단월량의 대결은 절정에 달해 있었다.

무극검왕은 이제 끝내야겠다는 생각을 굳힌 탓인지 막 이기어검술을 사용하고 있었다. 이런 고수들 간의 대결에서 더군다나 한정된 공간인 비무대 위에서 저처럼 이기어검을 시전한다는 건 위험하기 짝이 없는 일이었다.

각기 한 손에 하나씩의 륜을 잡은 단월량은 긴장한 빛이 역력했다. 그는 선공을 할 생각이 없는 것 같아 보였다. 오히려 무극검왕의 공격이 시작되길 기다렸다. 이기이검술이 무서운 건 감당할 수 없는 속도 때문이었다. 그 폭발적인 속도와 힘을 이겨낼 수 있느냐 없느냐가 이번 승부의 관건이었다. 이기어검술은 검을 몸에서 분리해 사용하는 것인 만큼 막대한 공력 손실이 있다. 그 때문에 아무리 고수라도 대개 일회성으로 사용하는 경우가 많았다. 또 이기어검술은 대개 직선의 공격만 할 수 있다. 속도와 위력이 배가되는 대신 변화는 포기하는 것이다.

'이번 공격을 막아내면 오히려 내게 기회가 찾아온다.'

단월량이 그리 생각하는 건 무리가 아니었다. 한 번 상대를 공격한 검을 다시 회수하지 않고 공중에서 재차 공격을 이어 간다 하더라도, 선회하는 데 걸리는 시간이 필요하고 그때야말로 상대는 무방비 상태가 된다. 내심으로 그런 계산을 하고 있음을 모를 리 없는 무극검왕은 느긋하게 앞을 바라보고 있었다. 긴장감이라고는 찾아볼 수 없었다. 무극검왕의 오른손이 느릿하게 앞으로 기울어졌다. 보는 사람들은 침이 다 마를 지경이었다.

핑.

저것이 과연 검이 허공을 가르며 내는 소리란 말인가. 검의 궤적을 눈으로 좇아 확인한다는 건 불가능한 일이었다. 무극검왕의 손끝이 앞을 향해 까닥거리는 순간, 단월량은 본능적으로 좌측으로 움직였다.

무극검왕이 쏜 검의 속도가 워낙 빨랐으나 단월량의 신법 역시 그에 못지않게 전광석화 같았다. 그런데도 단월량은 완전히 그 공격을 피해낸 건 아니었다. 아슬아슬하게 단월량의 어깨를 검이 빗겨가면서 옷자락이 길게 찢어지고 말았다. 심장이 벌렁벌렁 거릴 정도로 아찔한 순간이었지만 반전의 기회를 잡은 단월량은 두 개의 륜을 잡은 손에 힘을 주며 앞으로 뛰어나갔다. 그런데 그 순간 단월량은 무극검왕의 여유로운 표정을 보고 말았다. 전혀 피할 생각도 없이 자신을 바라보고 서 있는 태연함은, 반대로 단월량에게는 불길한 징후이기도 했다. 께름칙해진 단월량은 내심으로 부정했다.

'그럴 리 없다. 아직 검이 돌아오려면……'

생각이 다 끝나기도 전에 단월량의 어깨는 떨어져 나갈 것 같은 충격을 받고 말았다.

퍼억.

"크억."

화끈한 고통은 절로 입술을 비집고 신음성을 흘려놓게 만들었다.

단월량이 처음에 벌려놓은 간격은 십오 장쯤 되었다. 단월량의 두 발이 허공에 뜬 채로 오 장여를 단숨에 단축하며 쏘아지고 있었는데 등 쪽이 화끈해지는 느낌이 들었고 그 순간 그의 신형은 공중에서 속수무책으로 팽그르르 돌아 비무대 위로 떨어져 내리고 말았다. 비무대 바닥에 엎어진 단월량은 극심한 고통이 그제야 전신을 덮쳐드는 걸 느꼈다. 그리고 끈적끈적한 액체가 제 배 밑으로 흘러나오고 있음 역시.

'당한 건가? 어떻게, 어떻게?'

단월량은 도무지 믿기 힘든 현실을 받아들일 수가 없었다.

무극검왕은 상대를 격살시킬 의도가 없었기에 목숨을 빼앗지는 않았다. 지금 이 대결이 비무라는 사실을 명심하고 있었기에 망정이지 만약 실전이었다면 단월량은 목숨을 부지하지 못했을 것이다. 단 한 번의 판단 착오가 돌이킬 수 없는 죽음으로 이어지고 말았을 것이다. 단월량의 계산은 처음부터 중대한 오류를 포함하고 있었다. 무극검왕의 이기어검술 단계를 제대로 파악하지 못했다는 사실이었다. 단월량을 아슬아슬하게 지나쳐 간 무극검왕의 검은 수십 징을 더 날아가면서 선회한 것이 아니라 단월량을 지나친 일 장 뒤에서 거짓말처럼 딱 멈춰 섰다. 단월량은 무모하게도 뒤통수에 검을 달고서 무극검왕에게로 뛰어든 격이었다.

무극검왕이 방금 보여준 이기어검술의 경지는 연단의 고수들에게도 충격적으로 받아들여지고 있었다.

천수대사의 지시에 따라 소림사의 승려들이 비무대 위로 뛰어 올라와 비무대에 묻은 피를 깨끗하게 닦아냈다.

무극검왕은 비무대를 떠나 연단 쪽으로 오르며 휘륜에게 잠시 시선을 줬다. 휘륜은 미소 지으며 고개를 끄덕여 보였다. 역시 무극검왕은 믿음직스러웠다.

휘륜은 내심으로 고개를 끄덕였다.

'다섯 검왕 중 철노가 단연 최고의 고수일 것이다. 그의 장점은 실전에서 더 위력을 발휘한다. 임기응변이 빠르고 재치가 있다. 상대의 심리를 역이용하는 것 역시 발군이고. 그나저나 중단전의 심공이 발휘되지 않는 마공은 그다지 위협적이지 않군. 문제는 마기의 제어력이 발휘되는 순간 이 승부는 너무도 간단하게 역전되어 버린다는 사실이지. 거기에 대한 대비

책만 세워줄 수 있다면 중원의 전력이 무척 큰 힘이 될 터인데. 역대의 검황들 모두가 예외 없이 고민하고 몰두했던 문제였지만 결국 해결책을 내놓지는 못했다. 그만큼 쉽지 않은 문제다.'

무극검왕의 승리가 확정되던 그 순간부터 난리가 난 군중들은 좀체 흥분을 가라앉히지 못했다. 뭐라고 하는지 전혀 알아들을 수 없는 왁자한 소리들이 한꺼번에 터져 나오고 있었다. 그 소리들이 한데 모이니 소음이 될 수밖에 없었다. 천수대사는 그 소음을 가라앉히기 가장 좋은 방법을 알고 있었다.

"다음 대결하실 분들 나오십시오."

세 번째 대결을 위해 매초향과 낭왕이 비무대 위로 올라섰다.

휘륜 옆에 앉은 매초향이 먼저 앞으로 나섰다. 그녀는 신법도 펼치지 않고 느릿느릿 걸어나갔고 그에 반해 그녀와 대결을 펼칠 낭왕은 멋들어진 신법으로 매초향을 타 넘고 비무대 위로 천천히 떨어져 내리고 있었다.

그녀가 비무대 위로 올라가서 자리를 잡고 나자 그제야 천수대사가 주의 사항을 다시 한 번 확인하더니 비무대 밖으로 나와 소리쳤다.

"시작하십시오."

매초향은 여기 나타난 이후 처음으로, 긴 소매 때문에 보이지 않던 양손을 쳐들더니 손에 낀 두 개의 장갑을 차례로 벗었다. 낭왕은 별로 긴장한 빛도 없이 천천히 어깨에 걸머지고 있던 두 개의 거대한 추를 번쩍 쳐들었다. 매초향이 낀 장갑은 특이하게도 가느다란 사슬로 엮어 만든 것으로 햇빛을 받으니 반짝반짝 빛을 발하고 있었다. 은사를 엮어 만든 장갑같이 보였다. 두 개의 장갑을 허리춤에 찔러 넣은 매초향은 양손을 부드럽게 펴서 앞으로 슬쩍 내밀었다.

그 자세는 매우 특이하여 뒤에서 누가 툭 밀기만 해도 앞으로 중심이 쏠릴 것만 같이 불안해 보였다. 대개의 사람들은 매초향이라는 면사 여인보다는 낭왕에게 더 많이 집중하고 있었다. 하지만 휘륜은 처음부터 매초향에게서 시선을 떼지 않았다. 매초향의 특이한 손에 휘륜의 눈길은 고정돼 있었다.

과연 살점이 붙어 있기는 한가 싶을 정도로 손이 앙상했는데 핏줄과 힘줄만 도드라져 보여 징그럽게 보이기까지 했다. 새하얀 그 손을 본 순간 휘륜의 머릿속에 자신도 뜻밖이라 할 수 있는 하나의 단어가 번쩍 떠올랐다.

'청마수(靑魔手)? 혹시 저건 청마수가 아닐까? 아니다, 그럴 리가 없다. 청마수는 익히기 까다로워 마교 역사를 통틀어 간신히 몇 사람만이 체득한 것으로 알려져 있지 않던가.'

지금 매초향이 익힌 일신의 절예가 청마수가 확실하다면 낭왕은 생애 최악의 상황을 면키 어려웠다.

한편 매초향과 마주 서 있는 낭왕도 기분이 나빠진 건 마찬가지였다. 매우 이상한 일이었다. 손에 시선이 멈춘 그때부터였다. 왠지 모르게 불길한 생각이 자꾸만 드는 것이었다. 그런 생각을 떨쳐내기라도 하려는 듯 낭왕은 오히려 선공을 하기 시작했다. 나이 어린 여자를 상대로 낭인 무적이라는 명성을 내팽개치고 선공을 한다는 자체가 쉽지 않은 결정이었다. 낭왕은 속히 이 대결을 끝내야겠다는 생각만 간절했다.

　낭왕이 첫걸음을 뗀 바로 그 순간 매초향의 두 손에서도 변화가 감지되었다. 양손이 서서히 변색되더니 푸른 물이 뚝뚝 떨어질 것 같은 새파란 색으로 변하는 것이었다. 그건 단지 푸르기만 한 게 아니었다. 피부의 표면에 반짝거리는 광막이 둘러싸고 있어 신비하게 느껴졌다.

　낭왕의 추에서 뻗어 나온 푸른 강기와 역시 푸른 매초향의 손이 마주친 것은 끔찍한 사고를 짐작게 했다. 누구라도 그렇게 여겼을 것이다. 가녀린 여자의 손이 뭉개지는 참상을 다들 예상하고 있었다. 저 무지막지한 추와 맞부딪히고 나면 허연 뼈를 드러내게 만들 거라 여겼다.

　카앙.

　모두의 예상을 뒤집는 소리가 비무대 위를 울렸다. 강기막에 휩싸인 낭왕의 추가 매초향의 손에 닿자 오히려 퉁겨져 버렸다. 미치 거대한 철벽에 부딪힌 것 같은 충격에 낭왕은 하마터면 손아귀가 찢어질 뻔했다. 낭왕은 경악했다. 그는 전력을 다해 보법을 펼치며 위기 상황을 모면하려고 했다. 빠르게 뒤로 물러선 낭왕은 무너진 자세를 추스르고 전면을 응시하는

데, 자존심 상하게 상대는 처음 그 자리에 우두커니 서 있는
게 아닌가. 머리끝까지 화가 치민 낭왕은 포효와 함께 펄쩍 뛰
어올랐다.

　단숨에 요절을 낼 것처럼 두 개의 추가 맹렬한 소리를 흘리
며 비무대 위에 서 있는 매초향을 가격해갔다. 그 무지막지한
공격 앞에서도 매초향은 추호의 흔들림도 없이 바라보고만 있
었다. 그러다 돌연 그녀가 움직이기 시작했고 급기야 그 맹렬
한 낭왕의 공세 속으로 불쑥 들어가는 것이었다. 매초향의 푸
른 물이 뚝뚝 떨어질 것 같은 푸른 손이 낭왕의 추를 휩쓸고
지나갔다. 호랑이가 발톱을 세우고 먹이를 움켜쥐는 것 같은
동작을 방불케 했다.

　카캉.

　맑은 쇳소리가 울리고 낭왕의 추가 산산이 조각나며 허공에
서 부서졌다. 낭왕은 그 충격을 이기지 못하고 뒤로 벌렁 나자
빠지고 말았다. 실로 매초향이 휘두른 손에 실린 거력은 보는
것만으로는 짐작이 안 될 정도였던 것이다. 낭왕은 그 순간 거
대한 철벽이 하늘에서 떨어져 내려 몸을 짓누르는 듯한 충격
에 정신마저 아득해지는 기분이었다. 낭왕의 코와 입에서 피
가 솟구치고 있는 것만 보아도 지금 그가 얼마나 심각한 내상
을 입었는지를 알려줬다. 한 번 살기를 드러낸 매초향은 쓰러
져 있는 낭왕에게 번개처럼 다가서더니 손을 휘저어갔다. 막
낭왕의 커다란 머리통이 박살나기 직전이었는데 거짓말처럼

매초향의 손이 멈춰 섰다. 속수무책으로 두 눈을 질끈 감아버렸던 낭왕은 별일이 벌어지지 않았음에도 불구하고 눈을 뜰 생각을 못 했다. 충격적인 장면이 아닐 수 없었다. 낭왕이 묘령의 여자에게 이처럼 무참하게 패배힐 줄은 누구도 짐작하지 못했을 것이나. 그걸 본 휘륜은 살짝 걱정이 되기 시작했다.

'무극검왕이 과연 저 청마수를 견딜 수 있을까 의문이로군. 저 여자는 짐작했던 것보다 더 대단한 고수였어. 저 정도면 내가 상대했던 마교 교주들 중 하나와도 능히 자웅을 겨룰만하다.'

천수대사가 매초향의 승리를 선언한 순간 낭왕은 그제야 눈을 떴다.

구겨지듯 쓰러져 있는 낭왕은 하늘을 올려다보며 거친 숨을 몰아쉬고 있었다. 오르내리는 가슴의 기복이 일정하고 눈빛이 안정되어 있는 것만 보아도 크게 걱정이 될 정도는 아닌 것 같았다. 내상은 치료하면 된다. 문제는 그가 받은 정신적인 충격이었다.

패배는 누구에게나 찾아올 수 있는 일이지만 그처럼 무림에 출도하던 당시부터 단 한 번의 패배도 몰랐고 제대로 된 적수도 흔치 않았던 사람에게는 이런 패배란 결코 익숙한 일이 아니었다. 이렇듯 허망한 패배를 겪고 보니 충격이 이만저만 큰 게 아니었다. 자신의 생애에 이처럼 비참한 순간이 미리 예정되어 있을 줄이야 짐작조차 못 했던 일이었다.

'내가 진 건가? 이렇게 허망하게?'

낭왕은 허탈한 눈빛을 감추지 못한 채 자리에서 일어나 앉았다. 그제야 그는 현실로 돌아올 수 있었다. 자신을 지켜보고 있는 셀 수도 없이 많은 눈길들을 차마 똑바로 바라볼 수가 없었다. 일어서서 자신의 자리로 가기까지의 거리가 마치 천 리는 되는 것 같이 멀게 느껴졌다.

매초향은 연단 위 귀빈들의 시선을 한몸에 받은 채 태연하게 자리 자리로 가서 앉았다.

휘륜이 막 다음 대결을 위해 몸을 일으키던 순간이었다. 매초향과 신도헌원이 자리에서 벌떡 일어서는 것이 아닌가. 두 사람은 시선을 교환하더니 별 언급조차 없이 신법을 발휘해 몰려 있는 군웅들을 한번에 뛰어넘으며 사라져버리고 말았다. 이 돌발적인 행동에 다들 어안이 벙벙해져 있는 그때, 매초향의 전음이 휘륜의 귓속으로 파고들었다.

『지금 급한 일이 생겨 먼저 가야겠군요. 일이 끝나면 오늘 밤이라도 찾아갈게요.』

그게 끝이었다. 졸지에 대결 상대가 사라져버린 휘륜은 부전승으로 올라가게 되었다. 옥불을 포함한 수뇌진들이 다음 진행을 위해 상의를 하는 동안에도 휘륜은 매초향을 비롯한 네 사람이 과연 어떤 속사정을 가지고 있는지에 대해 생각하고 있었다.

상의가 끝난 천수대사는 부전승으로 올라가게 된 휘륜을 포함한 승자 세 사람을 앞으로 불러냈다.

"추첨을 다시 하겠습니다. 매초향 소저께서 별 언급 없이 이곳을 떠났으므로 대결을 포기한 것으로 간주하고 세 분만 추첨을 진행하겠습니다. 시간을 너무 지체하면 날이 저물어 대결에 지장을 초래하게 될지도 모르니 속히 진행하도록 하겠습니다. 한 분씩 선택해 주십시오."

세 사람은 차례대로 추첨함에서 숫자가 적힌 구슬을 하나씩 골라냈다.

무극검왕과 벽사신군이 첫 번째 대결 상대로 결정되었고 휘륜은 재차 부전승으로 올라가게 되었다.

세 사람이 자리에 앉아 대기하고 있는 중에 휘륜은 매초향에 대해 옥불과 상의했다. 휘륜의 설명을 다 들은 옥불도 그녀를 단순히 마교의 첩자로 단정 짓지 않는 눈치였다.

『그랬단 말이지? 그녀의 말이 모두 사실이라면 마교 내부 사정에 대해 자세히 캐낼 수 있겠군. 하지만 어디까지 진실인지 모르니 좀 더 지켜보는 게 낫겠어. 네가 보기엔 어때? 그녀의 실력이 어느 정도인 것 같아?』

휘륜은 자신이 느낀 솔직한 감정을 그대로 전했다.

『검왕들 중 가장 강한 무극검왕이나 뇌풍검왕과 비슷하거나 그 이상일지도.』

『흠, 그 정도란 말이지. 역시 마교는 무서운 곳이로군. 내분을 겪고 있는 것이 확실하고 힘을 합해도 무방한 상대들이라면 차라리 좋겠군. 그러면 한결 부담이 덜어질 것 같은데 말이지.』

『과연 그럴까. 나는 마공을 수련한 자들을 믿지 않는다. 저들은 잠시 합할 순 있어도 근본적으로 세상을 해롭게 하는 자들인 건 분명하지.』

『확실하진 않지만…… 마공을 수련했다고 반드시 다 그런 건 아니지 않을까. 순진한 생각인지는 모르지만 그들도 같은 사람인데 조금은 말이 통하고 생각이 같은 사람도 있을 수 있잖아.』

『저들을 내가 믿지 않는 건 그들의 의지 때문이 아니다. 어떤 인간도 마공을 수련하면서 겪게 되는 현상들로부터 자유로울 수 없다. 여러 다양한 자극들에 노출되기 마련이고 그런 자극들은 그 사람의 심성을 자신도 인지하지 못하는 사이에 바꿔 놓는다. 나중에는 스스로 그 포악함을 다스릴 수 없게 된다. 그 때문에 해악을 끼치는 것이다.』

휘륜의 그런 관점은 확고해 보였다. 옥불도 딱히 거기에 대해 딴죽을 걸고 싶은 의도는 없었다.

『일단 그녀를 만나서 얘기를 해보면…….』

옥불의 전음이 갑자기 중단됐다. 무슨 일인가 싶어 뒤돌아보니 혜인대사가 혼이 절반쯤은 나간 사람처럼 얼굴에 핏기 한 점 없이 옥불 옆에 서 있는 게 보이고 옥불은 혜인대사가 내민 쪽지를 펴들고 심각한 얼굴로 읽고 있는 중이었다. 쪽지에 있는 글을 다 읽고 난 옥불은 몇 번인가 혜인대사에게 확인을 하더니 비무 준비에 열중하던 천수대사를 불렀다. 그러더니 그들 사이에 몇 마디 말이 오갔고 천수대사가 허둥대며 비무대 위로 올라가 군중들에게 큰 소리로 알렸다.

"통령을 가리기 위한 대결은 내일 계속하겠습니다. 지금 정도련에 계속 진행할 수 없는 큰 사정이 생겼습니다. 다시 한번 말씀드리겠습니다. 준결승과 결승은 내일 속개되겠습니다. 감사합니다."

옥불은 장로들과 함께 이미 자리를 황급히 떠나고 있었다. 천수대사가 출전자들 쪽으로 다가와 사정 애기를 했다.

"여러분들도 지금 같이 좀 가주셔야겠습니다."

무극검왕이 다급하게 물었다.

"대체 무슨 일이기에 그러시오?"

"마탑의 공격을 받고 벽력산장이 초토화됐다는 전서가 도착했습니다."

제6장
마각을 드러내다

회의실에 모인 정파의 주요 인사들은 혼이 절반쯤 빠져 있는 모습이었다. 옥불이 전서구로 보내온 쪽지의 내용을 다시 한 번 중인들에게 전달했다. 그 내용은 그리 상세한 건 아니었다. 벽력검왕의 생사와 그 제자들이 생시가 어씨 되었는지, 살아남은 사람은 얼마나 되는지 등이 기재돼 있지 않았다. 아마도 경황 중에 전서를 보낸 것 같았다. 그 쪽지 내용 중에 '항거불능'이란 말과 '초토화'라는 단어가 유독 중인들의 뇌리 속에 커다란 충격을 안겨주고 있었다.

마탑이 언젠가는 정파 세력권 안으로 진군하리라는 짐작이야 다들 해왔지만 이처럼 신속하게 공격할 줄은 몰랐던 것이

다. 게다가 정파인들에게 보여주려는 듯 첫 상대를 벽력산장
으로 잡고 초토화시켜버렸다는 소식은 정파인들을 공황상태
에 빠트릴 만도 했다.

얘기가 오가 봤자 그런 빈약한 정보만으로는 더 이상 논의
가 지속되긴 힘들었다. 대신 사후 대책을 논의하는 게 차라리
나았다.

"벽력산장이 무너진 것은 매우 큰 타격입니다. 형산에는 벽
력산장 말고도 육대 문파의 하나인 형산파가 있습니다. 거기
까지 공격을 당한 건지 좀 더 기다려봐야 할 것 같습니다. 그
다음, 호남의 장사에 있는 남문세가가 있사온데 거기가 호남
지역의 마지막 대파입니다. 그곳이 무너지면 호북 의창의 적
리세가와 무당산의 무당파까지 무인지경이나 다름없습니다."

"남문세가를 그냥 지나쳐 서쪽으로 이동해 귀주 쪽으로 향
했을 수도 있는 일 아닙니까. 혹시 모르니 남문세가에 전서를
보내 호북의 적리세가로 전원 이동하도록 조치하는 것이 어떻
겠습니까?"

"그러는 편이 좋겠습니다. 그런 뒤에 정황이 좀 더 자세하
게 파악되는 대로 대책을 세우는 게 최선인 것 같습니다."

평정심을 되찾은 좌중의 인물들은 가장 시급한 일부터 처리
해가기 시작했다. 결국 정도련이 지금 단계에서 할 수 있는 일
은 많지 않았다. 형산파도 공격을 받았는지 알아보는 일과 남
문세가의 제자들 전원을 적리세가로 이동시키도록 전서를 보

내 지시하는 일이 최선이었다. 성미가 급한 몇몇은 지금이라
도 마탑을 공격하자 주장하기도 했지만 그건 생각해볼 가치도
없었다. 우선은 통령을 뽑고 전력을 정비해야 한다. 체계가 잡
히지 않은 조직을 이끌고 싸움터에 나가봤자 오합지졸밖에 더
되겠는가.

＊　　　＊　　　＊

　옥불과 무극검왕, 휘륜 등은 처참한 광경 앞에 말문을 닫아
걸었다. 피비린내 나는 거친 강호에서 험한 격전을 무수히 치
러 온 무극검왕은 사람들의 시체를 수도 없이 많이 봐온 터라
이런 일쯤 담담할 터인데 그런 그조차도 눈살을 찌푸리고 있
었다. 지금 눈앞에 펼쳐진 참상은 그가 봐온 장면 중에서도 으
뜸이라 할만했다.
　멀쩡한 시체가 단 한 구도 없었다. 머리와 몸통이 멀쩡하게
붙어 있는 것두 없었고 몸이 찢기지 않은 깃도 드물었다. 안으
로 들어갈수록 피비린내가 진동을 했다. 사건 현장에 사람들
이 접근하는 걸 막기 위해 배치돼 있는 무사들 중, 안으로 들
어와 있는 사람이 하나도 없을 정도로 참혹하고 끔찍했다. 이
것이 과연 사람의 소행일까 의심이 갈 정도로 잔인한 살인수
법들이 아닐 수 없었다.
　지금 세 사람을 비롯한 정도련의 수뇌들이 사건 소식을 접

하고 몰려온 곳은 다름 아닌 제남에서 이름 높은 기루인 천향루였다. 휘륜은 구적룡과 이곳을 와본 경험이 있기에 다소 충격을 받았다. 천향루에 있던 사람들 중 살아 있는 생명체는 단하나도 없었다. 점소이와 기녀, 그리고 손님들을 가리지 않고 모조리 참살한 것이다. 이층으로 올라간 휘륜은 한쪽 구석에서 흐느껴 우는 소리를 듣고 급하게 그곳으로 발걸음을 향했다. 떨쳐낼 수 없는 불길함이 휘륜의 전신을 휘감아 왔다. 아니나 다를까, 그곳에서 터져 나오는 울음을 억지로 참아가며 눈물을 뚝뚝 흘리고 있는 사람은 다름 아닌 구적룡이었다. 양손뿐만 아니라 얼굴에 피 칠을 한 채로 오열하는 구적룡이 안고 있는 것은 다름 아닌 미호의 잘려나간 수급이었다. 그녀 역시 참변을 피하지 못했던 것이다.

향림의 림주인 구지옥녀 한옥림과 그의 딸 백란이 휘륜을 찾아와 합비로 이동할 것이라고 했는데 어찌 그녀는 여기 남아 있었더란 말인가. 기녀들 중 상당수는 합비로 이동한 뒤였고 여기 남아 있던 기녀는 얼마 되지 않았다. 그마저도 며칠 뒤면 이곳 천향루를 완전히 폐쇄하고 떠나기로 돼 있었는데 이런 참변을 당할 줄 어찌 알았겠는가. 미호는 원래 진작 떠나기로 돼 있었는데 구적룡 때문에 차일피일 미루다가 기녀를 그만두기로 결심을 하게 됐다. 그는 어렵게 승낙을 얻어냈고 그런 결정을 내리게 된 게 미안했던 나머지 천향루의 부족한 일손을 돕고자 이곳이 폐쇄될 동안 무보수로 도와주고 있었던 것이다.

구적룡은 원통했다. 이 분함과 슬픔을 풀 길이 없어 속으로 피눈물을 흘리고 있었다. 혼례를 치를 날만 손꼽아 기다리며 전에 없이 행복해하던 미호의 얼굴이 떠올라 미칠 것만 같았다. 구적룡은 다른 사람들의 시선이 자신을 이상하게 쳐다보고 있다는 것쯤은 안중에도 없었다. 휘륜도 가슴이 미어졌다. 어떤 말로도 지금 구적룡의 찢어지는 가슴을 치료해줄 수 없다는 걸 알고 있었다. 그는 대신 그 혼자 있도록 조치했다. 아무도 없는 곳에서 구적룡은 소리 내 오열하고 있었다.

아래층으로 내려온 옥불은 미간을 좁히더니 사건 현장에 가장 먼저 도착한 수하를 불러 물었다.

"목격자는?"

"단 한 사람도 없는 것 같습니다."

옥불이 다른 수뇌들을 바라보며 물었다.

"사건 발발 시간은 언제쯤으로 보이시오?"

다늘 의견이 조금씩 다르긴 했지만 대충 지난 새벽 시간이 아니겠느냐고 말했다. 옥불도 피가 굳은 정도로 미루어 대충 그 시간대로 추정하고 있었다. 다른 사람들과 달리 휘륜은 몇 가지 단서를 놓치지 않았다. 어지럽게 널려 있는 시체들 사이에서 다른 흔적 하나를 발견해낸 것이다. 그러더니 무슨 생각을 했는지 갑자기 밖으로 나가는 것이었다. 그 뒤를 무극검왕이 묵묵히 따르고 있었다. 말 한마디 없이 무섭게 경직된 시선으로 사방을 두리번거리던 휘륜의 신형이 훌쩍 날아오르더니 객잔의 지붕 위로 올라갔다. 휘륜은 그곳에서 미세한 흔적을 발견했고 손가락으로 그곳을 가리키며 말했다.

"이놈은 미치광이거나, 용의주도하지 못한 허술하기 짝이 없는 놈이거나 둘 중 하나겠군. 흔적이 노출되는 것도 아랑곳 없이 신법을 펼쳤어."

휘륜이 가리킨 곳에는 기와에 미세하게 찍힌 핏자국이 보였다. 발끝으로 살짝 찍은 한 점에 지나지 않았지만 틀림없는 핏자국이었다. 휘륜은 그 흔적의 모양을 보고 방향을 짐작하였고 대충 그가 펼쳤을 무공 수위를 가늠해 가며 다음 흔적을 찾기 시작했다. 그런 식으로 추적을 시작한 지 어언 반 시진이 지났다. 두 사람이 최종적으로 도착한 곳은 엉뚱하게도 정도련이었다. 휘륜은 다시 지붕 위로 올라갔고 마지막 흔적을 찾아내고야 말았다. 지금 휘륜의 눈은 무시무시한 살기로 뒤덮여 있었다. 아무 말 없이 휘륜을 따르기만 하던 무극검왕도 이 순간만은 주군의 모습에서 오싹한 느낌을 받았을 정도였다.

"여기로군."

믿기 힘든 일이었다. 무극검왕도 고개를 내젓고 싶은 심정이었다. 휘륜의 발길이 멈춘 곳은 정도련의 최심처에 자리 잡고 있는 한 전각 앞이었다. 무극검왕은 근심이 깃든 얼굴로 조심스럽게 말문을 열었다.

"이제부터 어찌 처리하실 생각이십니까?"

"더 이상의 관용은 베풀지 않는다. 지금껏 참아준 것만으로도 충분하다."

막 전각 안으로 접어들려는 휘륜을 막아서며 무극검왕이 자신감 넘치는 어조로 말했다.

"이번 일은 제게 맡겨 주십시오. 잡음과 의혹이 없도록, 주군께서 흡족하실 정도로 완벽하게 처리해 보이겠습니다."

지금 두 사람이 서 있는 전각은 다름 아닌 정도련 내 동방세가에게 배당된 뇌풍전이었다. 흉수를 찾겠다고 무턱대고 전각 안을 휘저었다가는 오해 사기 십상이었고 만에 하나 흉수를 찾아내지 못할 경우, 곤란한 상황에 처할 수 있다는 점을 무극검왕은 우려하고 있었다. 이런 일에는 아무래도 자신이 나서는 게 낫다는 판단이 선 것이다. 잠시 생각하던 휘륜은 자신감 가득한 무극검왕의 얼굴을 보고 결국 허락한다.

무극검왕은 발 빠르게 움직였다. 먼저 정도련주를 만나 협조를 요청하고 장로들 몇 명을 대동하고 흉수의 흔적이 뇌풍전까지 이어져 있다는 사실을 확인시켰다. 동방세가와 뇌풍검왕을 제외한 정도련의 전 수뇌부들을 대전에 모아 논의를 마친 뒤에야 뇌풍검왕과 동방세가주를 대전으로 불러들였다. 혹 흉수를 미리 빼돌릴 것을 대비해 뇌풍전 주변에 물샐틈없는 철통 같은 포위망을 구축했음은 당연했다.

무극검왕의 신중한 일 처리를 지켜본 휘륜은 내심 감탄하지 않을 수 없었다. 흉수를 찾아내 무턱대고 참살해버리려 했던 휘륜과 비교해보면 무극검왕은 이 사건의 흑막을 캐내는 것과 동시에 더 많은 것을 얻어내고자 애쓰고 있다는 것이 달랐다. 다른 힘에 의지하지 않고 오직 일신의 능력 하나로 직면한 문제들을 풀어온 휘륜과 정파 전체의 균형과 구도를 염두에 두고 평생 다른 사람의 처지와 입장까지 함께 골몰해야만 했던 무극검왕은 같은 일을 두고도 처리하는 방식에 차이가 있었던 것이다. 휘륜은 솔직히 인정하지 않을 수 없었다. 다소 시간이 더 지체되고 번거로울지는 몰라도 무극검왕의 방식이 정도련이라는 거대 집단 속에서의 일 처리로서는 적절하다는 사실을.

대전에 모인 사람들의 시선이 마치 죄인을 심문하는 판관의 눈길처럼 자신과 뒤따라온 아우의 전신을 따갑게 쏘아보고 있다는 사실에 뇌풍검왕은 적잖은 분노를 느꼈다. 대체 이들이 갑자기 왜 저런 시선을 보낸단 말인가? 그런 의문이 들었지만 일단은 들어보기로 했다. 무극검왕의 긴 설명이 끝나고 나자 뇌풍검왕은 실소했다.

"나도 그 소식을 듣긴 했지만 지금 나더러…… 그 말을 믿으라는 게요? 미친 살인마의 종적이 뇌풍전으로 이어져 있다고 했소? 하하하하. 대체 무슨 의도로 이런 말도 안 되는……."

정도련주가 차가운 어조로 뇌풍검왕의 말을 자르고 나섰다.

"이미 확인을 끝마쳤소. 흉수가 뇌풍전으로 들어간 것만은 부인할 수 없는 사실이오. 살인마가 잠시 몸을 피할 요량으로 숨어들었는지는 아직 모르는 일이지만 어쨌든 지금 두 분을 모신 건 협조를 부탁하기 위해서요. 괜한 오해로 충돌이 일어날 것을 미연에 방지하고자 두 분의 협조를 당부 드리오.”

뇌풍검왕은 더 이상 거기에 토를 달 순 없었다.

“허, 이거 참. 좋소. 노부는 거리낄 것이 없으니 협조하겠소. 흉수가 뇌풍전으로 숨어들었다면 잡아야지. 허나 그전에…… 확실히 해둘 게 있소. 만약…… 흉수가 발견되지 않으면 노부가 지금 느끼고 있는 수치심과 분노는 어느 분이 책임을 지시겠소?”

그때였다.

“내가 지겠소.”

한 발 앞으로 나서며 망설임 없이 그 말을 한 사람은 의외의 인물이었다. 도제 휘륜이었던 것이다. 그가 왜 책임을 지겠다며 나서는지 알 길 없는 사람들은 의아함을 감추지 못했다.

뇌풍검왕이 당황하는 걸 본 사람들은 더 큰 의혹을 가졌을 것이다. 뇌풍검왕은 한풀 기가 꺾인 모습으로 떠듬거리며 말문을 열었다.

“귀…… 하께서 책임을 지신다니…… 믿고…… 협조하겠소. 가십시다.”

휘륜은 당당한 뇌풍검왕과는 달리 안절부절못하고 낯빛이 수시로 변하고 있는 동방세가주를 놓치지 않았다. 휘륜의 내심에 어떤 확신이 자리 잡기 시작한 것은 그때부터였다.

'이번에도 당신과 관계가 있었나? 만약 그게 사실로 드러난다면…… 맹세컨대 정도련 전체의 반대가 있다고 해도 반드시 당신을 처단하고 말겠다.'

뇌풍검왕과 동방세가주를 앞세운 정도련의 수뇌부는 침묵에 휩싸인 채 뇌풍전으로 진입했다. 새로 신설된 일곱 검대 중 최정예 검대인 백의검풍대(白衣劍風隊) 무사들이 검을 빼든 채 뇌풍전 안으로 쏟아져 들어갔고 영문을 몰라 어리둥절해져 있는 동방세가와 뇌풍산장의 제자들을 한 곳으로 모아들였다. 한편으로는 뇌풍전 곳곳에 혹 숨어 있는 자가 있는지 샅샅이 뒤지고 다녔다. 이 넓은 뇌풍전 전체를 이 잡듯 뒤진다는 건 적지 않은 시간이 소모되는 일이었다.

무극검왕을 비롯한 정도련의 장로들이 검풍대 무사들과 동행하며 혹 있을지 모를 위험에 대비했다. 뇌풍전 중심에 자리 잡은, 광장만큼이나 넓은 대청에서부터 사방으로 뻗어 있는 복도에 빼곡하게 모여 선 동방세가의 제자들은 무장을 해제당하는 수모까지 감수해야 했다. 뇌풍검왕이 무조건 협조하라는 지시를 내리니 그들로서도 어쩔 도리가 없었지만 불만의 기색들이 역력했다. 주변에 늘어서 있는 살기등등한 백의검풍대 무사들을 향한 동방세가 제자들의 시선에는 분노를 넘어 살기까지 피어오른다. 연유를 모르니 이런 반응들이 나오는 건 당연했다. 동방세가의 수뇌들 중 몇 사람은 각 문파의 수장들에게 불만의 소리들을 털어놓았다.

"아니, 이게 대체 무슨 짓입니까?"

"무사에게는 생명이나 다름없는 병기를 뺏다니, 우리가 정파를 대적하는 이적 행위라도 했단 말입니까?"

"무슨 설명이라도 해줘야 하는 것 아닙니까?"

"가주님. 대체 우리가 왜 이런 수모를 당해야 합니까? 세가 동맹을 지탱해오며 그동안 우리가 흘린 피와 땀을 이런 식으로 돌려받아도 되는 것입니까?"

"이런 대우를 받을 바에야 정도련을 탈퇴하는 게 낫겠습니다."

고함소리가 흘러나와도 뇌풍검왕은 두 눈을 지그시 감고 방관하기만 했다. 동방세가주 역시 마찬가지였다. 의문을 풀어주고 혼란을 수습해줘야 할 두 사람이 나 몰라라 하고 있으니 어쩔 도리 없이 정도련주가 나설 수밖에 없었다. 옥불은 간략하게 자초지종을 설명했다.

"……그래서 흉수를 찾고자 이 난리를 피우는 것이니 잠시 불쾌하더라도 협조를 해줬으면 좋겠소."

정도련주의 설명이 끝나자 더 이상 항의하는 소리는 흘러나오지 않았지만 여전히 불만의 눈빛들은 누그러들지 않고 있었다. 동방세가와 뇌풍산장의 제자들은 억울하게 핍박을 받고 있다는 생각을 지우지 못했다. 이 모든 게 정도련의 전권을 획득하지 못했기 때문이라 생각하는 것이다. 눈을 감고 잠자코 기다리고 있던 뇌풍검왕이 눈을 뜨고 드디어 입을 열었다.

"자, 뭔가 찾아내셨습니까? 이대로 언제까지 기다리고 있어야 합니까? 흉수가 정말 이곳 뇌풍전으로 들어온 건 맞습니까? 혹, 그것마저 조작된 건 아니겠지요?"

옥불의 눈썹이 꿈틀거렸다.

"그런 말씀은 현 상황에 적합하지 않습니다. 분란을 조장하는 말씀은 삼가 주십시오."

"허허허. 기다리지요. 하지만 분명히 밝히거니와…… 이번 사안은 그냥 못 넘어갑니다. 만약 뇌풍전에서 흉수가 발견되지 않는다면 그 책임을 분명 지셔야 할 겁니다. 련주께서도 책임 없다며 발뺌하지는 마시오."

분위기가 묘하게 역전되고 있었다. 휘륜도 그걸 느끼고 있었다.

'흉수가 이곳으로 들어온 건 사실이다. 만약 못 찾아낸다면 뇌풍검왕은 말도 안 되는 요구를 할지도 모른다. 충분히 그럴 수 있는 사람이다. 이때를 반전의 기회로 삼을지도. 그렇게 되도록 둘 순 없지.'

휘륜이 몸소 나서려는 걸 본 옥불이 전음으로 물었다.

『직접 나서게?』

『아무래도 그래야 할 것 같다. 이곳 어딘가에 있고 그놈의 능력이 뛰어나다면…… 일반 무사들의 눈에 발각될 가능성은 현저히 낮지. 게다가 이곳 뇌풍전이 건설된 지 오래됐다 했으니 어딘가 비밀스러운 장소가 있을지도 모르고.』

『그 말은, 저 두 사람이 직접 관련돼 있다는 소린데?』

『뇌풍검왕은 몰라도 동방세가주는 뭔가 아는 눈치나. 일고 그랬든 모르고 그랬든 관련이 있는 건 사실인 것 같다. 찾아낸다, 내 손으로 직접.』

죄수들처럼 복도에 줄지어 서거나 앉아 있는 동방세가와 뇌풍산장의 제자들 곁으로 거구의 휘륜이 다가서자 주춤주춤 물러서거나 자리를 비켜준다. 쫙 갈라진 틈 사이로 휘륜은 거침없이 발걸음을 디뎠다. 이제 정도련의 무사들 중 도제 휘륜이라는 이름을 모르는 사람은 아무도 없었다. 게다가 동방세가와 뇌풍산장의 제자들에게는 악몽과도 같은 치욕을 안겨준 장본인이기도 해서 두려워하는 빛이 역력했다.

무극검왕과 만난 휘륜이 물었다.

"단서라도 발견했나?"

"전혀 아무것도 포착된 게 없습니다. 혹시 복도에 모여 있는 제자들 가운데 있지 않을까요?"

"그건 아닌 것 같다. 그렇게 잔인한 살인을 자행했을 정도면 정상인이라고 보긴 힘들다. 그러면 저리 감쪽같이 속이긴 힘들지. 적어도 복도에는 그런 미치광이는 없어 보였다. 거기다 낯선 사람이 자기들 중에 섞여 있다면 티를 안 내기가 쉽지 않다."

“하긴 그렇겠군요.”

“동방세가주 거처도 뒤져봤나.”

“안 그래도 마침 그곳으로 가던 길입니다. 그런데 설마 하니 관련이 있다 해도 자신의 처소에 숨겨뒀겠습니까?”

“모르는 일이지. 그자는 의심이 많고 남을 믿지 못하는 성품의 소유자다. 그런 사람일수록 제 눈길이 닿지 않는 먼 곳에 중요한 것을 두지는 않으니.”

두 사람이 동방세가주의 거처에 당도했다. 으리으리한 집무실은 다섯 개의 방으로 나뉘어 있었고 그 뒤로 이어진 복도 끝에 침소가 있었다. 거기까지 다 뒤진 무극검왕은 눈에 띌만한 점을 발견하지 못하자 고개를 저었다.

“아무래도 흉수 놈이 눈치를 채고 여길 떠난 것 같습니다.”

“아니다. 그놈은 여기 있다. 떠났다면 동방세가주가 그리 안절부절못하지는 않았을 거야.”

세심하게 집무실을 살피던 휘륜은 두 눈을 감고 집중했다. 눈에 보이지 않는다고 해서 존재하지 않는 건 아니다. 나뭇조각을 갉아먹는 개미 소리까지도 포착할 정도로 휘륜은 내력을 일으켜 청력을 돋웠다. 잠시 뒤 휘륜의 눈에서 밝은 광채가 뿜어져 나왔다.

『찾았군.』

휘륜의 전음에 무극검왕의 눈이 휘둥그레졌다.

『어디 있습니까?』

『이 벽 너머에 짐승인지 사람인지 모르지만 생명체가 하나 있는 건 확실하다. 가서 너는 정도련의 수뇌들과 두 사람을 데려와라. 속히 서둘러.』

『존명.』

동방세가주의 집무실을 떠나며 무극검왕은 안도의 한숨을 토해냈다. 그는 얼마 뒤 사람들을 이끌고 다시 나타났다. 어리둥절해져 있는 사람들을 대표해 옥불이 물었다.

"찾았나?"

대답 대신 휘륜은 동방세가주를 바라봤다. 각별히 주의를 기울이고는 있었지만 집무실 안으로 들어서던 순간부터 동방세가주의 두 눈은 불안감으로 이리저리 흔들리고 있었다.

"가주, 여기 이 벽은 얼마나 두껍소?"

"그, 글쎄…… 요."

"이 벽 뒤에 공간이 있고 그곳에 미세하나마 호흡이 느껴지는데…… 이것에 대해 아는 바가 없소?"

"그, 그럴 리가 있습니까. 저는 모르는 사실입니다. 생쥐라도 있는지……."

"이곳은 가주의 집무실인데 가주도 모르는 사이에 다른 누군가 이런 비밀스러운 공사를 해냈다는 건 믿기 힘든 일이오만."

두 사람 사이의 대화를 흥미롭게 지켜보고 있던 사람들은 도제가 확신을 갖고 동방세가주를 추궁하고 있다고 믿게 되었다. 동방세가주의 당황한 모습이 그런 확신을 뒷받침해주고 있었다.

"많은 돈과 오랜 시간이 걸린 공사였을 텐데 벽을 부수면 너무 아깝지 않겠소. 이왕이면 가주 손으로 직접 열어주시는 게 어떻겠소? 그게 서로를 위해서 좋을 것 같구려."

뇌풍검왕의 부릅뜬 눈은 단 한 번도 깜빡이지 않고 휘륜과 아우인 동방세가주를 번갈아 보고 있었다. 흥분한 뇌풍검왕이 동방세가주를 닦달하고 나섰다.

"도제의 말씀이 사실이냐? 사실이라고 묻지 않느냐. 왜 대답을 못하느냐!"

"사, 사실이…… 아닙니다. 그런 공간은 없습니다. 도제께서 뭔가 착각을 하신 겁니다."

뇌풍검왕의 두 손이 자신도 모르게 동방세가주의 멱살을 움켜쥐었다.

"그 말, 조금의 거짓도 없는 진실이냐?"

"정말입니다. 형님, 믿어 주십시오."

뇌풍검왕은 휘륜을 바라봤다.

"들으셨습니까? 이놈은 내게까지 거짓말을 할 놈은 아닙니다. 아무래도 도제께서 뭔가 착각을……."

"하는 수 없군. 내 손으로 직접 허물어야 할 건가 보오."

"도제, 이건 너무 하지 않으시오?"

"누가 너무한지 모르겠군. 나더러 흉수가 저 너머에 있는 걸 알면서 이대로 물러서란 말이오?”

휘륜의 차가운 눈길이 뇌풍검왕을 쏘아보았다. 뇌풍검왕은 더 이상 그 눈을 보며 따지고 들지 못했다. 사람들은 왜 뇌풍검왕이 도제 앞에서 저리 주눅이 들어 쩔쩔매나 의아하게 생각하겠지만 당사자인 뇌풍검왕과 휘륜 사이의 관계를 알고 있는 사람들은 그의 지금 처지를 십분 이해하고도 남음이 있었다. 특히 뇌풍검왕과 함께 휘륜에게 호되게 당한 나머지 두 검왕은 호랑이 간을 삶아 먹는다 해도 휘륜 앞에서 반항하지 못한다는 것을 알고 있었다. 그때였다. 동방세가주의 은밀한 전음성이 뇌풍검왕의 귓속을 파고든 것은.

『형님, 사정 얘기는 후에 하겠습니다. 도제가 이벽을 부수면 끝장입니다. 무슨 일이 있어도 막아야 합니다. 본가와 뇌풍산장의 운명이 걸린 일입니다. 죄송합니다, 형님. 일을 이 지경까지 이르도록 한 것은 후에 목숨으로라도 사죄드릴 테니 지금 이 순간은 무슨 수를 쓰든 모면해야 합니다.』

충격이었다. 남들이 뒤에서 수군거리고 손가락질한다는 걸 알고 있었지만 그래도 자신만은 믿었다. 큰 조직을 이끌어가다 보면 좋든 싫든 적을 만들기 마련이고, 작은 실책도 부풀려져서 큰 것이 되고 순수한 의도와 다르게 오해를 사는 일도 빈번하다는 것쯤은 그도 이해하고 있던 일이었다. 그래서 지금까지 나무라기보다는 격려하고 옹호해주었다. 그런데 설마 이런 말을 듣게 될 줄은 꿈에서도 생각해 본 적이 없었다. 그가 지금껏 쌓아왔던 신뢰의 성이 실은 환상에 기초해서 만들어져 있었다는 때늦은 실망감이 벼락이 되어 뇌풍검왕의 전신을 때렸다. 그의 전신이 처음에는 미세한 진동을 보이더니 급기야 부들부들 떨렸다.

"이, 이, 이 미친놈!"

퍽.

뇌풍검왕의 오른 손등이 동방세가주의 오른뺨을 후려쳤다.

"윽."

콰당탕.

집무실 집기를 부수며 나가떨어진 동방세가주의 코와 입에서 새빨간 선홍색 피가 쏟아져 나왔다. 얼마나 세게 맞았는지 정신이 아득해질 정도였다.

"네놈이 미치지 않고서야 어찌, 어찌…… 네놈이 정녕 세가를 말아먹으려고 작정하지 않고서야……."

뇌풍검왕은 말을 잇지 못했다. 그의 눈은 지금 분노로 이글이글 타오르고 있었다. 믿었던 동생에게 배신당했다는 충격과 그동안 자신이 평생을 통해 쌓아온 명예가 한순간에 공든 탑이 무너지듯 와르르 무너지고 있는 광경 앞에 평정심을 유지할 수 없었던 것이다. 저 구석에서 이 돌발적인 상황을 지켜보고 있던 동방세가의 소가주, 풍운룡 동방천추의 두 눈은 붉게 충혈되어 있었다. 대충 돌아가는 상황만으로도 짐작이 갔던 것이다.

'이제 우리 동방세가는 어찌 되려는가. 이렇게 말도 안 되는 일로 초라하게 끝이 나려는가.'

욱일승천하며 다른 세가들을 멀찍이 따돌리고 세가 농맹의 주도권을 거머쥐었을 뿐만 아니라, 후대를 대표할 신진 고수층도 다른 세가와 비교할 수 없이 두터운 동방세가가 앞으로도 정파를 주도해 갈 것이라 믿어 의심치 않았었다. 근래 동방세가에 적잖은 충격과 우환이 이어지긴 했지만 이 정도 위기쯤 훌훌 털어버리고 다시 비상할 수 있으리라 믿었다. 그런 확신을 가질 수 있었던 건 이 시대 정파의 거인들인 두 할아버지의 존재 때문이었다.

풍운룡만이 아니었다. 이 충격적인 사태를 집무실 밖에서 소리만으로 접하고 있는 동방세가와 뇌풍산장의 제자들 심경은 착잡함을 넘어 절망적인 상태로 번져가고 있었다.

슬픔과 절망이 뒤섞인 표정을 하고 있는 풍운룡을 발견한 고신검령의 마음도 결코 홀가분하진 않았다. 자신과 사신룡의 한 사람인 풍운룡은 늘 경쟁상대로 사람들의 입에 함께 오르내리며 비교되곤 했다. 풍운룡은 사신룡 중 수위로 거론될 정도로 걸출한 인재였고 자신보다 한발 앞서 있는 고수였다. 하지만 그가 있기에 자신도 게으름 피우지 않고 정진할 수 있었고 계속 그리되리라 생각했다. 이런 식으로 동방세가가 몰락하는 건 스스로도 바라지 않는 일이었다.

비틀거리며 일어선 동방세가주는 한 손으로 흘러내리는 피를 훔치더니 형인 뇌풍검왕을 똑바로 바라봤다.

"이번에는 형님 뜻을 따를 수 없습니다."

챵.

외팔이가 된 뇌풍검왕이 오른손으로 검을 뽑아들었다.

"문을 열어라. 열지 않으면 넌 내 손에 죽는다. 어찌하겠느냐. 내 손에 죽겠느냐, 문을 열겠느냐."

"혀, 형님."

설마 뇌풍검왕이 이렇게까지 극단적인 행동을 할 줄은 동방세가주도 짐작 못 했을 것이다. 하지만 한 가지 분명한 건 있었다. 뇌풍검왕은 반드시 자신이 말한 것에 대해 책임을 질 것이라는 사실이다. 죽이겠다고 하면 자신의 피붙이라도 용서하지 않는다는 걸 누구보다 잘 알고 있는 동방세가주였다.

"정말 이렇게까지 하셔야 합니까? 형님은 형님의 명예가 동방세가보다 더 중요합니까?"

"닥쳐라. 네놈이 지금 무슨 낯으로 감히 그런 말을 지껄인단 말이냐. 정도를 걷지 못할 바에는 내 손으로 동방세가를 멸하는 편이 낫다."

동방세가주는 허허롭게 웃었다.

"형님께서는 평생을 그렇게 깨끗하게만 사셨습니까? 제가 뒤에서 지저분한 일을 도맡아 하지 않았다면 과연 오늘의 동방세가가 존재했을 것 같습니까?"

"이, 이놈! 정녕 내 손에 죽고 싶은 게로구나."

"열죠, 열겠습니다. 하지만 이 말 한마디는 반드시 해야겠습니다. 저노 이렇게까지 될 줄은 몰랐습니다. 정말입니다. 이 모든 게 동방세가를 위한 순수한 충정의 발로였음을…… 형님만은 이해해 주시리라 믿고…… 열겠습니다."

돌아선 동방세가주는 세 걸음을 걸었다. 벽에 걸린 벽화를 들춰내고 벽면의 한 지점을 손바닥으로 훑더니 위장되어 있는 조그마한 조각을 뜯어냈다. 그 안에 손가락 하나를 집어넣고 힘껏 끌어당겼다.

그르르릉.

힘찬 소리와 함께 벽면이 통째로 밀려났다. 벽 하나를 사이로 숨겨져 있던 꽤 넓은 공간이 눈앞에 훤히 드러났다. 침상과 탁자, 바닥에 어지럽게 굴러다니는 빈 술병들이 우선 눈에 띄었다. 탁자에 고개를 처박은 한 사람의 뒤통수가 보였다. 산발한 머리를 한 괴인은 무어라고 지껄이는지도 잘 알아듣기 힘든 말을 중얼거리고 있었다. 괴인의 옷은 핏물에 담갔다가 꺼내놓은 것처럼 얼룩져 있었고 술 냄새와 피 냄새가 섞여 묘한 역겨움을 풍겼다.

그 괴인이 천향루를 인세의 아수라지옥도로 만들어버린 흉수임은 굳이 증명하지 않아도 좋을 것 같았다. 모든 사람들이 그런 생각을 굳히게 되었지만 그럴수록 한 가지 의문이 고개를 들었다. 무엇 때문에 동방세가주가 저런 자를 숨겨주고 있느냐는 점이었다. 그처럼 실리에 밝은 사람이 무슨 대가를 바라고 이런 위험천만한 거래를 하고 있느냐는 사실이었다. 그걸 알아내자면 이 괴인이 누구인지, 동방세가주와 어떤 관계로 얽힌 사람인지를 캐내는 게 급선무였다. 옥불이 백의검풍대에 신호를 내리자 검을 빼든 무사들이 조심스럽게 다가갔다. 그 순간 휘륜이 검수들을 제지하고 나섰다. 만취한 것같이 보였지만 위험하다고 판단했기 때문이다. 마공을 익힌 사람들이 은연중에 마기를 억누르려 노력하는 것과 달리 괴인에게서 뿜어져 나오는 마기는 강렬하기 그지없었다. 무사들이 주춤 멈춰 서더니 뒤로 물러나던 그 순간 괴인의 신형이 팩 돌아섰다.

"케케케케. 웬 떨거지들이 이리 몰려와서 시끄럽게 떠드느냐. 죽고 싶으냐?"

돌아앉은 괴인의 모습은 진정 저게 사람의 형상일까 의심이 갈 정도로 추악했다. 눈은 새파란 광기로 번쩍거리고 있었고 코와 입 주변엔 피부가 뜯겨 나갔는지 시커먼 딱지가 앉아 있었다. 바닥까지 질질 끌리는 머리칼은 물을 만나본 지 족히 수십 년은 된 듯 서로 엉키고 붙어 딱딱하게 변해 있었다. 벽이 열리는 순간부터 악취 때문에 저절로 코에 손이 갈 정도인데 동방세가주는 이런 사람과 매일 대면했을 것이 아닌가.

동방세가주는 지금 공황 상태에 빠져 있었다. 그라고 이런 추악한 괴인을 숨겨주고 싶을 리가 있겠는가. 그도 어쩔 수 없는 일이었다. 그동안 사파와 거래를 해오면서 잡힌 약점 때문

에 그들이 요구하는 건 웬만하면 들어줘야 했기 때문이다. 이
번에도 마침 몇 사람이 와서 잠시 몸을 숨겨달라고 의탁했는
데 그 정도야 어려운 일이 아니니 별로 대단치 않게 생각했다.
그런데 시간이 갈수록 뭔가 이상하다는 생각을 지울 수 없었
다. 외출을 한 번씩 하고 나면 한 사람씩이 줄어들었다. 그리
고 그들의 태도와 행색이 달라졌다. 마지막으로 이 괴인 하나
가 남았을 때 동방세가주는 자신이 큰 실수를 했다는 걸 깨달
았다. 그에게서 풍기는 마기가 심상치 않다는 것은 둘째치고
온몸에 피를 뒤집어쓰고 들어오는 날이 많아졌기 때문이다.
　어찌 처리할까를 궁리하고 있던 차에 이런 최악의 상황에
직면하게 된 것이었다. 바로 그때였다. 눈을 희번덕거리며 사
방을 훑어보던 괴인의 머리칼이 돌연 살아 있는 생명체처럼
늘어나더니 넋이 빠져 멍하게 있던 동방세가주의 목을 휘감았
다. 동방세가주는 영문도 모른 채 괴인의 앞으로 끌려가고 말
았다. 여전히 괴인의 머리칼은 동방세가주의 목을 칭칭 감고
있는 상태였다. 호흡하기 힘겨울 정도의 압박감을 느꼈는지
붉어진 얼굴로 숨을 헐떡거리고 있는 모습이 애처롭게까지 보
였다.
　"크크. 정파 부스러기들이 많이도 모였구나. 어르신의 상황
이 좋지가 않아서 너희를 손봐줄 여유가 없다는 걸 다행으로
여겨라. 길을 터라. 안 그러면 이놈의 목이 몸에서 분리되는
장면을 보게 될 것이다. 어, 이놈들 봐라? 감히 내 경고를 무

시해?"

졸지에 인질이 돼버린 동방세가주를 보며 뇌풍검왕은 기가 찬다는 표정이었고 다른 수뇌들도 어이없어하긴 마찬가지였다. 괴인의 눈은 오직 한 사람에게 고정돼 있었는데 그는 다름 아닌 휘륜이었다. 명백한 경계의 눈빛이었다.

"크크크. 손가락 하나라도 까딱했다가는 이놈의 목숨은 보장하지 못한다. 그것만 알고 있으면 돼."

동방세가주의 목숨이 어찌 되든 휘륜은 별로 개의치 않는다는 걸 괴인이 알게 되면 과연 저렇게 의기양양한 표정을 유지할 수 있을까 싶었다. 그가 선택한 인질은 이 중 상당수에게는 그다지 소중한 존재가 아님을 괴인은 모르고 있었다. 동방세가의 사람들에게 이 장면은 치욕이 아닐 수 없었다. 다른 사람도 아닌 가주가 인질이 되었으니 쥐구멍이라도 있으면 들어가고 싶은 심정이었다.

바로 그때 휘륜의 귓속으로 한줄기 청아한 전음성이 파고들었다.

『그 녀석이 도망갈 수 있도록 길을 터 주세요. 저희가 처리할 테니 안심하셔도 됩니다. 이곳에 숨어 있을 줄은 꿈에도 생각 못 했군요. 다른 놈을 처치하고 오느라 좀 늦었습니다.』

매초향의 목소리였다. 과연 휘륜의 짐작대로 이놈은 마교도이며 매초향과 그 일행이 쫓고 있는 대상인 것 같았다. 이 녀석이 여기 숨어 있었던 것도 아마 저들의 눈을 피하기 위함이었으리라. 휘륜은 옥불에게 그런 상황을 짤막하게 설명했다. 옥불은 주변을 둘러싸고 있는 사람들을 우선 물렸다. 집무실 안에 고작 서너 명만 남게 되었을 때였다.

"너희는 왜 나가지 않느냐?"

"우선 인질을 풀어주는 게 순서일 것 같은데."

"그딴 수작질에 내가 속을 것 같은가. 물러서, 물러서란 말이다."

머리칼로 단단하게 목을 결박했는데 그것만으로는 안심이 안 됐는지 왼손으로 동방세가주의 뒷목을 옴짝달싹하지 못하도록 옭아매고 있었다. 괴인이 고래고래 고함을 치며 광분하는 바람에 동방세가주의 몸도 사정없이 흔들리고 있었다. 그는 괴로운지 눈을 꼭 감고 있었다.

휘륜 등이 뒤로 몇 걸음 물러나자 괴인은 흡족해하며 이빨을 드러내고 웃었다.

"게게게. 그래야지. 언젠가는 이 어르신이 다시 돌아올 날이 있을 거다. 지금은 사정이 안 좋아 이대로 떠나지만 다시 오게 되는 날, 이곳은 기와 한 장 제대로 남아나지 않을 것이다. 기대해도 좋을 거야. 크크크크."

말을 끝맺음과 동시에 밀실을 빠져나온 괴인은 잠시 사람들을 노려보다가 다시 히죽 웃었다.

휘익.

동방세가주의 목을 칭칭 감고 있던 괴인의 머리칼이 풀린 순간 괴인은 힘껏 동방세가주를 앞으로 던졌다.

쾅.

괴인의 신형은 집무실 천장을 뚫고서 순식간에 사라져 버렸다. 그걸 본 뇌풍검왕과 옥불 등이 추적하려고 하자 휘륜이 만류했다.

"그럴 필요 없소. 그놈은 여기서 나간 순간 죽은 목숨이니."

무슨 소리일까? 영문을 몰라하던 사람들의 의문은 금세 풀렸다.

"크아아악."

너무도 처절한 한마디 비명성이 길게 울리고 있었던 것이다. 지붕을 뚫고 신형을 날려가던 괴인은 혹 쫓아올지 모를 추격자를 신경 쓰고 있었다. 앞보다는 뒤를 신경 쓰고 있는데 무언가가 눈앞에서 번쩍거렸다. 각기 다른 네 방향에서 나타난 네 사람의 병기와 손이 눈 깜짝할 새에 괴인의 전신을 난자해 버렸다. 두 팔과 목이 몸에서 분리되더니 급기야 몸통 중간이 쫙 갈라지는 것이었다. 허공에서 완전하게 분리된 괴인은 비명 한마디를 남기고 세상을 하직하고 말았다. 괴인이 손쓸 사이도 없이 그를 해치워버린 네 사람은 다름 아닌 통령 선발전에 모습을 보였던 매초향과 그 일행들이었다. 네 사람은 괴인을 해치우지미자 그곳을 떠났다. 매초향은 떠나며 휘륜에게 다시 전음을 남겼다.

『오늘 밤에 찾아가겠습니다. 아마 서로에게 매우 유익한 시간이 될 것 같네요. 그럼 이따 뵙지요.」

지붕 위에 널려 있는 괴인의 시체를 무사들이 수거해왔다. 사건은 일단락된 게 아니라 이제부터 시작이라 할 수 있었다. 전모를 모두 밝혀야 했고 동방세가주에게 어떤 처벌을 내려야 할지도 결정해야만 했다. 적과 내통한 사실이 백일하에 드러난 마당에 발뺌을 해봐도 소용없는 일이었다. 옥불은 결심을 굳히고 쓰러져 아직 제대로 몸을 못 가누고 있는 동방세가주의 전신혈도를 짚어 무공을 폐쇄했고 무사들이 손에 들고 있던 오라를 뺏어 자신의 손으로 직접 손과 발을 단단하게 결박했다.

"죄인을 대전으로 끌고 가라. 장로들과 함께 심문하겠다."

뇌풍검왕의 귓가에 옥불의 단호한 외침이 환청처럼 연이어 울렸다.

'죄인, 죄인이라니…… 동방세가는 이대로 끝인가…….'

그조차도 그런 좌질김에 휩씨어 있는데 다른 제자들이야 오죽하겠는가. 동방세가 제자들에게 뇌풍전을 떠날 수 없다는 정도련주의 명령이 재차 이어졌다. 정도련의 수뇌들은 초라한 몰골로 결박당해 끌려가고 있는 동방현리의 모습을 보며 혀를 찼다. 지시에 따라 충원된 정도련의 정예 병력들이 뇌풍전 사방을 포위하고 아무도 출입할 수 없도록 통제하기 시작했다.

제7장
증지산(曾智山)에 대한 오해와 진실

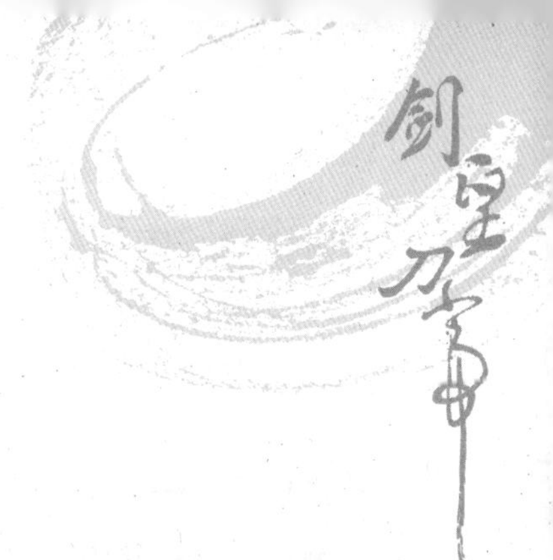

동방현리에게 참형이 선고되는 것을 보고 휘륜은 대전을 떠났다. 밖으로 나오니 사방은 꽤 어둑어둑해져 있었다. 그새 시간이 이렇게 흐른 것이다. 휘륜을 따라나선 무극검왕이 조심스럽게 말문을 열었다.

"저는 좀 더 돌아가는 사정을 지켜보고 오겠습니다."

휘륜은 고개를 끄덕였다. 무극검왕이 다시 대전으로 향하는 걸 바라보며 휘륜은 긴 한숨을 토해냈다.

'죄를 진 사람이 그에 합당한 벌을 받는 것은 당연한 일인데…… 과연 동방세가 전체가 가주 한 사람의 잘못으로 몰락하는 것도 마땅한 일인가. 모르겠구나.'

사람들이 그토록 무섭게 돌변할 수 있다는 걸 이번 사건을 계기로 확인하게 된 휘륜은 한편으로는 씁쓸함을 금할 길이 없었다. 얼마 전까지 동방현리에게 찬사를 보내며 추종해왔던 몇몇 세가주들은 사정이 달라지니 태도가 돌변하여 앞장서서 비난하기를 서슴지 않았다. 그들 중 일부는 심지어 동방세가 전체를 정파의 공적으로 선포하자고도 했다. 동방현리에게 내려진 참형은 그대로 진행될 가능성이 농후하겠지만 동방세가에 대한 처분을 놓고서는 아마도 의견이 분분할 것이다. 그 사안이 어떤 식으로 결정 나든 동방세가가 예전의 위세를 되찾기는 힘들어 보였다. 그들 입장에서 한 가지 다행이라면 뇌풍검왕의 관련성을 입증할 증거가 없어 그는 앞으로도 건재할 것이라는 점이었다. 정도련 심처에 마련된 처소로 돌아와 보니 한당과 호굉이 휘륜을 반갑게 맞이했다. 휘륜은 걱정스레 물었다.

"적룡은 어찌하고 있지?"

호굉이 긴 한숨과 함께 대답했다.

"술에 만취해 지금은 잠이 들었습니다."

"일어나는 대로 내게 알려라."

"알겠습니다."

한당이 궁금한 걸 참지 못하고 물었다.

"저…… 동방세가주에게 어떤 처벌이 내려지게 됐습니까?"

"참형을 면치 못할 것 같다."

"결국 그렇게 되었군요."

"다 자기가 뿌린 씨앗이니 누굴 원망하겠나."

"동방세가의 제자들이 과연 그걸 보고 가만있을까 싶군요. 반발이 심할 것 같은데……."

"뇌풍검왕이 있으니 그렇게까지 가도록 두진 않겠지."

"만약 그마저 불만을 품고 정도련을 탈퇴할 수 있지 않겠습니까?"

"그땐…… 동방세가와 뇌풍산장의 운명 역시 장담을 못 하지. 누구보다 그가 그런 사실을 더 잘 알고 있을 테니 어리석은 짓은 하지 않을 거야."

"그렇다면 다행이지만요."

"두 사람은 내내 이곳을 떠나지 못했겠군. 내가 있는 동안 잠시 쉬어."

"네. 그럼 조금 쉬었다가 금방 돌아오겠습니다."

두 사람이 떠나고 나자 휘륜은 내전 안으로 들어갔다. 오가다 마주친 시녀들이 황급하게 인사를 했다. 휘륜은 사부와 사형에게 차례로 안부 인사를 한 후에 자기 처소로 발길을 옮겼다. 지금 휘륜의 뇌리를 떠나지 않고 있는 건 매초향과 그 일행들에 대한 생각이었다.

'마교 내에 그처럼 심각한 내분이 있다는 게 도무지 믿어지지 않는군. 홍타어르신의 말을 빌리자면 증지산은 마교에서 절대자로 군림하고 있다고 하지 않았던가. 그런데 어찌 이런 심각한 내분이 벌어질 수 있는 건지 모르겠군. 모른다는 건 말도 안 되고 그럼 알면서도 방치하고 있다는 건데 그 저의는 대체 뭐란 말인가. 도무지 속을 알 수 없는 사람이구나. 어쨌든 중원 무림인들 입장에서는 나쁘지 않은 상황이다. 마교가 하나로 똘똘 뭉쳐 있다면 그보다 더 버거운 상대가 없을 텐데. 둘로 나뉘어 서로에게 칼을 겨누고 있다면 그 대립 관계를 적절히 이용해 뜻밖의 수확을 올릴 수도 있을 것이다. 매초향을 만나봐야만 상세한 구도를 파악할 수 있겠어.'

휘륜이 내실로 들어선 순간 설리와 서릉세하가 도란도란 얘기꽃을 피우다가 화들짝 놀라며 황급히 일어서는 것이었다.

"왜 그리 놀라지? 무슨 비밀스러운 얘기라도 하고 있었나?"

서릉세하는 그녀답지 않게 얼굴을 붉히더니 말을 제대로 못하고 얼버무렸다.

"그, 그게…… 아니라, 저 이만 가보겠습니다. 그럼 편히 쉬십시오."

서릉세하가 죄라도 진 사람처럼 시선조차 제대로 맞추지 못하고 다급하게 나가는 걸 본 휘륜은 어리둥절해져 설리에게 물었다.

"왜 저러지?"

"호호. 숙부님하고는 관련 없는 일이니 신경 쓰지 않으셔도 돼요. 여자들끼리 하는 얘기에 뭐 그리 관심을 기지고 그래요. 목욕물 받아놓을까요?"

"아니 됐어. 잠시 있다가 또 나가 봐야 해."

"요즘 얼굴 맞대고 얘기할 시간도 내기 힘드네요."

아직까지 설리는 동방세가주에 얽힌 사건은 전해 듣지 못한 눈치였다. 휘륜은 자세를 고쳐 잡고 그 얘기를 꺼내기 시작했다. 긴 휘륜의 얘기가 진행되는 내내 설리의 표정은 발그레하게 상기되어 있었고 마지막에 가서는 결국 울음을 터트리고 말았다. 가문의 원수 중에 한 사람이 결국은 비참한 종말을 고하게 되었으니 기뻐해야 마땅한데 기쁨은커녕 알 수 없는 슬픔이 치밀어 올랐던 것이다. 그걸 보고 휘륜은 아마도 억울하게 비명에 가신 혈육들이 떠올라 그런가 보다 생각했다. 잠시 뒤 울음을 그친 설리는 처연한 표정으로 말했다.

"원수가 망하길 천 번 만 번 마음속에서 빌고 또 빌었지만 막상 그런 일이 눈앞에 벌어져도 속이 시원하기는커녕 답답하기만 하네요. 원수를 내 손으로 갚은 것도 아니고…… 원수가 몰락해도 돌아가신 분이 살아 돌아오는 것도 아니고…… 아마 그래서 그런가 봐요."

설리는 그리 말하며 억지로 생긋 웃어 보였다. 휘륜은 그런 설리의 모습에 안타까움을 금치 못했다.

'설리는 너무 착하다. 천성적으로 누굴 미워하지 못하는 사람이다. 그러니 지금껏 얼마나 힘들었을까.'

"이제 하나 남았어. 그 요녀는 꼭 내 손으로 잡아서 네 앞에다 데려다 줄게."

설리는 당황하며 말했다.

"싫어요."

"왜?"

"그냥…… 내가 안 보는 곳에서……."

"오, 그러니깐 안 보는 곳에서 목을 따버리라고?"

"그, 그게 아니라……."

"알았어. 내가 알아서 할게. 그건 그렇고…… 설리에게 할 애기가 있어."

"제게요? 뭔데요?"

가만히 설리의 얼굴을 바라보고 있던 휘륜은 무슨 생각을 했는지 빙긋 웃으며 장난스럽게 말을 이었다.

"아니야. 그냥 설리 반응이 궁금해서 심각한 분위기 한번 잡아봤어."

"뭐예요. 지금, 저 놀리시는 거예요?"

"하하하. 또 얼굴 빨개졌다."

휘륜은 속으로 생각했다.

'그 애기는 안 하는 게 낫겠어. 지금처럼, 아무 일도 없었던 것처럼 그대로 지내는 게 설리를 위해서는 좋을 듯. 자기가 내게 짐이 된다는 오해라도 하게 되면 무슨 짓을 할지 모르는 여자니깐.'

휘륜은 자신이 기억을 모두 되찾았나는 애기를 설리에게 괴연 해야 하나 말아야 하나를 두고 고민했다. 현재 무극검왕과 옥불을 제외하고는 아직 아무에게도 그 말을 한 적이 없다. 사실 따지고 보면 그 얘기를 굳이 해야 할 이유가 없었다. 자신이 잊어버리고 있던 과거의 기억이 보태졌다고 해서 현재의 자신이 다른 사람이 되는 것은 아니었다. 여전히 사부는 존경의 대상이었고 여전히 설리는 아름답고 사랑스러웠으며 여전히 주변의 지인들은 든든한 가족이었다. 그거면 충분했던 것이다.

*　　*　　*

매초향은 자신이 한 말처럼 휘륜이 어디에 있든 찾아올 수 있는 여자였다. 옥불과 함께 대화를 나누고 있는 자리에 매초향이 불쑥 나타난 것이다. 처음에 그녀는 정도련주에게 잠시 자리를 피해주면 안 되냐고 양해를 구했다. 휘륜과만 독대하고 싶다는 뜻을 밝힌 것이다.

"련주는 내게 외인이 아니니 그렇게 경계하지 않아도 되오. 그리고 어차피 그대가 한 얘기는 옥불에게 다 전해지기 마련이니 함께 있어도 무방하오."

휘륜의 어조는 이전과는 확연히 달라져 있었다. 그를 단순한 마교도만으로 대할 때와는 다르게 예의를 갖춰 대하고 있었던 것이다. 그 사실을 매초향이라고 못 느낄 리가 없었다.

자리 잡고 앉은 매초향은 어디서부터 얘기를 풀어나가야 할지를 두고 곰곰이 생각을 정리하고 있었다. 여전히 면사를 쓰고 있어 용모는 알 길 없지만 옥불은 매초향의 행동거지에서 고매한 품격을 느끼고 감탄하고 있었다. 그녀는 결코 서두르지 않았다.

"어디서부터 얘기를 꺼내야 할지 모르겠네요. 우선 제가 누군지 궁금해하실 거 같군요."

"거기서부터 얘기하면 될 것 같구려."

"저는…… 두 분 짐작처럼 마교 출신이 맞아요. 그곳에서 태어난 건 아니지만 그곳에서 자랐답니다. 좀 더 정확하게 말하자면 스승님 손에 마교도와 분리된 상태로 자라났죠. 그래서 저와 제 사형제들은 한 번도 스스로를 마교도라고 생각해 본 적이 없습니다."

"당신의 스승은 물론 증지산이겠군요."

옥불의 질문에 매초향의 아미가 살짝 찡그려졌다.

"그분의 존함을 그리 함부로 부르는 건 실례 같군요."

"허, 거참. 그럼 뭐라고 해드리리까? 증대인이라고 하기도 뭣하고 교주도 아닌 걸로 알고 있소. 적당한 걸 추천해 줘 보시오."

매초향은 망설임 없이 대답했다.

"마교도들은 스승님을 태사라고 부릅니다."

옥불은 어이없어했다.

"저들이나 당신에게 증지산, 그 사람이 스승이니 그리 부르는 건 당연하겠지만 우리는 전혀 해당 사항이 없음을 모르시오? 태사는 황궁에만 있는 줄 알았더니…… 마교에도 태사가 계셨구려."

옥불의 비꼬는 말에 휘륜이 나섰다.

"그건 별문제가 아니니 본론으로 넘어갑시다. 하던 얘기 계속해보시오."

잠시 옥불을 노려보던 매초향이 침착하게 다시 말문을 열었다.

"처음에는 저들과 우리의 대립이 이처럼 심각하진 않았습니다. 우리는 저들을 무시하는 편이었고 저들 역시 우리는 안중에도 없었을 뿐이죠. 그러다 두 무리 간에 본격적으로 충돌이 시작된 건 마탑을 구성하면서부터였죠. 마탑의 종주를 비롯해 그 구성원을 교주들은 자기들 사람으로 채우길 원했습니다. 그게 당연하다고 여겼겠죠. 하지만…… 스승님의 생각은 전혀 다르셨습니다. 마교 교주들의 기득권은 철저히 무시됐고 강한 자를 우선적으로 배정했죠. 결국 마탑을 구성한 핵심 고수는 저희 측 사형제들의 몫이 되었고 전체 인원은 저들이 좀 많은 편이지요."

"마종도 당신들 쪽 사람이오?"

"네. 그분은 제게 사형이 되십니다. 그 뒤로 사사건건 별일 아닌 것으로도 서로 충돌을 일으켰습니다. 그때 스승님께서 저희들을 한자리에 모아들인 뒤에 이런 말씀을 하셨습니다.

너희가 능력이 된다면 마교도들을 몰아내고 새로운 세상을 여
는 주역이 되어라, 라고요.”

결국 그녀의 말대로라면 두 세력 간에 싸움을 붙인 사람은
다름 아닌 증지산이란 소리가 된다.

“그 이전까지만 해도 스승님의 눈치를 보느라 마교도들이
행패를 부리고 망동을 하여도 참았습니다. 더 이상 그럴 필요
가 없어졌죠. 저희는 해남도에서는 자제했지만 밖으로 나오면
저들 무리를 척살하는 데 거리낌이 없었습니다. 그건 저들도
마찬가집니다. 저들은 심지어 해남도에서까지 우리를 향해 살
수를 쓰기도 했습니다. 그게 발각돼 스승님의 손에 죽은 자가
여럿입니다.”

휘륜은 매초향의 얘기가 진행될수록 증지산에 대한 의문이
커져갔다.

“증지산, 아니 태사라고 해둡시다. 그 사람의 의중은 대체
뭡니까?”

“그건 직접 들으세요. 제가 뭐라고 떠들 입장은 아닌 것 같
군요.”

“직접 들으라고? 허 참.”

옥불의 불만 어린 말에 매초향은 부드러운 음성으로 말했
다.

“련주께서는 제게 불만이 많으시군요. 제가 왜 이 자리에
와서 이런 얘기를 꺼낸다고 생각하세요?”

"당신 속마음을 내가 어찌 알겠소."

"저는 지금 두 분께 손을 내밀고 있습니다. 저희는 적이 아닙니다. 이 땅에서 사라져야 할 무리는 마교도일 뿐 저희가 아닙니다. 공동의 적을 가진 사람들끼리 힘을 합하는 건 당연한 일이 아니던가요? 용기 내서 찾아온 제게 적대감을 드러내는 이유를 모르겠군요."

"지금 나더러 당신들을 믿으라고 하는 게요? 당신들이 마교도들을 적대하는 건 내가 알 바가 아니오. 당신 입으로 확실히 말해보시오. 당신은 증지산을 대적할 수 있소? 결국 증지산의 손안에서 놀아나는 꼭두각시인 건 사실인 마당에 그가 무슨 생각을 가진 사람인지도 모르는 상태에서 적이 같다고 얼씨구나 좋구나, 손을 잡을 것 같소?"

"일리 있는 말씀이군요. 다 맞는 말씀이신 거 같아요. 제가 좀 감상적이었나 봅니다. 그렇지만 한 가지 오해가 있는 것 같아 정정해드려야 할 것 같군요. 저희는 스승님의 꼭두각시가 아닙니다. 그분을 대적할 수 있느냐고 하셨죠? 네, 그럴 수 있습니다. 그분이 공도에 어긋난 패악을 지시하거나 저지른다면 저희 사형제는 그분을 향해 칼끝을 겨눌 수 있습니다. 사부님께서도 몇 번이나 당부를 하셨죠. 만약 당신께서 마성을 이기지 못하고 허물어진다면 힘을 합해 제거하라고 하셨습니다."

휘륜과 옥불은 지금 그녀의 말을 듣고 신선한 충격을 받고 있었다. 그녀의 말이 사실이라면 증지산이란 사람을 자신들이 오해하고 있었는지도 모르겠다는 생각이 든 것이다. 그야말로 영웅이 아니겠는가. 하지만 떨쳐내지 못하는 의혹은 여전히 남아 있었다.

휘륜이 그 점을 짚고 나섰다.

"그는 왜 스스로의 힘으로 하지 않고 당신들에게 그 모든 일을 떠넘긴 것입니까? 듣기로, 현재 마교를 완전하게 장악하고 있는 절대자가 그라고 알고 있습니다. 뭔가 이치에 맞지 않군요. 거기다 현재 마탑의 행보를 보면 아무리 좋게 봐주려고 해도 오해가 생길 수밖에 없소. 저들은 단지 중원 무림을 유린하는 침략자일 뿐이지요. 내 말이 틀렸소?"

"거기엔 피치 못 할 사정이 있습니다. 마교의 대교주가 문제였지요. 그자는 스승님께 패했지만 스승님도 그자를 죽이진 못했습니다. 아니, 죽일 수가 없었다는 게 맞는 말입니다. 만약 그의 목을 벨 수 있었다면 마교는 지금쯤 전혀 다른 문파가 되어 있었을 것이고 지금처럼 마탑이 중원으로 진군해 오는 일도 없었을 것입니다. 대교주는 마공의 최정화라 할 수 있는 비결을 터득한 사람입니다. 그의 몸은 그 어떤 공력에도 손상되지 않고 설사 손상된다 하더라도 목이 잘리지 않는 한 하루가 지나지 않아 온전히 회복하고 맙니다. 거의 스승님에 필적하는 강자입니다. 마교 역사상 그 비결을 터득한 유일한 사람인 걸로 알고 있습니다."

"불사신이라도 된다는 듯 말하는군요."

"불사신은 아닐지 몰라도 스승님마저도 그를 죽이는 건 정말 불가능에 가깝다고 하시더군요."

"그래서 그게 어쨌단 거요?"

옥불의 퉁명스러운 대꾸에도 매초향의 음성은 한결같았다.

"스승님과 대교주 사이에 한 가지 밀약이 체결되었죠. 스승님께서는 당시의 일이 오판이었다고 후에 자책하셨습니다. 스승님은 마교도들을 바꿔놓을 수 있다고 장담하셨지만 그건 완벽하게 실패로 돌아가고 말았습니다. 마교도들은 스승님을 통해 오히려 마공이 더 성장했고 마성에 젖은 그들의 본질은 바뀌지 않았습니다. 결과만 놓고 보자면 스승님의 개입으로 마교는 더 위험한 존재가 돼 버린 것입니다."

휘륜은 궁금했다.

"두 사람 사이에 체결된 약속이란 게 무언지 말해줄 수 있소?"

"교주 중 누구도 해쳐서는 안 된다, 대교주가 내세운 조건은 오지 그것 한 기지뿐이었죠. 그 대신 마교도들은 스승님을 태사로 섬기며 자신들의 일원으로 받아들여야 했습니다. 그때부터 수십 년간 스승님께서는 각고의 노력으로 그들을 변화시키려고 노력해 왔습니다. 그런데도 저들은 점점 더 마성에 젖어갈 뿐, 마성을 극복하려는 노력은 하지도 않았지요. 그때부터 스승님께서는 제 오만으로 인한 실책을 인정하시고 저희를 키우기 시작했습니다. 마교도들의 손에 죽은 사람들의 혈육

중에 고르고 골라 비밀리에 무공을 전수하고 전사로 만드셨습니다. 저희 사형제는 태생적으로 저들 마교도와 양립할 수 없습니다. 절대 한 하늘을 이고 공존할 수 없는 원한들을 저마다 갖고 있습니다."

흥미로운 얘기였다. 증지산이란 사람은 자신의 능력을 과신해 마교를 근본적으로 변화시켜 세상을 향한 위협을 제거하고자 단신으로 뛰어든 셈이었다. 그게 그의 생각대로 되었다면 천 년을 두고 칭송해도 부족할 업적이었겠지만 그 자신의 고백처럼 그 시도는 실패하고 말았다. 대신 마교도들을 상대할 수 있는 비밀 병기들을 만들어 세상에 내보낸 것이다. 마교도들로 인한 폐해를 최소화하겠다는 복안이었으리라. 휘륜은 증지산이란 인물에 대한 호기심이 점차 커져가고 있음을 부인하고 싶지 않았다.

'대단한 사람임에는 틀림없었다. 그런데 왜 홍타어르신께서는 그자에 대해 부정적인 인상을 받았던 걸까? 매초향의 말대로라면 다시없을 의인이 아니겠는가.'

그때 휘륜의 뇌리를 번쩍 스치는 생각이 있었다.

"혹시 그분에게 문제가 생겼소? 그를 만나본 분의 얘기와 소저의 얘기가 너무도 다른 것 같아서 하는 말이오."

매초향은 여기에 온 후 처음으로 머뭇거렸다. 그리고 작은 한숨을 토해냈다.

"스승님께서는…… 실패를 인정하고 싶어 하지 않으셨어

요. 그래서 해서는 안 될 일을 하고 마셨죠.”

“그게 무엇이오?”

“마공을 본격적으로 연성하기 시작하셨습니다. 마성을 이기기 위해 자신이 몸소 시험체가 되신 겁니다.”

“그가…… 달라졌소?”

“그걸…… 모르겠어요. 예전의 인자했던 스승님과는 달리 차가워진 것만은 확실한데 그렇다고 다른 마성에 젖은 마교도들과는 근본적으로 다르기도 하고…….”

“당신도 마공을 익힌 것 같은데 어찌 마성에 젖지 않을 수 있었소?”

“그게 스승님의 위대한 점이죠. 저희는 내단전(內丹田)을 사용합니다. 그 때문에 마성에 빠지지 않았던 겁니다.”

내단전이라는 말에 두 사람은 의혹의 눈길을 보냈다.

옥불이 말도 안 된다는 표정으로 물었다.

“내단전은 외단전과 달리 제한이 있어 축적할 수 있는 내공이 적다고 알고 있소. 그걸 나너러 빌으란 소리요?”

“잘 알고 계시는군요. 내단전은 처음에 손톱만 한 크기에 불과하죠. 거기에 내력을 축적하는 일도 힘들고 설사 꽉 채운다 해도 고작 백 년 내력도 안 됩니다.”

“그런데 그 한계를 어찌 극복했단 말이오?”

“내단전은 작지만 무한히 크게 확장하는 것도 불가능하지 않습니다. 그 과정이 너무도 고통스럽고 목숨을 걸어야 할 만큼 위험하다는 것만 빼면 외단전에 비해 내력을 보존하고 유지하는 능력에 있어서는 더 탁월하지요. 이를테면 내단전에 쌓인 공력은 어떤 수단으로도 없애거나 제한할 수 없습니다. 저희에게는 그래서 점혈 같은 수법이 통하지 않는답니다.”

옥불은 매초향의 진지한 설명에도 불구하고 의심을 지우지 못하고 그녀를 의심의 눈초리로 바라봤다. 그러자 매초향은 서슴없이 자신의 한 팔을 옥불에게 내미는 것이었다. 옥불은 그녀의 맥문을 잡고 점혈을 했다.

“다 하셨나요? 점혈하는 방식이 아주 정확하고 매섭군요.”

이 순간 옥불은 뒤로 자빠지지 않은 게 신기할 정도로 놀라고 말았다. 그녀는 틀림없이 점혈되었고 원래대로라면 움직일 수 없어야 맞는 것이다. 그런데 그녀는 멀쩡하게 움직이고 있었다.

“저는 지금 두 분께 한 점 거짓도 없는 진실만 말씀드리고 있습니다. 어렵더라도 저를 믿으셔야 합니다.”

“좋소, 믿겠소. 여기 제남에 온 건 이 얘기를 하기 위함이오?”

“아닙니다. 사실 정도련과의 접촉은 좀 더 후로 미뤄뒀었습니다. 과연 우리 말을 어디까지 믿어줄지 자신이 서지 않았습니다. 혹시 오해가 생겨 상황을 더 어렵게 만들지 않을까 우려했었지요. 더군다나 마탑의 진군이 정파의 영역까지 침범하리라는 걸 예상하고 있던 차였으니 섣불리 접촉할 수가 없었습니다. 얼마 전 합비에서 저희 사형제 중 한 사람이 피살됐습니다. 저희는 사제를 잔인하게 토막 내어 죽인 원수들을 쫓아 여기까지 추적해 온 겁니다. 이곳까지 추적하며, 또한 여기 제남에 머물며 모조리 찾아내 죽일 수 있었습니다. 그놈들을 추적하던 중 우연하게 당신을 봤습니다. 처음에는 당신이 누군지 몰랐습니다. 도제 휘륜의 명성은 저희도 들었지만 저희가 본 당신은 그 정도 수준이 아니었습니다. 충격이었죠. 그러다 한 사람을 떠올리게 되었습니다. 검황. 스승님께 수도 없이 들었던 신화적 인물 검황을 직접 보게 된 것입니다. 당신이 여기 제남에 있고 정도련과 깊숙한 관련이 있다는 걸 확인하고 원래의 계획에 없는 시도를 하게 된 것입니다.”

“소저의 스승이 나에 대해 자주 얘기를 했다고 했소?”

“네. 저희는 좋든 싫든 자라나면서 검황이란 신화 속 인물을 상상하게 되었습니다. 스승님께서는 검황이야말로 무림사에 가장 위대한 일맥이라고 자주 말씀하시곤 하셨습니다. 그들이 없었다면 이 무림도 존재하지 않는다고. 그런 신비한 인물을 직접 대면하게 되었다는 기쁨도 잠시, 과연 당신을 어찌 설득해야 할까를 두고 고민했습니다. 제가 백 마디 말을 하는 것보다 당신이 직접 스승님과 대면하는 게 나을 것 같군요. 빠르면 빠를수록 좋습니다. 만에 하나 스승님께서 마성에 빠졌다면…… 그 상황이 더 악화되기 전에 말이죠.”

휘륜은 이들이 이미 그런 최악의 상황을 가정해두고 활동하

고 있다는 사실을 은연중 느낄 수 있었다. 과연 이들이 마교에
서 자랐고 마공을 익혔다는 이유만으로 비난받아야 할까? 휘
륜은 내심으로 고개를 저을 수밖에 없었다.

'이들이야말로 의인이 아니겠는가. 좀 더 두고 봐야겠지만
현재의 이들은 중원 무림을 위해 복이 되면 되었지, 화가 될
것 같지는 않구나.'

마음속으로부터 뿌리 깊은 편견을 깨버리고 나니 한결 매초
향을 대하는 게 편하고 부드러워졌다.

"그렇지 않아도 태사의 초대를 받았소. 고민을 해봤는데 아
무래도 한 번은 만나봐야 할 사람 같았소. 당신의 충고 새겨들
으리다."

휘륜이 완전히 매초향을 신임하는 듯한 말을 하자 더 이상
옥불도 날을 세울 순 없었다. 두 사람의 달라진 태도에 매초향
은 마음 한편이 든든해졌다.

'생각지도 않았던 우군이 생겼구나. 검황, 검황이 우리 편
이라니…… 이러면 해 볼만 해지지 않겠나. 대사형께 얼른 이
기쁜 소식을 알려 드려야 할 텐데. 희망이 생겼어. 이길 수 있
다는 희망이.'

매초향은 드러내진 않았지만 지금 춤이라도 추고 싶을 정도
로 기뻐하고 있었다.

세 사람은 이후 머리를 맞대고 좀 더 논의를 이어갔다. 휘륜
은 매초향을 통해 마교 속사정에 대해 소상히 파악할 수 있었

다.

＊　　　＊　　　＊

　구적룡이 깨어났다는 소식을 들은 휘륜은 한달음에 달려갔
다.
　그는 의기소침해져 있었다. 풀죽은 구적룡의 어깨를 툭툭
두드리며 휘륜이 그 옆에 앉았다.
　"무슨 얘기를 해야 할지 모르겠구나. 미안하다. 네게 이런
일이 벌어져도 아무것도 해주지 못하고 있으니."
　"호법님께서 미안해하실 일은 아닙니다. 모두 제 탓입니다.
제가 같이 살자고 하지만 않았더라도 미호는 지금쯤 합비에
가 있을 겁니다. 내 욕심이 그 사랑스러운 여자를 죽음으로 몰
아넣었습니다. 그녀가 마지막 순간에 느꼈을 두려움과 고통을
생각하면, 크윽. 윽윽……."
　구적룡같이 강한 사내가 입을 틀어막고 닭똥 같은 눈물을
뚝뚝 흘리고 있는 모습은 애처롭다 못해 처절하게 느껴졌다.
그 아픔이 그대로 전달되는 것 같아 휘륜도 가슴 속이 메어졌
다. 설리가 그런 비참한 상태로 죽음을 맞았다면 자신 역시 냉
정함을 유지하진 못했을 것이다. 아마 미쳐 날뛰었을 것이다.
그래서 지금 구적룡의 마음이 십분 이해가 됐다. 그래도 산 사
람은 살아야 했다.

"어렵겠지만…… 마음을 추스르고 다시 예전의 적룡으로 돌아가길 바라마. 너와 같은 희생자를 또 만들지 않기 위해서라도 우리는 싸워야 한다. 그게 우리 같은 무사의 숙명이다."

"제 여자 하나 보호하지 못한 놈이 무슨 천하를 운운하고 대의를 떠들겠습니까."

"그래서 이제 와 모든 걸 포기하겠다고? 그걸 죽은 미호가 좋아하리라 여기나. 그녀의 원수는 갚아줘야 할 것 아냐?"

"원수요? 대체 누구한테 원수를 갚으라는 말씀이십니까? 미호를 죽인 미치광이는 이미 죽어버린 걸요!"

구적룡의 외침에는 원한을 갚을 대상마저 잃어버린 자의 상실감이 담겨 있었다.

"그놈만 원수겠어. 천하에 그런 놈은 수두룩하다. 제 악행으로 얼마나 많은 사람들이 피눈물을 흘리고 고통스러워하는지도 모르는 악귀 같은 놈들은 세상에 널렸다. 잘 생각해 봐라. 과연 미호를 위로하는 길이 무엇인지를. 이대로 주저앉아 미호만 생각하면서 슬픔에 잠겨 있는 것이 맞는 건지, 아니면 슬픔은 가슴 속에 묻고 독한 마음으로 남자답게 일어서는 게 너다운 건지."

그 말을 남기고 휘륜은 떠났다. 이제 선택은 구적룡 그 자신이 하는 것이다. 숱한 죽음을 보아왔던 구적룡이지만 이번 사건은 그의 삶을 송두리째 도려내고도 남을 만큼 큰 상처를 남겼다. 강요하는 이는 아무도 없었다. 휘륜도 자신에게 일어서

라고 명령하지 않았다. 홀로 남겨진 구적룡은 아직은 아무것
도 생각할 수 없었고 판단도 내릴 수 없었다. 조금 더 미호를
생각하며 혼자 있고 싶은 마음뿐이었다.

*　　　*　　　*

　날이 밝자 형산에 대한 소식이 차례로 알려지기 시작했다.
살아남은 벽력산장의 제자들이 보내온 전서에는 비교적 상세
한 내용들이 적혀 있었다. 벽력산장과 형산파의 제자들 중 도
주해 생명을 건진 소수를 제외하고는 전원 몰살당했다.
　벽력검왕은 마탑의 수장인 마종의 손이 아니라 그 수하들
중 한 사람에게 백 초식을 못 견디고 패했다. 그 소식은 정도
련의 수뇌부를 충격 속으로 몰아넣었다. 마탑은 생포한 벽력
검왕을 죽이지 않고 포로로 삼았다고 한다.
　육대 문파의 하나인 형산파의 핵심 고수 중 절반 이상이 현
재 이곳에 와 있는 상태였다. 그들이 만약 청산피를 지키고 있
었다 해도 상황은 달라지지 않았을 것이고 오히려 희생자만
더 늘어났을 것이다.
　오전 내내 정도련의 장로 회의는 계속되었고 그 시간 동안
정도련 전체에는 각 전각마다 조기를 내걸고 희생당한 벽력산
장과 형산파 제자들의 억울한 죽음을 애도했다.
　어제까지만 해도 마도와 사파의 도발을 준비하는 성격이 짙

었다면 이제는 눈앞에 닥친 전면전을 기정사실화하고 대비해야 했다.

정도련에서는 통령 선발전을 신시(申時) 정각에 치르겠다고 공표했다. 정도련은 어제와 달리 정도련 소속이 아닌 무림인들의 출입을 엄격하게 제한했으며 신분이 불명확한 사람들도 들어오지 못하도록 조치했다.

제남객잔에 식사를 하기 위해 몰려든 사람들은 입구에 자리가 없다는 얘기를 듣고 다른 객잔으로 발길을 돌려야 했다.

지금 사층에서 식사를 하기 위해 자리를 잡고 앉은 한당, 구적룡과 호굉 등은 그나마 일찍 왔기에 자리를 잡을 수 있었다. 휘륜과 막부 등은 정도련에 남아 있었고 이들 세 사람도 식사를 끝내면 바로 정도련으로 돌아갈 예정이었다. 호굉과 한당이 오지 않겠다는 구적룡을 억지로 끌고 나온 건 바깥바람이라도 쐬면서 기분 전환이라도 시켜줄 속셈이었다.

잠자코 식사를 하고 있는 구적룡의 옆구리를 호굉이 쿡 찔렀다.

"호법님이 부전승으로 올라갔으니 한 번만 더 이기면 된다는 건 알지? 과연 무극검왕과 벽사신군 두 사람 중 누가 승자가 될까?"

구적룡은 별로 생각하고 싶지도 않았다. 귀찮은지 성의 없이 대답했다.

"그야 모르지. 강한 사람이 이기겠지."

그때였다.

"아니, 구대주님 아니십니까? 햐, 이게 얼마만입니까 그래."

떠들썩한 소리와 함께 몇 사람이 다가오고 있었다. 그들을 본 구적룡도 놀라워하긴 마찬가지였다.

"너희들 언제 돌아온 거냐?"

하지만 표정이 그리 썩 밝지 않다는 걸 알아본 사람들은 섭섭해하는 눈치가 역력했다.

"어제 왔습니다. 아니 근데, 우리를 만난 게 별로 달갑지 않으십니까?"

"그, 그럴 리가 있겠냐. 단지 좀…… 일이 있어서 그런 것뿐이다."

"일이요? 무슨 일이요?"

"차차 나중에 얘기해주마."

"아 참, 그건 그렇고 대체 뭐가 어떻게 돌아가고 있는 겁니까? 정신이 하나도 없습니다."

네 사람이었다. 그들은 전장에서 갓 돌아온 멸사천 소속의 무사들이었다. 과거 구적룡이 이끌던 야랑대 출신들로 지금은 여러 부대로 흩어져 별도의 명이 있을 때까지 무한 대기 중이었다. 그런 그들이 한꺼번에 모습을 보이자 구적룡이 오히려 의아해졌다.

"너희들 모두 혹시 같은 곳에 배속되었나?"

마침 옆자리가 비었는데 점소이는 빠른 손놀림으로 식탁 위를 치운 뒤에 네 사람을 그곳에 앉게 했다. 자리에 앉은 네 사람은 구적룡의 일행 중에 호굉이 섞여 있다는 걸 그제야 알아본 것 같았다.

"호대주님도 계셨군요. 두 분이 같이 다니시니 영 어색하군요. 흐흐흐. 아참, 저희들이 같은 곳에 배속되었느냐고 물으셨죠? 그게 아니라 지금 강소에 나가 있던 옛 멸사천 소속 하부 부대들이 모조리 총단으로 복귀했습니다. 와보니 난리가 나 있더군요. 대기하라는 명령 외에는 아직 별다른 지시 사항이 없었습니다. 간만에 목에 낀 때나 좀 벗겨볼까 싶어 나왔다가 대주님을 뵌 것이지요."

"싹 다 불러들였다고?"

"네."

그 옆에 있는 무사가 걱정스러운 낯빛으로 입을 열었다.

"앞으로 어떻게 될지 모르겠습니다. 저희는 세가 동맹과 계약을 맺었는데 그게 정도련과의 관계에도 유효한 건지 확실하지 않아 영 불안합니다. 대주님께서 세가 동맹에서 나가셨다는 얘기는 들었지만 그동안 뭘 하고 계셨습니까? 괜찮은 자리 있으면 저희도 좀 부탁드리겠습니다. 흐흐흐."

"야야, 그게 오랜만에 뵌 대주님께 할 말이냐? 이놈 말고 저부터 부탁드립니다, 대주님."

　네 사람은 음식이 오자 허겁지겁 입안으로 쓸어 넣기 바빴다. 접시째 들고 요리들을 입안으로 밀어 넣는 건 오랜 세월 동안 전장을 누비다 보니 생긴 습관이었다. 음식은 이들에게 생명을 유지해주는 것 이상도 이하도 아닐 때가 많았다. 매 끼니를 챙겨 먹는다는 건 꿈같은 일이고 기회가 있을 때마다 재빨리 섭취하고 다음 전투를 준비하던 습관이 하루아침에 바뀔 수 있는 건 아니었다.

　순식간에 식사를 끝낸 네 사람을 보며 구적룡은 잠시 감회에 젖었다. 과거 전장을 누빌 때가 생각났다. 그때와 비교하면 지금은 비교도 안 될 정도로 안락한 생활을 하고 있는 셈이었다. 과거 자신을 따랐던 옛 수하들을 바라보는 구적룡의 시선에는 안타까움과 측은함이 가득했다.

　"너희들 계약 갱신이 안 되면 갈 데는 있느냐?"

　"그런 게 있을 턱이 있습니까? 십여 년가량을 전장에서만 지냈는걸요. 멸사천이 사라진다 해도 저희처럼 우수한 고급 인력을 설마 버리겠어요? 재계약을 하게 될 거리고 칠식같이 믿고 있습니다. 우리가 없이 어디 멸사천이 제대로 돌아간 적 있습니까. 흐흐흐."

　그가 한 말이 영 틀린 건 아니었다. 네 사람 중 둘은 얼마 전에 대주가 되었고 나머지 둘은 부대주였다. 멸사천 전체를 통틀어도 이들만큼 실전 경험이 많은 사람들을 찾기는 드물 정도였다.

"주경륭 소식은 좀 들은 게 있느냐?"

네 사람은 구적룡의 말에 서로의 얼굴을 찾더니 좀체 말을 하지 못했다. 뭔가 수상한 낌새를 알아차린 구적룡이 물었다.

"혹시…… 죽었나?"

"그게 아니라…… 사고를 쳤습니다. 상관을 죽이고 현재 뇌옥에 갇혀 있습니다."

"뭐라고?"

"주부대주가 어디 그럴 사람입니까? 저도 겪어봐서 아는데 그 단주 놈이 하도 악질이어서 주부대주 성격에 그 정도 오래 참은 것도 용한 일이지요. 주부대주는 아마 살아남기 힘들 겁니다."

주경륭은 구적룡이 처음 야랑대의 대주가 되었을 때 부대주로 있던 무사였다. 구적룡이 가장 신임했던 사람으로 끝까지 함께 데려가고 싶었지만 그러지 못해 내내 마음에 걸렸었다. 그런데 그가 상관을 죽이고 뇌옥에 갇혀 있다고 하니 안타까움에 속이 쓰릴 지경이었다.

식사를 끝낸 일행들은 다시 정도련으로 갔다.

구적룡은 몇 번이나 망설이다가 끝내 휘륜을 찾아갔다. 곧 있을 통령 선발전 때문에 긴장하고 있을 것이라 여긴 구적룡의 예상과는 다르게 그는 침상에서 곤히 자고 있었다. 그가 방 안으로 들어가는 소리 때문에 깬 것인지 아니면 깰 때가 되었기 때문에 깬 건지 모르지만 어쨌든 휘륜이 몸을 일으키는 것

이었다. 휘륜은 침상에 일어나 앉고서도 잠시 동안 멍한 표정
이었다. 구적룡임을 알아본 휘륜은 반갑게 맞아들였다.

"이제 기운을 좀 차렸나?"

구적룡은 몇 번인가 망설이다가 어렵게 입을 뗐다.

"지금 이런 말씀 드릴 때가 아님을 알지만 달리 청할 데가
없어서 왔습니다. 실은 호법님께…… 한 가지 청이 있습니
다."

"부탁? 내게?"

"네."

"별일이군. 해봐, 어려워하지 말고."

"다른 게 아니라…… 제가 예전에 야랑대 대주로 있을 때
데리고 있던 부대주가 지금 뇌옥에 갇혀 있나 봅니다."

"무슨 일로?"

"상관을 살해하고 도주하라는 주변 사람들의 충고도 뿌리치
고 자수했다고 합니다."

"흠, 큰 죄를 지었군. 그래서?"

"사정 얘기를 들어 보니 그 녀석의 상관이었던 자가 강소에
서 전투를 하면서도 여염집 처자들을 납치하고 허구한 날 술
에 취해 수하들을 개 잡듯 폭행하고 민가의 재물을 노략질하
기를 서슴지 않았다고 합니다. 그 때문에 보다 못해 격분해서
그만……."

"쓰레기였군. 죽일만한 놈을 죽였으니 날 더러 옛 수하를

좀 구제해달라는 얘기를 하러 온 게로군.”

“죄송합니다. 곧 중요한 대결을 앞두고 계신 분한테 이런 말씀을 드려 송구스럽기 그지없습니다.”

휘륜은 침상에서 일어나서 구적룡의 어깨를 한 차례 툭 치고는 밖으로 나가며 말했다.

“그러지 뭐. 련주한테 얘기해둘 테니 걱정하지 마. 네 말이 사실이라면 방면하는 데 별문제 없을 거야. 마땅히 죽어야 할 놈을 죽였으니 정상 참작이 되겠지.”

“고맙습니다. 정말 고맙습니다.”

“흐음, 가만있자. 이왕 말 나온 김에 이참에 마저 해야겠군.”

“제게 특별히 지시하실 말씀이라도 있으십니까?”

“나가서 한당과 호굉도 들어오라고 해.”

“네? 네, 네.”

잠시 뒤, 구적룡을 따라 들어온 한당과 호굉에게 휘륜이 뜻밖의 지시 사항을 하달했다.

“세 사람은 지금부터 강소 전투에 투입되었던 자들 중에 쓸 만하다 싶은 자들을 추려 봐. 눈치 빠르고 머리 회전이 빨라야 해. 실전 경험이야 다들 많을 테니 무공은 굳이 선별 기준에 넣지 않아도 되겠고 눈썰미와 눈치가 있고 상황 판단, 임기응변에 아주 능해야 해. 그 기준을 보고 뽑아 봐.”

구적룡은 의아했다.

"이해는 했습니다만…… 그런 자들을 뽑아서 어디 쓰려고 그러시는지…….”

"다 쓸 데가 있어서 그러는 거니 지금은 묻지 말고.”

멸사천 소속의 대주와 부대주 또는 조장들 중에는 십여 년 넘게 크고 작은 천여 회 이상의 전투를 치른 사람도 부지기수였다. 그런 그들이 지금껏 세가 동맹을 지탱해온 큰 자산 중 하나라는 데 이의를 제기할 사람은 많지 않을 것이다. 비록 세가 동맹 체제 아래에서는 가진 능력에 비해 그다지 중용되지 못했지만 휘륜은 그들이 필요했다.

한때 자신들도 같은 처지였기에 구적룡이나 호꿩 입장에서야 쌍수를 들며 반길만한 희소식이었지만 그렇다고 무턱대고 낙관하는 건 아니었다. 가진 밑천, 즉 실력의 한계는 분명하다는 사실을 두 사람도 인정하고 있었다. 애초에 일신에 익힌 무공의 수준과 질이 떨어진다는 사실만은 어쩔 도리가 없었다.

휘륜의 불가해한 능력을 감안하면 장기적으로 수련을 시키고 보완할 경우 십수 년 후쯤에는 무서운 고수들로 성장하겠지만 지금은 당장 마탑이나 사파 정예 고수들과의 실전을 염두에 두어야 할 때였다. 그런 점을 감안하면 여전히 함량 미달로 생각되는데 그런 그들을 추려보라는 지시는 언뜻 이해가 안 갔다.

육대 문파와 세가들에서 찾아보면 그보다 훨씬 뛰어난 고수들이 많은데 굳이 아무도 거들떠보지 않는 멸사천 소속의 용병 부대에서 고르라는 건 납득하기 어려운 주문이었다. 어쨌든 시키는 대로 하긴 하겠지만 전각 밖으로 나서는 세 사람의 발걸음은 가볍지만은 않았다.

세 사람이 나간 뒤에 휘륜 혼자 있는 내실로 설리가 들어왔다. 휘륜이 통령 선발전에 출전한 후로 설리의 말수가 부쩍 줄어들었다. 그걸 모를 리 없는 휘륜이 그녀의 속마음을 떠보았다.

"표정이 상당히 어두운데?"

"제 표정이요? 그냥 기분 탓이겠죠."

"내게 할 말이 있다고 다 쓰여 있는걸?"

"그런 게 얼굴에 다 나타나 있어요?"

설리는 자기도 모르게 제 얼굴을 쓰다듬으며 수긍하고 있었다. 기다리고 있는 휘륜을 빤히 보지 못하고 몸을 옆으로 돌린 채로 설리가 입을 열었다.

"동방세가의 가주께서는 지금 어디 계시죠?"

"하옥돼 있지."

"제가 한 번 만나 봐도 돼요?"

휘륜은 설리가 지금 무슨 생각을 하고 있는지 의아해졌다.

"그를 만나서 뭐하게?"

"물어볼 말이 있어서요."

"면회가 금지되어 있긴 하지만…… 불가능한 건 아니야. 꼭…… 그를 만나야겠어?"

“힘들면 애쓰지 않아도 돼요.”
돌아서는 설리의 어깨를 휘륜의 손이 움켜잡았다.
“나와 같이 가보자.”

“힘들면 애쓰지 않아도 돼요.”

제8장

풍야제(風夜帝) 동방현리(東方現利)의 최후

　두 사람이 동방세가주 면회를 허락받고자 정도련주를 만나
러 간 그 시간에 죄수가 되어 옥에 갇혀 있는 동방현리는 철창
을 사이에 두고 두 사람을 대면하고 있었다. 한 명은 싸늘한
얼굴로 철창 앞에 뒷짐을 진 채 서 있고 다른 한 명은 무릎을
꿇고 오열하고 있었다. 그들은 바로 뇌풍검왕과 동방현리의
손자이자 동방세가의 소가주이며 뇌풍검왕에게는 수제자이기
도 한 동방천추였다. 동방천추의 눈에서는 하염없이 뜨거운
눈물이 흘러내리고 있었다. 무공이 폐쇄된 채 옥에 갇혀 있는
동방현리는 눈에 넣어도 아프지 않을 사랑하는 손자가 자기
때문에 우는 모습을 보자 가슴이 찢어지는 듯한 심정이었다.

"울지 마라. 네가 울면 이 할아비 가슴은 천 갈래 만 갈래로 찢어진다. 부디 당당하고 자랑스러웠던 모습만 기억해다오. 할아비는 이렇게 가지만 네가 있어 가슴 든든하구나. 세가를…… 잘 부탁한다. 저승에 가서도 널 지켜보겠다."

지금 놀랍게도 동방현리의 앞에는 날 선 단검 한 자루가 떨어져 있었다. 그 단검은 뇌풍검왕 동방초재가 던져준 것이었다. 자결하라. 그것이 아우인 동방세가주에게 한 마지막 말이었다. 동방현리는 부들부들 떨리는 손으로 단검 자루를 꽉 쥐었다. 핏발 선 동방현리의 눈동자가 뇌풍검왕을 향했다.

"형님, 이 못난 아우를 부디 용서하십시오. 세가의 명예를 실추시킨 죄는 죽어서라도 달게 받겠습니다. 제 몫까지, 제가 못 준 사랑까지 추아에게 쏟아주실 줄 믿고 가겠습니다. 그리고 건강하십시오."

푹.

"크윽."

검날이 동방현리의 목 깊숙한 곳에 박혔다. 목에서 괴이한 소리가 나더니 그는 옆으로 픽 고꾸라졌다. 그는 치켜뜬 눈을 감지도 못하고 숨이 끊어졌다. 풍운룡의 외침이 옥사를 올렸다.

"할아버지!"

뇌풍검왕은 애처로운 눈빛으로 잠시 동생을 바라보더니 다가가서 부릅뜨고 있는 동방현리의 눈꺼풀을 쓸어내렸다. 그 순간만은 그의 손도 폭풍에 휩쓸린 나뭇가지처럼 사정없이 떨리고 있었다. 바로 그때, 옥사의 복도로 막 접어드는 두 사람이 있었다. 그들은 다름 아닌 휘륜과 설리였다. 휘륜과 설리의 발걸음이 멈춘 순간 설리의 비명소리가 복도를 울렸다.

"아악!"

처참한 모습으로 쓰러져 있는 동방현리의 시체를 보았기 때문이다. 휘륜은 그녀를 품 안에 안으며 철창 앞에 서 있는 뇌풍검왕을 노려봤다.

"이게, 이게 지금 뭐 하는 짓이오?"

휘륜의 노기가 깃든 음성에도 불구하고 풍운룡은 돌아보지 않았다. 그는 얼굴을 무릎 사이에 처박고 가슴을 쥐어뜯고 있을 뿐이었다. 뇌풍검왕은 담담하게 말했다.

"보시는 바와 같이…… 동방세가의 가주는 책임을 통감하고 자결했습니다."

"왜! 왜 이런 짓을 하는 게요?"

"선택의 여지가 없음은 도제께서 더 잘 아시지 않습니까?"

이런 상황에도 뇌풍검왕은 검황 대신 도제라고 부를 정도로 냉정함을 유지하고 있었다.

"어차피 죽음이 결정된 목숨, 자결하는 것으로 살 사람들에게 지워질 짐을 조금이라도 덜어주는 게 가주로서 할 바라고 생각한 것 같습니다. 저는 그 뜻이 갸륵하여 약간 도움을 줬을 따름입니다. 이걸 또 문제 삼는다면 그건 저로서도 어쩔 수 없는 노릇이지요. 다 감수해야겠지요."

"허……."

휘륜은 말문이 막혔다.

"이제 어찌하시겠습니까? 동방세가마저 몰락의 길을 걸어야 한다고 여기십니까?"

"내 생각이 뭐가 중요하겠소. 결국 정도련 수뇌부에서……."

"아닙니다. 도제의 뜻이 가장 중요하다는 건 저도 알고 도제께서도 알고 계신 일입니다. 동방세가의 몰락을 방치하시겠습니까?"

"이런 극단적인 선택을 해야 할 정도로 절실했소?"

"하나는 살려야지요. 도제께서는 혹 모르실 수도 있겠군요. 무림은 냉정한 곳입니다. 이제 날이 밝으면 굶주린 이리떼들처럼 몰려들어 물어뜯으려고 할 겁니다. 한번 이빨을 드러내고 나면 재기 불능 상태로 만들고서야 안심하는 사람들이 무림인들입니다. 이대로 두면 동방세가는 다시 정파의 기둥을 자처할 수 없게 될 것이고 동도들의 핍박 아래 서서히 말라 죽어 갈 것입니다."

휘륜은 솔직히 동방세가가 그렇게까지 될 거란 생각은 안 들었다.

"당신이 있는데도 말이오?"

"제게 그런 일을 막을 힘이 있었다면 동생이 이렇게 비참한 종말을 고하도록 만들지도 않았겠지요."

휘륜과 뇌풍검왕의 사이에 불길이라도 일어날 것처럼 두 사람의 시선이 뜨거워졌다. 휘륜의 시선이 싸늘하게 식어가고 있는 동방현리의 시체와 얼굴도 못 들고 숨이 넘어갈 듯 오열하고 있는 풍운룡을 번갈아 바라봤다.

"후우, 좋소. 당신의 뜻대로 해주리다. 차후로 이번 사건 때문에 동방세가가 책임져야 할 일은 없을 것이오. 내가 모두 막아주겠소."

뇌풍검왕은 처음으로 휘륜 앞에 고개를 숙여 보였다.

"감사합니다. 이 늙은이, 이것으로 감사함을 대신하는 걸 용서하시길."

휘륜은 설리를 토닥이며 밖으로 사라졌다. 뇌풍검왕은 울고 있는 풍운룡을 바라보며 가라앉은 음성으로 말했다.

"울지 마라. 울 힘이 남아 있다면 아껴뒀다가 세가의 명예를 회복하는 일에 써라. 지금은 울 때가 아니다. 너마저 포기해야 하는 상황이 온다년 이 할아비는 미쳐버릴지도 모른다."

아마 처음일 것이다. 동방천추를 제자로 받아들이며 단 한 번도 혈육의 정으로 대해준 적이 없었다. 할아버지라 부르는 것도, 그리 불리길 원치도 않았다. 두 사람 사이에는 오직 스승과 제자 간의 관계만 남아 있는 것 같았다. 그랬던 동방초재가 자신을 가리켜 할아비라고 한 것은 무척 특별한 사건이었다. 하긴 지금 이 순간에 그런 게 무슨 의미가 있겠느냐만.

"이제부터 가주는 너다. 네가 동방세가를 떠받치고 가야 한다. 오늘 이후로 다시는, 다시는 눈물을 보여서는 안 된다. 그리고 명심해야 한다. 다시는 이번 같은 치욕스러운 사건이 되풀이되어서는 안 된다. 아무도 넘보지 못하게 만들어야 한다. 누구도 너와 동방세가를 업신여기지 못하도록 강한 무사가 되어야 한다. 그것만이 먼저 간 네 조부의 원과 한을 모조리 갚는 길임을 결단코 잊어서는 안 된다."

잠시 밖으로 보내놓았던 간수들과 소식을 듣고 몰려오는 무리의 떠들썩한 소음이 조손의 귓가를 울렸다.

"오는구나. 정신 바짝 차려라. 약점을 보이는 순간 물어 뜯긴다는 사실을 명심하고."

*　　　*　　　*

아주 난리가 났다. 참형을 선고받은 동방현리가 자결했다는 소식은 정도련의 수뇌부 전체를 당혹감에 빠져들게 만들었다. 그 자체로도 문제였지만 그가 자결할 수 있도록 방조한 사람이 다름 아닌 뇌풍검왕이라는 사실이 더 큰 충격이었다. 정도련의 수뇌들이 한자리에 모인 회의장에서는 다양한 설전들이 벌어졌다. 동방초재의 예상은 정확했다. 의견들 중 상당수가 경중의 차이일 뿐 동방세가에 대한 제재 조치를 포함하고 있었던 것이다. 좀 심할 정도로 강경하게 비난하는 사람이 다름

아닌 동방현리의 충복이라 일컬어졌던 헌원세가주라는 사실
은 세상의 비정한 단면을 보는 것 같아, 헌원세가주가 열을 올
리면 올릴수록 사람들은 씁쓸함을 감추지 못했다. 세상인심이
이리도 돌변할 수 있다는 것은 차치하고라도 얼마 전까지만
해도 세가 동맹을 이끌어가던 전 맹주가 자결했는데 그 시신
이 채 식기도 전에 그 가문에 재갈을 물릴 궁리들을 하고 있다
는 것이 얼른 이해가 안 갈 정도였다. 이런 장면을 목격한 휘
륜은 소름이 다 돋을 지경이었다. 그는 회의가 벌어지기 전에
이미 옥불과 철노에게 당부를 해둔 터였다. 그 두 사람의 지시
를 받은 가주들은 졸지에 열정을 다해 마음에도 없는 동방세
가의 방패막이가 되어주고 있었다.

"더는 여기에 대해서 왈가왈부하지 마시오. 련주의 직권으
로 지시하거니와 이번 사건이 더 이상 확대되는 일이 없도록
특별히 주의해주길 바라오. 앞으로도 동방세가는 정도련을 구
성하는 중요한 구성원의 역할을 할 것이고 정파의 든든한 기
둥으로 자리메김할 깃이오. 이 일을 두고 계속 잡음이 생긴다
면 미리 경고하는데, 엄히 추궁해 그 책임을 물을 것이니 그리
들 아시오."

설마 련주가 저토록 강경하게 나올 줄은 육대 문파 쪽에서
도 예상 외였던지라 다들 꿀 먹은 벙어리가 될 수밖에 없었다.

회의장을 빠져나온 휘륜은 설리가 걱정돼 곧장 처소로 돌아

왔다. 그녀는 작지 않은 충격을 받았는지 아직도 시선이 불안하게 느껴질 정도였다.

휘륜은 그런 그녀의 등을 토닥여주었다.

"괜찮아. 앞으로 험난한 무림에서 살아가자면 이보다 더한 일도 겪어야 할 텐데 이만한 일로 충격을 받으면 안 되지. 설리는 강한 여자잖아. 그렇지?"

"저 괜찮아요. 조금 놀라긴 했지만……."

설리는 머리를 무릎 사이에 묻고 오열하고 있던 사내가 자꾸만 신경이 쓰였다. 혈육을 잃는다는 것은, 그것도 눈앞에서 그런 일을 겪는다는 게 어떤 일이라는 걸 알고 있는 설리는 그가 지금 겪고 있을 슬픔의 크기를 짐작하고 있었다.

"꼭 그리했어야만 했을까요? 왜 손자를 굳이 거기 데려와서 자결하는 모습을 지켜보게 했는지 모르겠어요."

"보여주고 싶었던 거야. 뇌풍검왕은 이런 일이 다시 되풀이되는 걸 막고 싶었겠지. 다시는 이와 같은 비극적인 사건이 일어나지 않길 바랐던 거지. 분노는 이성을 마비시켜 버리거든. 자기 할아버지의 잘못은 생각 않고, 원인을 제공한 것은 잊어버리고 원한만 곱씹게 되지. 뇌풍검왕은 그렇게 되는 걸 막고 싶었던 거야. 어쨌든 동도인 정파인들 손에 할아버지가 처형되는 것도 막고 마지막 순간을 보게 함으로 책임 의식도 고취시키고 싶었겠지. 앞으로 풍운룡은 무섭게 성장하거나 미치광이가 되거나 둘 중 하나겠지. 뇌풍검왕은 도박을 한 거야. 동방세가의 미래를 건."

"무서운 사람이군요. 뇌풍검왕이란 사람은."

"그만큼 절실했기 때문이겠지. 지금도 우문세가를 일으켜 세우겠다는 생각은 변함이 없어?"

휘륜의 품에서 떨어져 나온 설리의 눈이 동그래졌다.

"네? 갑자기 그건 왜 물어요?"

"심경의 변화가 혹 있나 해서."

"으음, 글쎄요. 그건 왠지 제 욕심인 것 같아요. 이 험한 무림을 헤쳐나가기엔 제 역량이 너무 부족하다는 사실을 깨달았어요. 좀 더 생각해 보고 알려 줄게요."

"그새 마음이 변한 거야?"

"요즘 무림 상황을 보고 나니 영 자신이 없어져서 그래요. 더군다나 오늘 같은 일까지 겪고 보니 두려움이 커졌어요. 숙부님은 제가 어떤 결정을 내리길 원하세요? 솔직하게 말씀해 보세요."

"솔직하게 말해도 섭섭해하지 않을 기면 그러시."

"어째 부정적인 의견을 갖고 계신가 봐요."

"사실…… 설리는 무림에 안 어울려. 나는 설리가 늙어서도 아름다운 사람이었으면 좋겠어."

"에게, 그런 게 어디 있어요. 늙으면 다 할머니가 되는 건데."

"아니, 겉모습 말고. 속마음이 지금처럼 예뻤으면 좋겠다고.”

“그래요? 으음. 노력해볼게요.”

“나 어쩌면…… 당분간 멀리 떠나 있을지도 몰라. 나 없어도 견딜 수 있지?”

“왜요? 어디 가시는데요?”

“별일 아니니 걱정은 안 해도 되고. 무사히 다녀올 테니깐 그런 불안한 눈 하지 말고.”

“전 두려워요. 처음 제 앞에 나타났던 것처럼 어느 날 갑자기 내 곁을 떠나버릴 것 같아 두려워요.”

“그런 일은 없을 테니 쓸데없는 생각 하지 말고. 내가 가긴 어딜 간다고 그래? 자, 우리 오랜만에 술이나 한잔해볼까? 소혜한테 술을 배운 이후로 아마 처음 마시는 건가?”

설리는 불안한 눈빛을 감추지 못했다.

‘왜 이리 불안하지? 내가 감당할 수 없는 큰일이 벌어질 것만 같아. 숙부님께서 어느 날 갑자기 내 눈앞에서 사라져버릴 것 같은 불길한 예감이 들다니. 싫어, 그런 건. 숙부님마저 떠난다면 난 견딜 수 없을 거야.’

설리는 돌아섰다. 휘륜의 눈을 빤히 보면서 거짓말을 하고 거짓 표정을 지을 자신이 없었기 때문이었다. 무엇보다 눈물이 쏟아질 것 같았기 때문이다.

휘륜은 설리의 어깨를 잡아 돌려세웠다. 휘륜의 두 손에는 자신도 모르게 힘이 들어가 있었다.

"나를 똑바로 봐. 내 눈을 피하지 말고."

설리의 눈에 억눌러두었던 물기가 차올랐다. 그녀는 참고, 참고 또 참았다. 그런데도 샘솟듯 차오르는 눈물은 급기야 볼을 타고 흘러내리고 만다. 하지만 설리는 속마음과는 반대의 말을 하고 있었다.

"전 괜찮아요. 아무렇지 않아요. 전 신경 쓰지 마세요."

그녀는 더 이상 말을 할 수가 없었다. 휘륜이 와락 끌어안았기 때문이었다. 허리가 부러져라, 힘껏 끌어안은 휘륜은 한참 동안이나 그대로 있었다. 무슨 말이 더 필요하겠는가. 두 사람은 지금 마음과 마음으로 서로를 느끼고 이해하고 용납하고 있었다.

휘륜은 가슴 깊은 곳에서 솟아오르는 주체할 수 없는 연민과 사랑을 동시에 느끼고 있었다. 그 감정은 천하에 두려울 것 없는 절대적인 무공을 소요한 휘륜으로서도 이겨낼 수 없는 것이었다. 그래서였을 것이다. 휘륜은 누가 가르쳐 준 것도 아니고, 그렇게 하라고 일러준 것도 아니었시반 너무도 자연스럽게 설리의 입술에 자신의 입술을 포겠다.

첫 입맞춤이었다. 설리의 눈이 동그랗게 커진 것도 잠시, 눈꺼풀이 파르르 떨리더니 스르륵 감겼다. 그러지 않고는 견딜 수 없었기 때문이었다.

꿈을 꾸는 것만 같았다. 이 순간만큼은 그간의 고통이 하나도 생각나지 않는다. 설리는 자고 일어나는 것조차 큰 죄를 짓는 일처럼 매 순간 눌려 있던 자신의 삶이 잠시일지언정 해방되는 기분을 만끽했다. 앞으로 어찌 되든 상관없었다. 복수를 하지 못해도, 우문세가를 재건하지 못해도 좋았다.

설리는 진심으로 빌고 또 빌었다. 이 사람, 이 한 사람만은 마음껏 욕심내도 되지 않느냐고 사정하고 애원했다. 하늘, 그 냉정한 침묵을 향해.

두 사람의 입맞춤은 길었다. 길고 긴, 부드럽고 감미로운 입맞춤이 꿈결처럼 짧게 느껴지는 시간이 지나고 나자 휘륜은 그녀를 품에서 떼어냈다. 그 순간 설리는 도저히 휘륜의 얼굴을 똑바로 볼 용기가 안 나서였는지 얼굴을 발갛게 물들이며 밖으로 뛰어나갔다. 혼자 남은 휘륜의 표정에는 아직 가시지 않은 뜨거운 열정이 그대로 남아 있었다. 기분이 묘했다.

'이렇게 기분이 좋은 줄 알았다면 진작 할 걸 그랬나.'

한편 밖으로 뛰쳐나온 설리도 가슴을 한쪽 손으로 지그시 누른 채 숨을 고르고 있었지만 좀체 진정이 안 된다. 그녀에게는 첫 입맞춤이었는데 그 순간이 이렇게 갑자기 찾아올 줄은 그녀도 예상하지 못했던 일이었다. 설리는 아직까지도 불이 붙은 것처럼 뜨거운 제 입술을 손가락으로 가만 매만졌다.

'내가 미쳤나 봐. 망측하게 내가 지금 무슨 생각을 하고 있는 거람.'

세차게 도리질을 해봐도 조금 전 휘륜의 입술이 제 입술에 닿던 그 감촉을 설리는 잊을 수가 없었다. 숨이 막혀오고 가슴은 터질 것처럼 세차게 뛰었지만 마치 구름 위를 둥둥 떠다니는 듯한 아득함에 전신이 가라앉는 것 같았다. 발그레해진 설리의 볼은 좀체 원래대로 돌아올 생각을 않는다.

*　　*　　*

통령 선발전의 대미를 장식할 세 사람의 대결이 예정된 시각에 진행되었다. 그런데 사람들이 미처 예상하지 못한 변동 상황이 발생했다. 도제 휘륜의 기권이 바로 그것이었다. 그가 왜 기권했는지 그 사유에 대해서는 알려진 바가 없었다.

결국 벽사신군과 무극검왕의 비무 결과로 통령을 결정하게 됐다. 벽사신군과 무극검왕의 대결은 지켜보는 이들을 압도할 만큼 숨 막히는 접전이었다. 무림 재출도를 위해 피땀을 흘리며 자신을 갈고 닦아온 벽사신군은 이번 대결에 제가 발휘할 수 있는 모든 걸 아낌없이 쏟아 부었다.

그에게 다음 기회는 남아 있지 않았다. 여유를 갖고 상대할 만큼 무극검왕은 약하지 않았다. 오히려 그 반대였다. 벽사신군은 한 점의 후회조차 남기지 않도록 전력을 다했지만 아깝게 무극검왕에게 패하고 말았다.

그 패배는 결코 추하지 않았다. 무극검왕은 벽사신군을 상대로 자신이 이 정도로 진을 빼게 될 줄은 예상하지 못했다는 얼굴을 하고 있었다. 경미한 부상으로 끝난 두 사람의 대결이 끝났고 정도련을 한바탕 뒤흔들었던 혼란과 진통의 시간도 일단락된 듯싶었다.

정도련의 련주인 옥불과 통령인 무극검왕의 지휘 아래 정도련은 빠르게 안정을 되찾아갔다. 동방세가주 사건으로 기세가 한풀 꺾여버린 세가 측은 별 반발 없이 지도부의 지시에 따르고 협조하는 분위기였다.

정도련이 안정이 되어갈 때쯤에 마탑의 진군도 멈췄다. 호남땅과 귀주를 차례로 휩쓸고 강서로 다시 돌아온 마탑은 안휘 지역 구화산(九華山) 북서변 기슭에 진을 쳤다. 잠시 숨 고르기를 하는 것인지 아니면 다른 계획이 있는지는 아직 속단할 수 없었다.

초긴장 상태에 돌입해 있던 정도련은 마탑의 진군이 멈췄다는 사실만으로는 안심할 수 없었다. 그때 마탑에서 정도련에 사자를 보내왔는데 그가 가져온 소식은 정도련 수뇌부를 자극하는 내용으로 가득 채워져 있었다.

정도련을 해산하고 자파로 돌아가 마탑의 군림을 받아들이라는, 말 그대로의 항복 권고장이었다. 그런 굴욕적인 항복을 온전히 받아들일 정파인이 과연 몇 명이나 되겠는가. 정도련 수뇌들은 전력을 이끌고 당장 구파산으로 진군하자고 강변하는 이가 대부분이었을 정도로 흥분 상태였다.

정도련은 마탑의 항복 권고를 거절한 셈이 되었고 이제 일

촉즉발의 정마대전이 시작될 것이라고 모두가 각오를 다지고 있었다.

　충격적인 이야기를 듣는 것만으로 사람의 심장이 터질 수 있을까? 그게 어쩌면 가능할지도 모르겠다는 생각을 막 하게 된 사람이 여기 있었다. 그는 바로 정도련의 련주로 당선되며 무림에 화려하게 등장한 옥불이었다. 천지가 개벽한다 해도 이처럼 놀라지 않을 옥불의 안색을, 단 한마디의 말로 샛노랗게 만들어버린 사람은 다름 아닌 휘륜이었다.
　무인이라면 모두가 탐내고 마다하지 않을 초대 통령의 권좌마저 마다한 휘륜은 옥불이 유일하게 의지하는 대상이었다. 그와 마탑과의 전면전에 대해 논의하려고 얘기를 꺼낸 자리에서 휘륜은 옥불이 미처 예상하지 못했던 폭탄선언을 한 것이다. 혼미해진 정신을 채 수습하지도 못한 옥불은 제가 혹 잘못 들었기를 바라며, 떠듬거리며 간신히 입을 열었다.
　"너, 너 방금 뭐라 그랬냐. 뭘 어쩌겠다고? 내가 잘못 들었겠지? 하하하. 기력이 쇠한 것도 아닌데 헛소리가 들리는 걸 보니 내가 그간…… 밤마다 잠을 설쳐서인가 보다."
　휘륜은 만년 풍상을 견뎌낸 거암처럼 흔들림 없는 태도로 냉정하게 말했다.
　"호들갑 떨지 마라."
　"너, 너 제정신이냐?"

"오늘따라 유난히 머리가 맑고 깨끗한 게 문제라면 문제일까, 전혀 이상 없다."

"너 이러려고 통령 자리마저 거부한 거였나?"

"이미 예상하고 있었으면서 유별나게 굴긴. 내가 떠나리라는 건 너도 짐작하고 있던 일이잖아."

"그야 그렇지만…… 지금은 너무 이르다. 안 돼. 난 허락할 수 없어. 지금 네가 떠나면 나 혼자 뭘 어쩌라고? 지금 시기가 얼마나 위태로운지 너도 잘 알면서 그런 무책임한 말을……."

"매초향의 말처럼 이건 늦추면 늦출수록 좋지 않을 것 같다. 그를 만나보고 난 후에야 구체적인 결정이 내려질 것 같다. 계획도 세울 수 있을 것 같고."

"만약 그게 함정이면? 너 거기 가서 함정에 빠지면 살아 돌아올 생각은 버려야 한다. 그건 모르지 않겠지?"

"그 정도 각오쯤 안 하고 가겠다고 생각했을까."

"하여간 지금은 너무 이르다. 조금만 더 정도련의 체제가 자리를 잡고 나면 그때 가도 가라."

"미안하다. 나도 그렇고 싶은데…… 마음이 불안하고 조급해지는 게 지금이 적기인 것 같다. 마탑의 진군도 멈췄고 정도련도 안정을 찾은 것 같으니깐. 막상 큰 싸움이 벌어지기 전에 그를 만나보고 가능한 한 모든 수단을 동원하는 편이 나을 것 같다. 거기다 천명회와의 연합 건도 증지산을 만난 뒤에야 결정될 수 있으니 속히 서두르는 게 이득이지."

"그건 그렇지만……."

뚱해져 있는 옥불을 안심시켰다.

"걱정 마라. 무슨 일이 있어도 살아 돌아올 테니."

"큰소리는."

"그리고 무엇보다 지금의 구도가 날 조급하게 만든다. 전면전은 여하한 경우에도 피해야 한다."

"누군들 안 그러고 싶겠냐만 현실이 그런 걸 어쩌겠어. 받아들여야지. 하여튼 난 못 들은 거니 그리 알아라."

정신없이 손사래 치는 옥불을 향해 휘륜은 제 뜻을 분명히 밝혔다.

"손에 칼 든 놈은 정도의 차이만 있을 뿐 세상에 해악을 끼치는 종자들이긴 마찬가지다. 정파니 마교니 세상 사람들이 볼 때는 거기서 거기일 터, 별 차이가 없다. 스스로 정의롭다고 제 얼굴에 금칠하기 좋아하는 정파인들을 보아도 개중에 소수만 협의를 행할 뿐 대다수는 제 이익을 위해서라면 악행도 서슴지 않는 위군자들 천지다. 정파인들이야 당장 하늘이 뒤집어진 듯 난리를 치겠지만 이해관계가 얽혀 있지 않은 대다수의 사람들은 누가 무림의 실권을 장악하든 개의치 않는다는 게지."

옥불은 버럭 화를 냈다.

"그래서 너는 지금 무림을 저 잔악 무도한 마교놈들에게 고스란히 바치자는 소리가 하고 싶은 거냐?"

“열 내지 말고 끝까지 들어라. 나는 그런 얘기한 적 없다. 단……."

“단지 뭐?”

“한두 놈이 엉켜 싸우거나 문파 간의 대결이라면 그들의 문제로 끝날 일이지만 이런 식으로 깡그리 모아서 전부 아니면 전무라는 무대포식의 대결은 얻을 것도 없고, 설사 무언가 남는다 해도 그 결과가 너무 참혹하다.. 삼선이 왜 검황을 남겼을까? 검계와 마교의 전면대결을 막기 위한 최소한의 장치가 곧 검황이었다. 적어도 세상을 가지려고 한다면 자기 목숨을 걸어야 한다는 두려움, 그것 때문에 지금껏 마교의 수뇌들은 용기를 못 낸 거지, 마교가 중원 무림을 차지할 힘이 없어서 그동안 참고 있었던 게 아니란 소리다. 이런 식의 전쟁은 원치 않은 사람들까지 휩쓸리게 하고 흘려야 할 피도 너무 막대하다. 무언가를 갖고 싶어서 미치기 직전인 사람들끼리 해결하면 될 일이다. 그 미친 행렬에 굳이 모든 사람을 동참시킬 필요는 없다.”

“그래서 이제 와서 뭘 어쩌자고? 이젠 돌이킬 수 없다. 우리가 멈춘다고 해도 저놈들이 멈추지 않는다. 게다가 저놈들이 먼저 시작한 일이다. 우리가 저자세를 보이면 얕잡아 보고 더 막무가내로 나오는 게 마도와 사파 놈들이다. 그건 확실해. 양보한다고 될 일이 아니란 말이다.”

“네 말이 맞을지도 모르지. 그래도 우리는 언제나 최선책을 생각해야 한다. 너와 나는 정사의 명분을 두고 생각해봤을 때 다른 정파인들에 비해서는 자유로운 사람들이다. 그러니 우리라도 정신을 바짝 차려야 한다. 처음부터, 처음부터 다시 생각해 보자. 분리할 수 있는 적은 최대한 솎아내야 한다. 천명회만 해도 그래. 저들이 원하는 건 무림을 피구덩이 속으로 집어넣고자 함이 아니다. 마교와 그 무리를 이끌고 있는 교주들만 작살내면 끝날 일이다. 그럼 다시 아무 일도 없었다는 듯 원래의 자리로 돌아갈 수 있겠지. 저들이 정의롭다면 나는 저들을 용납할 생각이다. 그리고 이 기회에 아예 마교가 다시는 세상에 나올 수 없도록 만들고 말겠어.”

“증지산마저 적이라면?”

“좀 더 어려운 싸움이 되겠지. 그때는 네 말대로 전면전까지 각오해야 할지도 모르지. 그전에는 내게도 기회를 다오. 검황이 건재함을, 검황이 아직은 저놈들에게 두려움의 대상이 될 수 있다는 걸 보여주고 싶다. 하는 데까지는 해보고 나서 포기하더라도 포기하자. 해보지도 않고 지레짐작으로 전면전으로 끌고 간다면 너무 많은 사람들이 희생당해야 한다. 그런 참극만은 막고 싶어.”

“나도 네가 무얼 말하는지 알겠어. 그런데 널 잃어버리면 사실 그것보다 더 큰 타격이 없다. 우리 쪽에는 증지산이나 대교주를 상대할 사람이 하나도 없게 된다. 그럼 정말 한번 제대로 싸워보지도 못하고 백기 들어야 하는 사태가 벌어질지도 몰라.”

“내가 그리 못 미더우냐?”

“그런 얘기가 아니잖아. 거긴 적들이 우글거리는 소굴이야. 그런 곳을 들어가겠다고 하니 그러지. 너와 홍타어르신은 분명 다르단 말이다. 왠지 그건 아닌 거 같다. 불길하다. 불안해. 나는 증지산에 대한 신뢰가 안 생긴다. 정 그를 만날 생각이면 불러내도 되잖아. 네가 꼭 가야 하는 건 아니잖아. 그자도 너만큼 절실하다면 자신이 와도 되는 거 아니냐?”

“이미 결정했으니깐 그리 알아라.”

굳은 얼굴로 자리에서 일어서는 휘륜의 옷자락을 옥불이 움켜쥐었다.

“다시 생각해봐라. 단 하루만이라도.”

“그러지. 어차피 내일 떠날 생각이었으니.”

“너, 너!”

놀림을 받은 것 같아 분통이 터진 옥불의 얼굴이 붉으락푸르락했다. 내실 밖으로 나가는 휘륜의 등에다 대고 옥불이 고함쳤다.

“이 치사한 놈! 나한테 다 맡겨놓고 너 혼자 떠나겠다고? 난 찬성할 수 없어. 내 유일한 희망이, 비장의 무기가 너라는 걸 알면서 어떻게 나한테 이럴 수 있냐. 에이, 이 육시랄 놈 같으니라고.”

닫힌 문이 다시 열렸다. 휘륜이 심각한 얼굴로 다시 안으로 들어오자 자기가 한 말 때문에 내심 뜨끔해하고 있던 옥불이 긴장했다.

"너 방금 나한테 욕한 거 맞지?"

"야, 치사하게 욕 한 번 한 것 같고……."

"그거 용서하고 잊어버릴 테니 내 얘기 새겨들어라. 선한 사람과 악한 사람은 정해져 있는 게 아니다. 사파와 마도에도 정의로운 사람은 존재할 것이고 정파인들 중에서도 악인은 수두룩하다. 서로를 매도하고 경원하는 것까지는 뿌리 깊은 적대감 때문에 어쩔 수 없다고 쳐도 최악의 경우, 매듭을 풀어야 할 수뇌부들까지 너처럼 경직된 사고방식에 젖어 있다면 강호는 종말을 고하게 될 거다. 가서는 안 되는 길인 줄 뻔히 알면서 그 길로 내모는 건 무슨 심보냐? 아직은 우리 생각을 닫아걸 때가 아니란 소리다. 나도 얼마 전까지, 매초향을 만나기 전까지는 마공을 익힌 사람과는 절대 타협이란 없을 거라고 속단했었다. 그런데 생각이 바뀌었어. 결국은 사람이 핵심이다. 환경이나 조건에 좌우되는 것도 사람의 의지다. 마지막 순간까지 열어두자. 천천히 닫아걸어도 늦지 않다. 한 사람이라도 더 살릴 수 있는 길을 택하잔 거다."

"정인군자 나셨군. 난 그렇게 못 한다. 아니, 내가 하자고 해도 정파 수뇌들이 따르지 않을 거다. 너는 모른다. 정파인들이 가지고 있는 자긍심이 어떤 건지. 마도, 사파와 공존하는 건 용인해도 살아남기 위해 굴욕을 택할 사람은 얼마 없을 것이다.”

“누가 굴욕을 선택하래?”

“그게 그거지. 저놈들이 먼저 도발을 하고 쳐들어왔는데 우리 쪽에서 대응하지 않는다면 당장 그 칼끝이 내게로 향할걸?”

“그 정도쯤 무마 못 할 거 같으면 당장 때려치우든지.”

“뭐라고? 너 말 다했냐?”

“아니, 아직 남았어.”

“알았어. 알았으니깐 흥분 가라앉히고 좀 더 앉아서 진지하게 다시 얘기해보자.”

휘륜은 옥불이 간절한 어조로 간청하는 바람에 어쩔 수 없이 자리에 앉았다.

“자, 일단 마탑만 해도 그래. 매초향의 말대로라면 마탑의 마종이 천명회 측이라고 했지? 그런데도 지금 그들의 행보만으로 보면 어디 그게 가당키나 한 소리냐? 백번 양보해서 그럴만한 사정이 있다고 치자. 그래, 얼마든지 그럴 수 있지. 마탑이 복속시킨 사파 놈들은 또 어쩔 건데? 그놈들은 무조건 정도련을 치려고 몰려올 놈들인데 그런데도 전면전을 피할 수 있다고 기대하는 게 어리석은 생각 아니냐?”

“그건 그때 가서 결정해야지.”

“현실적으로 네 계획은 무모하다. 홍타어르신도 우려하셨지만 나 역시 네가 그곳으로 가는 것에 대해 걱정이 더 많이 된다. 물론 좋은 결과가 생긴다면 그보다 좋은 일이 없지. 하지만 지금 가능성은 반반이잖아. 너도 알다시피 사파든 마도 놈들이든 저들이 타협하자고 손 내미는 경우는 전세가 불리할 때뿐이다. 너도 그건 인정하지?”

“글쎄.”

“나는 기본적으로 사, 마도를 믿지 않는다. 타협을 한다 해도 잠시의 눈속임일 뿐, 언젠가는 이빨을 드러낼 놈들이다. 이미 돌이킬 수 없는 곳까지 와버렸어. 너와 나는 천명회를 끌어들여 최대한 이용하면 된다. 더 이상 감상적이 될 필요도 없고 저들을 신뢰할 이유도 없다. 그래야 이용당하고 버려지는 비참함을 면할 수 있다. 그게 세상사는 이치야.”

“너는 절간에서 평생 살아왔으면서 잘도 그런 말을 하는구나.”

“내가 어디 스님이냐? 하여간 지금 나 무지하게 충격이 크다. 대체 이런 법이 어디 있냐? 나는 그래도 네가 내 생애 유일한 벗이자 대신 목숨을 잃어도 아깝지 않을 동지라고 믿었는데…… 흠흠, 조금 과장을 하면 그렇다는 말이다. 그런 내게 폭탄을 던져놓고 내빼겠다고?”

“난 그리 쉽게 죽지 않는다.”

“그렇겠지. 하지만 너도 사람이다. 사람인 이상 불가항력이란 건 있고 증지산과 교주 놈들이 널 죽이겠다고 덤벼들면 너라고 별수 있겠냐. 그냥 목숨 바쳐야지 별수 없잖아. 그리고 이건 검황인 네게 할 얘기는 아니다만…… 그래도 이참에 해야겠다. 과거의 검황들이 살던 시대와 지금은 엄연히 다르다. 사정이 달라졌어. 이번은 무림이란 세계 전부를 놓고 벌어지는 생사대전을 앞두고 있다. 이기지 못하면 다 같이 망하는 거다. 다음 기회 따위란 없다. 그리고 넌 이제 더 이상 혼자가 아니다. 마도를 척결하더라도 너 혼자서 하겠다는 생각은 버려야 한다. 그걸 왜 너 혼자서 짊어지겠다고 쓸데없는 고집을 부리냐는 거지. 강호에는 무수히 많은 문파가 있고 서로를 의지해 힘을 보태겠다는 무수한 동지들이 정도련의 기치 아래 모였다. 혼자서 처리할 수 있는 일이 있고 힘을 모으지 않고는 안 되는 일이 있다.”

“너는 매초향의 내공 수위가 얼마나 된다고 생각하냐?”

“갑자기 왜 뜬금없이 그 소리가 나오지? 뭐 못 해도 칠, 팔 갑자 이상은 되겠지.”

“황당한 얘기로 들리겠지만 사실이니 믿어라. 매초향의 내공 수위는 삼백 년 남짓에 불과하다.”

“뭐라고? 무슨 말도 안 되는.”

“그게 무얼 뜻하는지 알겠나? 증지산은 마공의 효율을 극대화할 수 있는 완벽에 가까운 수련법을 터득했고 그걸 가르치고 있다. 그 수련법이 다른 마교도들에게까지 전파되면 그때는 어찌 될까? 생각만 해도 끔찍한 사태가 벌어진다. 그래서 지금 내게 가장 시급하고 중요한 건 그의 상태를 점검하는 것이다. 그가 적이라면, 돌이킬 수 없는 상태라면 어떤 수단을 강구해서라도 그를 죽여야 한다. 안 그럼 네 말대로 희망이 없다. 그때는 검황이 열 명이 있어도 소용이 없다. 그렇게 될 때까지 여기서 가만 기다리자고?"

옥불은 침을 꿀꺽 삼켰다.

"그거 확실한 진단이냐?"

"확실하다. 거기다 더 심각한 건 마공의 최대 장점이 인간의 잠재력을 극한까지 끌어올리기 용이하다는 점이지. 현재의 마교 교주들이 증지산의 가르침에 따라 다시 태어난다면 그들은 누구도 감당할 수 없는 괴물들이 되고 만다. 그런 적들에 맞서 이길 수 있다고 독려하며 정도련의 무사들을 전쟁터로 내몰겠다고? 전원 옥쇄를 각오하고 장렬하게 생을 마감하자고 꼬드길 건가? 과연 그런 결과를 뻔히 예상하면서 진군하라는 명령을 너는 내릴 수 있겠느냐? 개죽음일 뿐이다. 그래서 내가 가야 한다. 빠르면 빠를수록 좋아. 너 늦추면 천추의 한을 남길지도 모른다. 지금은 한시가 촉박한 심각한 상황이다."

휘륜이 지금 경고하는 일의 심각성을 옥불도 이제는 실감하고 있었다. 설득하려고 휘륜을 불러 세웠는데 도리어 자신이 설득당하고 만 것이다. 그의 말에 공감이 갔지만 그럼에도 불구하고 그가 얄밉게 생각되는 건 스스로를 정파의 일원이라고 여기는 자신과 한걸음 물러나 있는 휘륜의 처지가 다르다는 느낌이 들었기 때문이다.

"젠장, 머릿속이 제멋대로 뒤엉켜서 이제는 아무것도 생각이 안 나는군. 네 멋대로 해라. 어쩌겠냐. 내겐 널 막을 수 있는 힘이 없는걸. 대신 약속대로 꼭 살아 돌아와야 한다. 만약 네가 돌아오지 않으면 난 다 포기하고 도망갈 거니깐 그렇게 알아라."

휘륜은 옥불이 워낙 진지하게 그 말을 하는 바람에 웃을 수도 없었다.

"명심하지."

"부탁할 건 없냐?"

"내가 없는 동안 사부님과 설리를 잘 부탁한다. 나머진 철노에게 잘 얘기해 뒀으니깐 신경 안 써도 되고. 아, 맞다. 이 얘기를 깜박하고 그냥 갈 뻔했군."

"뭔데?"

"한당과 구적룡에게 용병 부대원들 중에 쓸만한 자들을 골라놓으라고 해뒀다."

"그들은 왜?"

"네 눈과 귀가 돼 줄 사람들로 그들이 제격이라고 판단해서지."

"발등에 불 떨어진 놈이 별 신경을 다 쓰는군. 오지랖도 넓으셔라."

"내부 단속부터 시작해야 한다. 아마 모르긴 해도 죽은 동방현리처럼 사파와 내통하며 이득을 취하고 있었던 사람이 더 있을지 모르고 현재는 없다 하더라도 언제든 그런 일은 생길 수 있으니.”

“딱 좋군. 요소요소에 적절하게 심어두어도 별로 주목을 끌거나 의심을 사지도 않을 만한 적임자들이니, 네 뜻대로 하지.”

“그리고 하기에 따라 앞으로 크게 키워볼 재목들이 더러 있을 테니 눈여겨보고.”

“네 걱정이나 해라. 내 걱정은 붙들어 매시고.”

“그래. 그럼 무사히 갔다 오마. 새벽 일찍 떠날 거니깐 따로 인사하지 말고 여기서 헤어지자.”

“정나미 떨어지는 놈 같으니라고.”

“수고해.”

그 말을 끝으로 휘륜은 털끝만큼의 미련도 없는지 뒤도 돌아보지 않고 내실을 빠져나갔다. 혼자 남은 옥불은 허탈한 심경을 감추지 못했다.

“젠장, 젠장 맞을. 지옥에 떨어질 놈 같으니라고. 에구, 이제 나 혼자 북 치고 장구 치고 다 해야 할 판일세.”

그때 홍타가 슬며시 나타났다. 귀신처럼 나타난 홍타 때문에 옥불은 간이 떨어져 나갈 만큼 놀랐다.

“어르신! 기척 좀 하고 나타나시라니까요. 언제부터 거기 계셨던 거예요?”

옥불의 질문에는 대답도 않고 홍타는 제 할 말만 했다.

"결국은 증지산을 만나기로 했나 보군."

"막을 길이 없네요."

"그리 결정했다면 하는 수 없는 게지."

"괜찮을지 모르겠습니다."

"모두 하늘의 뜻인 걸 우둔한 우리가 어찌 알겠느냐. 그가 가는 길은 너와 나와는 다르니."

"무슨 신선 같은 말씀을 다 하십니까?"

"이놈아. 나 정도 살면 절반은 신선이지, 신선이 별거 있느냐? 화륜이 구르긴 굴렀는데 어디로 구르는지는 종내 알 수 없단 말이야."

"뜬구름 잡는 소리 마시고 어르신 생각이나 말씀해 보세요. 천선부는 이대로 구경만 하고 있어도 되는 겁니까?"

"우리가 이 단계에서 할 수 있는 일이 뭐가 있겠느냐. 검황에게 맡겨야지. 그게 우리 숙명인걸."

"만약 륜이에게 최악의 상황이 닥치면요?"

"최악의 상황이라면 저놈이 죽는 경우를 말하는 거겠지? 저놈이 죽고 나면 우리라고 별수 있나. 내빼야지. 무림을 마교 손에 넘겨주는 수밖에."

"고작 그게 대책의 전부입니까?"

"너도 그러지 않았느냐? 내뺀다고."

"그야 그냥 농담으로 한 소리지요."

"틀렸어. 검황이 안 되면 누가 해도 어려워. 검황이 증지산만 어떻게 해줘도 검계를 끌어들여 어찌 승부를 걸어보겠는데 그가 적으로 돌아선 상태에서 멀쩡하다면 다 끝난 이야기지. 더 말하면 입만 아파."

"절망적인 말씀만 하시는군요."

"그러게 말이다. 나도 어쩌다 상황이 여까지 이르렀는지 모르겠다. 어찌 하늘은 그런 감당하기 불가능해 보이는 괴물을 세상에 내놨는지 알다가도 모르겠단 말이다."

"에구, 차라리 안 듣는 게 낫겠습니다. 어르신 얘기를 계속 듣다 보면 제가 실은 겁쟁인가, 그런 생각마저 듭니다."

"선행자들을 모조리 불러들였다."

"그들이 과연 동조할까요?"

"하도록 만들어야지. 그건 나한테 맡기고 너는 여기 일이나 제대로 하려무나."

"감사합니다. 그래도 홍타어르신이라도 곁에 계시니 미음이 놓이는군요."

"어째 그 말은 꿩 대신 닭이라는 말로 들린다."

"에이, 그럴 리가 있습니까. 꿩 대신 봉황이죠. 하하하하."

호탕한 웃음소리가 입 밖으로 흘러나오고 있었지만 옥불의 마음속은 지금 이 순간, 암울한 먹구름이 끼다 못해 캄캄해지기 일보 직전이었다.

제9장
천명회(天命會)의 사형제들

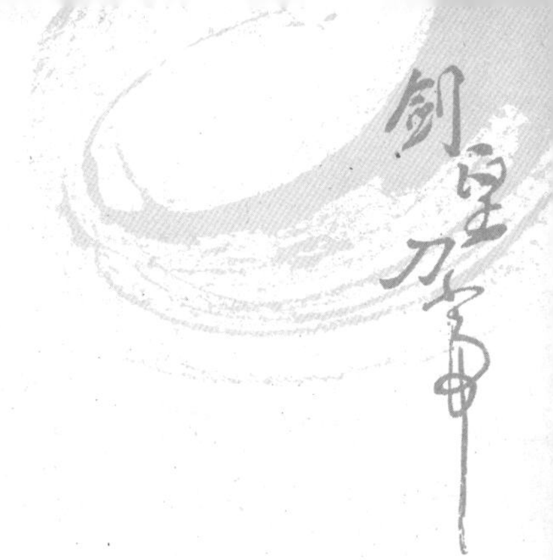

　제남을 떠나는 휘륜의 발걸음은 만 근의 추를 발바닥에 매단 것처럼 무겁기 한량없었다. 요 며칠 사이에 휘륜 주변에는 많은 일이 있었다. 그가 왜 이런 행보를 보이는지 이해하지 못하는 사람들을 설득하는 일은 애초에 관뒀다. 무극검왕에게 몇 가지 지시를 내려두긴 했지만 마음이 가볍지가 않았다. 무언가 하다만 것처럼 찜찜하고 답답했다.

　다른 사람들 앞에서는 냉정하게 대할 수 있었지만 딱 한 사람, 우문설리에게만은 휘륜도 어쩔 도리가 없었다. 그녀가 눈물지으면 단단히 먹었던 마음도 언제 그랬나 싶게 풀어지고 그녀가 활짝 웃으면 또 속마음과 달리 애쓰는 게 느껴져 신경이 쓰인다. 간신히 벗어난 길고도 길었던 어둠 속으로 설리를 다시 떠밀어 넣지 않는 길은 휘륜이 무사히 살아 돌아오는 것뿐이었다. 설리와 손가락 걸고 한 약속이었다. 지금 가는 길 앞에 뭐가 있을지는 휘륜도 장담할 수 없었다. 어떤 순간이 와도 정신만 바짝 차린다면 절망적인 상황에서 빠져나올 수 있다고 되뇌며 자신에게 용기를 줬다.

휘륜에게 생각지 않았던 동행인이 생긴 건 제남을 벗어나면서부터였다. 바로 매초향이었다. 그녀를 본 휘륜은 자기도 모르게 속마음이 입 밖으로 흘러나왔다.

"내가 당신 뜻대로 반드시 해남으로 갈 것이라 확신하고 있었나 보군."

"네. 이처럼 빠를 줄은 예상 밖이었지만 그런 확신은 있었어요."

"길잡이라도 해줄 작정이요?"

"그것도 그거지만 쓸데없는 충돌을 막기 위해서입니다."

"쓸데없는 충돌?"

의문을 드러냈던 휘륜은 금세 그녀가 무슨 생각을 했는지 짐작이 갔다.

저 멀리 보이는 지평선 너머로 이어진 관도 위에 두 필의 말이 머리를 나란히 한 채 한가로이 걸어가고 있었다.

따그닥 따그닥. 일정하게 울리는 말발굽 소리가 귓가를 울릴 뿐 주변에는 오가는 사람 하나 없었다. 하늘은 맑고 구름은

높이 떠다니고 있다. 언덕 끝에서 다시 불쑥 솟아오른 관도는
이내 저 멀리 산자라 사이로 제 가닥을 수줍은 듯 숨기고 있었
다.

휘륜이 말을 재촉해서 달리면 매초향도 속도를 냈다. 휘륜
이 말고삐를 채고 주변 풍경을 감상하면서 느리게 말을 몰면
그녀 역시 보조를 맞춰 속도를 늦춘다. 두 사람은 일행이라고
할 순 없지만 일행이 아니라고 하기도 힘들었다. 제남을 떠나
온 지 네 시진쯤이 지났을 때였다. 사방이 어둑어둑해져 오는
무렵이었다.

"노숙을 할 생각이 아니라면 속도를 좀 더 내야 할 것 같아
요."

고작 머리 하나 차이로 앞서 말을 몰아가던 매초향이 근심
이 담긴 얼굴로 그리 말했다. 휘륜은 주변을 둘러보며 대꾸했
다.

"오랜만에 노숙을 해보는 것도 운치가 있겠군."

"노숙을 자주 해보신 듯 말씀하시는군요."

"많이 해봤소. 일정한 거처가 있는 게 아니니 산하가 내 집
이요, 드러누우면 침상이지 별게 있겠소. 그것보다 대체 몇 명
이나 우리 주위를 따르고 있는 게요?"

"신경 안 쓰도록 각별히 주의를 기울이라고 했는데 눈치채
셨군요. 불편해하지 않으셨으면 좋겠습니다. 호위라고 편히
생각하십시오."

"호위라기보다 왠지 감시당하는 느낌이군."

"그럴 리가요."

"지금 우리가 향하는 방위로 짐작하건대 혹 해안으로 가는 게요?"

"네. 뱃길을 이용하는 편이 빠르고 또 저들과 마주칠 위험 부담도 줄일 수 있습니다."

결국 두 사람은 노숙을 하기로 하고 멈췄다.

절반쯤 부서진 관제묘 앞에 말을 묶어놓은 휘륜은 묵묵히 나뭇가지를 모아와 불을 지폈다. 말안장에서 모포를 꺼내 모닥불 주변에 깔고는 좌정하고 앉았다. 타닥타닥 타들어가는 불꽃을 한참이나 바라보고 있던 휘륜은 어느샌가 눈을 감더니 그 뒤로는 미동도 없었다.

매초향은 반대편에 앉았다. 타들어가는 모닥불을 물끄러미 바라보고 있던 매초향의 뇌리에 과거의 어느 한 시점이 불현듯 떠올랐다. 그때도 지금처럼 모닥불을 피워놓고 사형제들이 모였었다. 평소 각별하게 지냈던 사형제들끼리 모여서 이런저런 애기들을 나누던 때였다. 대사형이 그때 처음으로 제 마음속에 품고 있던 계획을 털어났다. 마교를 멸하자, 그런 의지는 다 있었을지 모르지만 막상 그게 실현 가능한지 스스로에게 질문을 해보면 막막해지곤 했었다. 그러나 그 순간 대사형이 품고 있던 구체적인 계획을 듣고 나니 왠지 모르게 그대로 될 것만 같은 확신이 드는 것이었다. 사형제들은 아예 그 자리에서 비밀 결사를 결성하고 배신하는 자는 처단하겠다는 의지를 확고히 했다. 그 뒤로 그 자리에 참석하지 못했던 사형제들을 한 사람씩 설득해 끌어들였다. 그동안 숱하게 싸웠고 위험한 순간도 꽤 많이 겪었다. 매초향은 대사형이 최근에 했던 말을 다시 떠올렸다.

'검황을 우리 편으로 끌어들여야 한다. 그를 설득해 힘을 합할 수만 있다면 우리 조직에 새로운 전기를 마련할 수 있을 것이다. 마교를 괴멸시키자면 반드시 그의 가담이 필요하다. 그분이 원하시는 바다. 최선을 다해다오.'

매초향 역시 대사형의 그 말에 동의했다. 사형들 중 몇은 검황이 과연 자신들을 믿어 줄 것인가에 대해 회의적이었고 그 때문에 오해를 사 개죽음을 당할 것이라며 그와 접촉하길 꺼려했다. 매초향은 당대 검황인 휘륜을 여기까지 데려온 것 자체를 두고 매우 고무되어 있었다.

'우려했던 것과 달리 이분에게 편견이 없었기 때문에 가능했던 일이다.'

매초향의 다음 근심은 검황이 해남도에 갔다가 무사히 살아나올 수 있는가 하는 부분이었다.

'스승님의 현재 상태는 짐작만 할 뿐 아무도 정확하게 모른다. 그렇지만 나는…… 그분을 믿고 싶다. 이겨내시리라. 문제는 그게 아니다. 교주들, 그들은 검황을 살려 보내지 않으려할 것이다. 우리는 어떤 희생을 감수하더라도 그들의 마수 아래서 검황을 보호해야 한다. 만약 이번 해남도행으로 이분에게 화가 닥치면 우리는 무림에 씻을 수 없는 죄인이 되고 만다.'

캄캄해지고 나니 불똥이 튀는 소리와 풀벌레 우는 소리만 들릴 뿐 사방은 쥐죽은 듯 고요하기만 하다. 하늘을 올려다보면 금방이라도 쏟아져 내릴 것처럼 셀 수도 없이 많은 별들이 총총하게 박혀 있었다.

어느새 눈을 뜬 휘륜은 모닥불을 뒤적이며 멍하니 자기만의 생각에 몰입해 있는 매초향을 향해 입을 열었다.

"천명회에도 서열이 있소?"

"네? 아, 네. 뭐라고 그러셨죠? 죄송합니다. 제가 딴생각을 좀 하느라고……."

"천명회에 서열이 있냐고 물었소."

"서열은 물론 있죠. 평상시에는 서열 따위 안 따지지만 작전에 돌입했을 때는 상위자의 지시가 우선하죠. 그 부분만은 엄격합니다. 그래야 제대로 지휘 계통이 확립되니깐 어쩔 수 없는 일이구요."

"매소저의 서열은?"

"전 서너 번째쯤 돼요."

"삼 위면 삼 위고 사 위면 사 위지, 서너 번째라…… 흐음, 어쨌든 생각했던 것보다는 높구려."

매초향의 나이가 많지 않다는 사실을 감안할 때 그녀의 서열은 높은 것이라 할 수 있었다. 그런 뜻을 알아차린 매초향은 휘륜이 궁금해하는 부분을 설명해줬다.

"천명회의 서열은 무공으로 정해집니다. 저보다 높은 서열인 이 위가 천명회에서 가장 어리답니다."

"호, 그렇소? 대단한 기재인가 보군."

"천재죠. 나이는 제일 어리지만 머지않아 대사형마저 뛰어넘으리라 믿어 의심치 않는 아이죠. 저 또한 그 아이를 보고 나서야 세상에 특별한 천재란 게 존재한다는 걸 믿게 되었거든요."

"한번 보고 싶군."

"만나고 나면 후회하실 걸요."

"그건 또 무슨 소리요?"

"애가 버르장머리 없는데다 말은 또 얼마나 많은지. 같이 있으면 피곤해요."

"자기보다 상위자인데 그리 말해도 괜찮소?"

"이 자리에 없는데 어때요? 호호."

"내가 이럴 줄 알았지. 누나가 평소에 내 흉을 보고 다닌다는 걸 내가 모를 것 같았어?"

또랑또랑한 맑은소리가 어디선가 들려오자 매초향은 귀신이라도 만난 사람처럼 몸이 경직되고 말았다. 어둠 저편에서 신비스럽게 걸어 나오는 한 청년이 보였다. 휘륜은 그 청년이 바로 매초향이 말했던 장본인일 것 같다는 생각이 들었다.

‘흠, 이 사람인가 보군. 천명회 서열 이 위다운 초절한 경신술이로군.’

휘륜은 멀리서 무언가가 은밀하게 다가온다는 걸 알고 있었지만 주변을 지키고 있는 매초향의 사형제 중 한 사람이겠거니 싶어 신경 쓰지 않았었다. 모닥불 가까이 다가온 신비 청년은 장난기 가득한 얼굴을 싹 지우더니 예의를 갖춰 휘륜에게 포권을 해 보였다.

“형님, 처음 뵙겠습니다. 소제 단우림(端雨林)이라고 합니다.”

‘나를 언제 봤다고…… 형님이라고 부르지? 상당히 얼굴이 두꺼운 친구로군.’

“휘륜이오.”

휘륜은 일단 응대해줬지만 상대의 뻔뻔함에 실소가 절로 나왔다. 단우림이란 청년은 처음 대면한 사람이라고 믿겨지지 않을 정도로 천연덕스럽게 굴었다. 그는 모닥불 앞에 엉덩이를 붙이고 털썩 주저앉더니 벙글벙글 웃으며 입을 열었다.

“형님께서 이리 향했다는 소식을 전해 듣고 방울이 떨어져라 뛰어왔습니다. 내 생애 이처럼 빠르게 달려본 건 처음일 겁니다.”

그는 자신의 말을 증명이라도 하려는 듯 옷을 툭툭 털어냈는데 풀풀 날린 먼지 때문에 매초향이 손사래를 칠 정도였다.

“너는 여기 왜 왔어?”

“왜, 나는 오면 안 돼?”

“그쪽 일은 어쩌고?”

“내가 누구야. 아직 거기 매달려 있다면 단우림이 아니지. 진작 끝내고 사형들이랑 한잔하고 있던 참이었지.”

“벌써 끝냈다고?”

“그럼. 일할 때나 놀 때나 미친 듯이, 죽을 날 받아놓은 사람처럼 하잖아.”

“사형들이 너 때문에 꽤 고생하셨겠군. 안 봐도 눈에 선하다.”

“하하하, 새삼스럽긴. 어제오늘 일도 아니고 이제는 다들 적응해서 괜찮을 거야. 형님은 해남도가 처음이시죠?”

“처음이오. 천명회의 연락망이 상당히 치밀하고 신속한가 보오.”

“저희 자랑거리죠. 그 부분에 있어서만은 마교보다 한발 앞서 있다고 자부합니다. 부족한 전력을 메우려면 기동성이라도 좋아야 하겠기에 신경을 좀 많이 썼습니다.”

“혹시…… 해남도에까지 벌써 소식이 전해진 것은 아니겠지요?”

“아직 거기까지는 전달이 안 됐을 겁니다. 해남도는 마교의 본거지라 그 지역은 오히려 저희 정보망이 예전 같지 않고 약화된 편입니다. 현재 천명회 소속 사형제들은 거의 다 중원으로 나와 있는 상태고 몇 분 남아 계신 분들도 스승님 곁에 있거나 몸을 사려야 하는 처지인지라…… 마교 수뇌부의 세세한 동태까지는 파악하기 어려워졌습니다. 요즘 우리의 최대 고민 거리기도 하죠."

"태사는 지금도 제자를 길러 내고 있소?"

"네. 아마 그 일은 앞으로도 중단하지 않으실 것 같습니다. 그 일을 중단하는 시점이 진정 위험한 시기이리라, 저희는 그렇게 짐작하고 있습니다. 그런 때가 영영 오지 않았으면 좋겠군요."

단우림은 휘륜의 질문을 통해 그가 상당히 많은 얘기들을 매초향으로부터 듣고 파악하고 있음을 짐작할 수 있었다. 그 때문에 일일이 설명을 붙이지 않아도 좋으니 편했다.

"형님께 질문이 있습니다."

"말해 보시오."

"검황은 고래로부터 중원을 침범한 마교도들을 척살하거나 무공을 폐하고 반병신을 만들어 금마옥으로 보낸다고 들었습니다. 맞습니까?"

"무공을 폐하는 건 맞소만 반병신을 만든다는 건 잘못 알고 있소."

"그럼 원칙대로라면 저희도 거기에 해당됩니까?"

"당연하오. 당신들이 비록…… 스스로를 마교와 구별 짓고 오히려 저들과 대적해 중원 편에 서서 싸우고 있다고 해도, 엄연히 그대들 역시 내가 보는 관점에서는 마교도요."

"그런데 어찌 저희와 동행하시는 겁니까?"

"유보하기로 했소. 당신들은 마공을 익혔지만 마성에 젖지 않았소. 마성에 빠질 일이 없다면 단지 마공을 익혔다는 이유만으로 척살의 대상으로 삼는 건 부당하다고 생각했소. 좀 더 두고 봐야겠지만…… 당신들 천명회가 진정 처음 세운 뜻대로 변질되지 않고 세상의 해악이 되지 않으려 노력한다면, 스스로를 절제할 수 있다면…… 나는 당신들의 좋은 친구가 될 수 있을 게요."

"형님의 말씀, 마음속 깊이 새겨두겠습니다. 또한 천명회가 세상으로부터 손가락질 받는 일은 절대 없을 겁니다. 제 생명을 걸고 약조할 수 있습니다. 만약 천명회 내부에서 그런 악행을 일삼는 반역자가 나온다면 제 손으로 직접 처단하겠습니다."

악관쯤 되었을 것 같은 단우림은 주체할 수 없을 정도로 뜨거운 피를 지니고 있었다. 그 나이 때에는 별거 아닌 일 가지고도 흥분하기 마련인데 그런 점에서는 단우림도 별반 다르지 않았다. 어느새 피가 절절 끓어오르는지 주먹을 불끈 쥐며 눈을 빛내고 있는 모습을 보자 휘륜의 낯이 오히려 뜨거워질 정도였다. 아니나 다를까, 옆에서 그 모습을 본 매초향이 단우림의 머리를 살짝 쥐어박으며 핀잔을 놓았다.

"얘, 얘 또 흥분하는 거 봐. 너처럼 단순한 애가 천명회 부회주가 된 일 자체가 불가사의한 일이다."

"씨, 왜 때려. 남의 마음도 모르고. 누나가 피 끓는 사나이의 마음을 알아?"

"너 지금 여자라고 무시하는 거야?"

매초향이 빽 고함을 지르자 기세등등하던 단우림은 언제 그랬던가 싶게 한 풀 기가 꺾여서는 말소리마저 기어들어갔다.

"무시하는 게 아니라…… 남자와 여자는 태생적으로 다르다는 걸 말하고 싶은 거지."

"좋겠다. 남자로 태어나서."

"흠흠."

두 사람이 티격태격하는 모습을 물끄러미 바라보고 있던 휘륜의 입가에 절로 미소 한 자락이 걸렸다.

'정다운 오누이 같구나. 이들의 모습만 보아도 증지산이 어떤 사람일지 대충 짐작이 간다. 마교의 척박한 환경 가운데 이들이 순수함을 잃지 않은 것만도 기적이 아니겠는가.'

휘륜은 한편으로는 부러웠다. 어린 시절의 추억을 공유하는 친구나 사형제들이 있다는 것은 확실히 휘륜 같은 사람에게는 부러운 일이었다. 얼마나 가슴 든든하겠는가. 아무리 힘든 싸움을 한다고 해도 저들은 용기를 잃지 않을 것이다. 서로를 제 몸처럼 위하고 챙겨주는 가족과 같은 사형제들이 있는 한. 그래서 더 사형제들의 죽음이 안타깝고 그런 만큼 복수의 칼날이 매서워졌던 것이다. 마교도들을 해치운 저들의 손속이 그처럼 잔인했던 이유를 알 것 같았다.

휘륜에겐 천명회에 대해 가장 중요한 의문이 한 가지 남아 있었다. 그것은 바로 마탑과 관계돼 있는 일이었다.

"현재 마탑을 이끌고 있는 마종이 천명회의 회주는 맞소?"

순간 두 사람은 약속이라도 한 듯 서로의 눈길을 찾았다. 뭔가 망설이는 것 같은 느낌을 받은 휘륜은 의아했다. 고민하던 두 사람 중 단우림이 어렵게 말을 시작하려 할 때 매초향의 눈 속에 갈등의 빛이 떠오르는 걸 휘륜은 놓치지 않았다.

"실은 거기에는 외부에 밝히기 곤란한 저희들만의 비밀이 있습니다. 외부적으로는 마탑의 마종이 저희들 대사형이고 그분이 천명회의 회주로 알려져 있습니다만……."

휘륜은 가만 기다렸다. 말하기 곤란해 하는 것을 억지로 듣고 싶은 생각까지는 없었다.

"회주님은 한 분 더 계십니다. 그분이 실질적인 회주시죠. 굳이 따지자면 회주는 두 분이신 셈이죠."

"그의 존재가 드러나면 위험해질 수도 있는 위치에 있다는 뜻이구려. 그래서 숨겨야 하고."

자기 말만 듣고 거기까지 추론해내는 휘륜을 두 사람은 감탄의 눈길로 바라봤다.

"그렇습니다."

"그럼 마교 내 중요 직위에 있는 자겠구려. 혹시 그 사실을 태사도 알고 있소?"

설마 휘륜이 거기까지 짚어낼 줄은 몰랐던 두 사람은 내심으로 심히 경악하고 있었다.

"더 이상은 말씀드리기 곤란하군요. 죄송합니다."

"괜찮소. 조직의 존립 자체를 위협할 수 있는 비밀을 굳이 캐낼 의도는 없소."

"이해해 주셔서 감사합니다."

휘륜은 확답을 듣지 못했지만 한 가지 사실을 더 추측할 수 있었다.

'이들은 천명회를 만들던 시점부터 증지산의 변질을 우려했는지도 모르겠군. 어쩌면 증지산의 가장 가까운 곳에 있을지도 모를 그자가 천명회를 처음 조직한 사람일지도.'

"그럼 마종은 마탑을 어떤 식으로 지휘하고 운용하는 것이요? 마탑은 실제 서로 적이나 다름없는 사람들이 섞여 있는 셈이란 얘긴데."

"안 그래도 그것 때문에 골치입니다. 저희는 대사형이 마탑의 마종이 된 게 불만이고 대사형도 그 자리에 굳이 미련이 없죠."

"그런데 왜 그리되었소?"

"스승님의 뜻이었습니다. 마탑은 마교의 전위대 같은 것이죠. 게다가 그 자체의 위력도 대단합니다. 마탑을 구성하고 있는 사람들은 한 가지 마공을 공동으로 익혀두었고 그것 때문에 전투 시 굉장한 위력을 발휘합니다. 정상적인 방법으로 마탑을 깨려면 그 열 배의 힘이 필요할 정도로 위협적이라 할 수 있습니다. 마탑에 저희 사형제들이 포함돼 있는 건 그런 점을 감안하면 다행이다 싶지만 반대로 그들의 고충이 이만저만 큰 게 아닙니다. 서로가 적인 줄 뻔히 알면서 같이 움직이자니 여간 불편한 게 아니죠. 거기에 더해 원치 않는 일을 해야 한다는 괴로움까지 감수해야 하니…… 한시라도 빨리 이탈하고 싶어 합니다.”

“마탑의 명령권자는 마종이 아니오?”

“형식적으로는 그렇지만 깊이 들어가 보면 반드시 그런 건 아닙니다. 마교주들의 사자가 수시로 왕래하며 지시 사항을 전달하는데 마종의 입장에서는 그걸 면전에서 반박하거나 어길 수가 없습니다. 그렇게 될 경우 반역으로 몰려 곧바로 충돌이 일어날 것이고 저들은 새로운 마교도들로 마탑을 개편하겠지요. 그래서 스승님의 뜻대로 마탑에 머물며 최대한 지연시키고 그와 더불어 증거를 남기지 않고 하나씩 제거해나가며 저들에게 공포심을 심어 대사형의 뜻대로 주무르려 하고 있습니다만…… 그게 애초 계획처럼 쉽지는 않은가 봅니다.”

“흥미로운 대치 상태구려. 서로가 뻔히 적인 줄 알면서 칼을 숨기고 지내지만 안 보이는 곳에서는 서로를 향해 언제든 살수를 쓸 준비가 돼 있다니.”

“그래서 저희는 마탑을 붕괴시킬 시점이 속히 오기를 고대하고 있습니다.”

“그때가 언제라고 생각하시오?”

"마교 수뇌부를 포함한 마교 전체와 정면 격돌해도 이길 수 있겠다는 판단이 섰을 때겠죠. 제가 얘기해놓고도 꿈같은 얘기군요. 하지만 저는 허황한 꿈은 아니라고 생각합니다. 언젠가는 반드시 그런 날이 오리라 믿습니다."

"그럼 그때까지는 마종도, 다른 당신의 사형제들도 어쩔 수 없이 마탑에 속한 채 중원 진군을 멈출 수 없겠구려."

"이런저런 교묘한 편법으로 방해하거나 마탑의 구성원을 살해하는 방식으로 지연시키는 수밖에 현재는 달리 묘책이 없습니다."

"만약 현 마탑을 붕괴시키고 나면 그다음 마탑이 재구성되기까지 얼마나 걸릴 것 같소?"

"고작 서너 달이면 복구될 겁니다."

"그렇게 빨리 된다니…… 의외로군."

"마교주들이 예비자를 넉넉하게 준비해놨기 때문이죠. 그것 때문에 이러지도 저러지도 못하고 고민만 하고 있는 실정입니다. 막상 마탑을 깨트리고 나면 당장은 저희 전력도 상승하겠지만 그때부터 우리는 전면에 나서서 마탑의 진군까지 막아야 할 불리한 입장에 처하게 됩니다. 그럼 아무래도 우리의 약세는 불 보듯 뻔한 일입니다."

단우림은 검황에게 궁금한 것이 많았고 휘륜은 대충 천명회에 대한 의문은 푼 셈이었다. 그 때문에 이후로는 주로 단우림의 질문이 이어졌고 휘륜이 대답해주는 형식이었다. 세 사람의 대화는 동이 터오기 직전까지 계속되었다. 그 바람에 휴식을 위해 눈을 붙인 건 고작 한 시진도 채 안 됐다.

*　　　*　　　*

세 사람은 눈을 뜨자마자 대충 요기를 하고 곧바로 길을 떠났다. 말이 두 필뿐인지라 단우림은 불편하다는 핑계를 대며 자신이 말고삐를 잡고 걷거나 뛰었다. 휘륜은 흔들리는 말안장 위에서 과거로 거슬러 올라가고 있었다.

사파 출신, 그것도 녹림의 도적이라고는 해도 삼류 칼잡이 출신의 아버지와 천하에 다시없을 심성 착하고 순종적이던 어머니와 또래보다 덩치만 컸을 뿐 백치나 다름없는 우둔한 아들이 잠시일지언정 세상 근심 잊고 행복하게 지냈던 시절이 있었다.

집안에 불행의 그림자가 드리운 것은 사파 출신이라는 이유 때문에 아버지가 매 맞고 시름시름 앓다가 돌아가신 직후부터였다. 혼자 남은 젊은 과부가, 그것도 입안으로 들어가는 음식 외에는 별 관심도 없는 백치 아들을 둔 아낙네 혼자서 생계를 이어가자니 고생이 이만저만 큰 게 아니었다.

온 동네 삯바느질을 다 모아 하는 것도 모자라 손이 부르트도록 온갖 허드렛일을 마다하지 않고 몇 푼 안 되는 품삯을 벌어 와도 또래와는 비교할 수 없을 정도로 식성이 왕성한 아들 때문에 당신은 늘 허기를 달고 살아야 했을 정도였다. 몇 년이나 계속된 흉년 탓에 몇 푼에 불과했던 품삯마저 벌 길이 요원해졌을 때 머리 하얗게 센 할아버지 한 분이 집을 찾아오셨다.

그분이 휘륜을 번쩍 안아 들며 했던 첫마디가 지금까지도 잊히지 않는다.

'이제야 너를 알아보았구나. 너는 검황이 될 것이다. 세상에서 가장 강하고 자유로운 남자가 될 게야.'

당시의 휘륜은 그 말을 이해하지 못했지만 마치 알아들었다는 듯이, 제 운명을 받아들이기로 했다는 듯이 해맑게 웃었다. 애고 어른이고 할 것 없이 온 동네 사람들로부터 바보라고 놀림 받던 하나밖에 없는 아들을 데려다 잘 먹이고 잘 키워주겠다고 하니 아마도 휘륜의 어머니도 거절하지 못했던 것 같다. 기억을 거슬러 올라가는 여행은 거기에서 잠시 중단되었다.

'내가 가는 길은 많은 사람들이 걸었던 길이다. 그분들은 자신들의 명예나 사리사욕을 위해 검을 빼든 적이 없다. 그분들은 피에 굶주린 검귀 따위가 아니었다: 나를 포함한 그분들 모두는 세상으로부터, 사람들로부터 아무짝에도 쓸데없는, 그래서 세상에 나와서는 안 될 저주받은 생명들이라고 천대받았던 경험들을 가지고 있다. 지금에 와서야 나는 그분들이 어떤 심정으로 평생을 이 길에 헌신해 왔을지 어렴풋이 짐작할 수 있게 되었다. 증명하고 싶었던 것이다. 세상에 무가치한 사람이란, 무가치한 삶이란 없다는 것을. 그리고 그 사실을 알게

해준 스승의 기대에 부응하고 싶다는 소박한 꿈을 좇아 평생
을 수도하는 심정으로 사셨을 것이다. 스스로의 가치를 증명
하고 그런 용기와 의지와 능력을 가지게 된 것만으로도 감사
하며. 구도의 길이란 별게 아니다. 자신이 어디서 와서 어떻게
살다가 마지막 순간을 어찌 맺을지를 바르게 분별하고 그대로
살아가는 용기다. 나는 이미 맹세한 사람이고 평생 그 결심이
흔들리지 않도록 스스로를 채찍질하면서 살아야 한다. 이제
시작일 뿐이다. 두려움은 없다. 단지 내 부족한 능력이 한탄스
러울 따름이다. 나는 결코 죽으러 가는 게 아니다. 살아남기
위해, 앞으로 남은 미래를, 내 삶을 내 의지대로 살기 위해서
가는 것이다. 반드시, 반드시 살아 돌아올 것이다. 지금은 그
것만 생각하자.'

제10장
마교태사(魔敎太師) 증지산(曾智山)

휘륜이 덕진현의 포구에 당도한 건 제남을 떠난 지 사흘 만이었다. 덕진현의 포구에는 주로 어선들이 많았고 표물 운반선이라고 해봐야 인근 강서나 절강까지 가는 배들이 고작이었다.

광동으로 가는 배를 물색하다가 닷새 뒤에 출발하는 표물 운반선이 하나 있다는 걸 알아냈다. 뱃삯이 꽤 비싼 편이었지만 지금 뱃삯을 두고 흥정이나 하고 있을 상황은 아니었다.

원하는 뱃삯 중 절반을 선금으로 지급하고 예약을 마쳤다. 배를 쉽게 구했다는 안도감에 일행은 미리 정해둔 객잔으로 마음 편히 돌아올 수 있었다.

닷새 동안 여기 머물러야 한다는 게 시간 낭비가 아닌가 싶기도 했지만 휘륜은 단우림과 매초향이 하자는 대로 따랐다. 세 사람이 막 식사를 시작할 때였다. 휘륜은 문득 이곳이 낯익다는 느낌을 받았다. 어쩌면 과거 어느 시점에 이곳을 거쳐 갔을지도 모른다. 그렇지만 기억에는 없었다.

창밖 풍경을 바라보는 휘륜의 눈동자는 경물을 그대로 반사하는 거울과도 같았다. 그의 눈동자에 맺힌 경물들은 그 때문에 생기를 잃은 것처럼 느껴질 정도였다. 그의 기분이 이처럼 가라앉아 있는 것은 복잡한 심경 때문이었다.

마침 밖에선 수레에 잔뜩 실은 짐을 풀어 대로변에 차곡차곡 쌓는 잡역꾼들과 그들의 우두머리로 보이는 한 사람이 소란을 피우고 있었다. 우두머리는 마음에 안 드는 일이 있는지 인부 중 한 사람을 심하게 구타하고 있는 중이었다. 그가 지르는 소리가 워낙에 커서 주변을 지나가던 사람들이 다 돌아보고 구경하기 위해 몰려올 정도였다. 행인들은 때아닌 소동이 흥미롭다는 듯 지켜보는 게 전부였고, 누구 하나 나서서 말리는 사람이 없었다.

길바닥을 데굴데굴 구르며 이리저리 몸을 뒤척이기만 할 뿐 인부는 대항할 엄두도 못 냈다. 우두머리는 그렇게 한참을 발로 밟고 차고서도 분이 안 풀리는지 씨근덕대며 욕설을 퍼부어대고 있었다. 초주검이 된 인부는 그 상태에서도 전신을 꿈틀거리며 몸을 일으켜 세우려 하고 있었다. 한쪽 다리를 저는 것으로 보아 골절상을 입은 것 같았다. 놀라운 건 잠시 일손을 멈췄던 일꾼들이 다시 짐을 부리기 시작했다는 사실이었다. 그리고 부상이 심해 보이는 인부 역시 그 지경이 된 몸으로 다시 그들 가운데 동참하려고 했다. 하지만 인부들을 부리던 성미 고약한 중년인은 그걸 허락하지 않았다. 몇 번인가 더 주먹질을 했고 쓰러진 인부의 몸 위에다 고작 몇 닢의 동전을 던져주고 쫓아냈다. 그 인부는 결국 다리를 절며 그곳을 떠나고 있었는데 그 장면은 그렇지 않아도 가라앉아 있던 휘륜의 마음을 한없이 무겁게 만들었다.

고약한 세상인심의 한 단면을 보는 것 같아서가 아니었다. 매를 맞으면서도 바짓단을 붙들고 사정하던 늙은 인부의 그 표정에서 반드시 일을 해야만 하는 딱한 사정을 읽었기 때문이다. 그 모습은 마치 어린 시절 하나뿐인 아들을 먹이기 위해 애걸하던 어머니를 연상케 했다. 입안으로 넣는 기름진 음식들이 모래를 씹는 것처럼 거북했다.

휘륜이 자리 잡고 있는 건너편 탁자에서 이곳 사람들로 추정되는 일행들이 모여 앉아 혀를 차는 소리들이 흘러나오고 있었다.

"저 장가 놈이 현도방 왕대인의 처남이 되더니만 이제 눈에 뵈는 게 없나 보군. 사람이 저렇게 달라질 수가 있나 그래."

"쯧쯧, 그러게 말이야. 어여쁜 여동생을 다 늙은 노인에게 시집보낸 게 무슨 자랑이라고 저렇게 유세를 떨고 다니는지 모르겠다니까. 저놈 꼴 뵈기 싫어서라도 이곳을 뜨든가 해야지 이거야 원, 하루가 멀다 하고 애먼 사람 붙들고 손찌검을 해대니. 제가 현도방의 방주라도 된 양 설치는구먼."

"어이쿠, 저놈이 여길 보네그려. 다들 고개 돌려. 저놈이 또 무슨 꼬투리를 잡아 시비를 걸지 모르니 말일세."

네 사람은 산중 호랑이를 만나기라도 한 듯 일제히 고개를 숙였다. 슬그머니 창밖으로 다시 시선을 두던 한 사람이 탁자를 툭툭 치며 말했다.

"갔네, 갔어. 저놈 유세 부리는 꼴 안 보려면 차라리 현도방이 싹 망해버렸으면 좋겠구먼."

"이 사람, 큰일 날 소리를 하네. 현도방의 방도가 그 소리를 들으면 어쩌려고 겁 없이 그런 소리를 해대나. 법은 멀고 주먹이 가까운 세상에서 함부로 설치다가는 제명에 못 죽는 걸 몰라서 그러나. 이런 시골 벽지는 더하지. 잡배들보다 더한 게 저런 무공 배웠다고 으스대는 치들 아닌가. 저놈들 눈에는 사람 목숨이 파리 목숨이나 진배없다니깐."

"그래 봤자 죽기밖에 더하겠나. 이 힘든 세상 하직하고 상제를 알현하면 되는 것이지. 상제께 억울함을 호소하면 나 죽인 놈에게 벼락이라도 내리실지 어찌 알겠나. 난 두려울 것 없네."

"너야 죽으면 그만이지만 네 새끼들은 어떡하려고 그러나. 실없는 소리 말고 어서 잔들 비우고 일이나 하러 가세. 한 푼이라도 더 벌어야 이곳을 뜨든 말든 할 게 아닌가.”

“젠장맞을 이놈의 더러운 세상, 천지개벽이라도 일어났으면 좋겠어.”

한참 동안 신세타령을 늘어놓던 네 명의 중년인들이 자리를 털고 일어섰다. 그 장면을 휘륜이 물끄러미 바라보고 있는데 점소이가 주문한 요리들을 가져와 차례로 탁자 위에 올려놓는다. 음식을 다 차려놓고 돌아서는 점소이를 불러 세운 매초향은 술을 추가로 주문했다.

“왜 그런 눈으로 보세요? 대낮부터 술을 시켜서 그러세요?”

“세상에서 가장 힘든 일이 다른 사람을 이해하는 일 같다는 생각이 문득 들었을 뿐이오.”

“네? 제가 우매해서 그런지 무슨 뜻으로 하시는 말씀이신지 전혀 알아들을 수가 없군요.”

“소금 진 밖의 소동도 그렇고 방금 나간 인부들의 얘기도 그렇고…… 같은 세상에 사는 것이 맞는지 의심이 갈 정도로 당신들과 저들은 전혀 다른 세상 사람들 같소. 하루 벌어 하루 먹고 사는 게 고민인 사람이 있는가 하면 무림이란 세계의 패권을 놓고 다투는 사람도 있고 으리으리한 황궁에서 태어나고 자라 만백성 위에 군림하면서도 그것만으로도 부족해 이민족의 땅을 침략하고 뺏어오는 제왕들도 있으니…… 삶의 질도 다르고 고민의 내용도 다르겠지만 제 삶에 불만인 것은 매한가지고 더 많은 것을 원하는 욕심 또한 같은 것 같소.”

"그야 그렇지요. 사람 사는 세상이야 다 거기서 거기겠죠. 별다른 게 있겠어요."

"당신들은 좀 더 나은 세상을 꿈꾸는 것 같은데…… 맞소?"

"그렇죠. 저희 이상은 무림만이라도 정의로운 세계로 만드는 것이랍니다."

"정의로운 세계라…… 거창한 말이구려."

"저만 해도 태생으로 차별받지 않고 성취한 능력으로 대접받으며 의인이 존경받는 그런 무림을 꿈꿔왔습니다."

"위대하지만 실현 가능성은 매우 희박한 꿈을 꾸는구려. 그러자면 마교만이 아니라 무림 전체와 싸워야 할지도 모르오. 고정 관념이란 무서운 것이오. 무림에서 전통이란 때로 문파 그 자체나 생명보다도 더 소중하게 취급되기도 한다오. 그 거대한 저항은 마교보다도 더 극렬할지도 모르오."

"저희가 당대에 그 꿈을 이룰 수 있다고는 기대 안 해요. 하지만 누군가 시작하면, 그것이 옳다는 것만 사람들 머리에 심어줄 수 있다면 저희 뜻에 동조하는 사람들이 늘어날 거라 믿어요. 그 파급력이 커지고 뜻을 함께하는 무리들이 많아지면 결국에는 무림도 바뀌지 않을까요? 저희 천명회는 단지 그 씨앗을 심고자 함일 뿐이지 결실까지 취하겠다는 욕심은 없어요. 후에 가서 우리가 맞서야 할 가장 큰 적은 세상이 바뀌는 걸 꺼려하는 사람들이겠죠. 무림을 위협하는 마교가 사라지고 나면 그들은 다시 제자리로 돌아가 자파의 이익에만 몰두하겠죠. 세력을 넓히고 정파는 사파를, 사파는 정파를 상대로 조금이라도 더 가지려고 안달할 거라고 봐요."

"그럼 그들 전부와도 싸울 거요? 어떤 식으로?"

"거기까지는 아직 생각해보지 못했어요. 생각들은 저마다 해봤겠지만 논의된 적이 없죠. 한 가지 분명한 건 그들을 힘으로 억압할 생각은 없어요. 그럼 그때는 우리가 그렇게 미워하는 악이 될 테니깐 말이죠."

"당신들은 마교에서 자라났으니 잘 알겠구려. 만약 마교가 무림을 지배하게 되면 어찌 될 것 같소?"

"끔찍한 지옥도가 펼쳐질 겁니다. 그건 확실해요. 저들에게 정상적인 인성을 기대하긴 어려워요. 마성에 젖은 마교도는 미치광이들이에요. 저들은 사람을 죽이면서 쾌감을 느껴요. 더 큰 자극을 위해 끊임없이 피를 갈구하고 그 과정에서 무림은 저들의 손아귀에 유린당하겠죠. 거기서 끝나면 다행이죠. 무림만 해당되는 게 아니고 그 피해는 점차 일반 민간인에게까지 확산되겠죠. 자신들을 추종하는 수족들 소수를 제외하고 세상 사람 모두가 저들의 노리개로 전락해 고통당하다 끝내는 비참한 죽음을 맞게 될 거라 봐요."

"당신들은…… 그리 안 될 자신이 있소? 무림 전체를 한 손에 쥘 수 있게 된다 해도?"

"그럴 일도 없지만 설사 그리된다 해도 저희가 그런 사악한 짓을 자행할 리는 없다고 봐요. 그것만은 확신해요."

단우림은 식사를 하다 말고 골몰하더니 물었다.

"검황 일맥은 무림이 감당하기 벅찬 악인들만 징계해 왔는데 거기엔 특별한 이유가 있었습니까?"

"별다른 이유는 없소. 그것만으로도 벅차기 때문이었소. 당신들처럼 세상을 바꾸겠다는 생각을, 나는 지금껏 해본 적이 없소. 그저 세상을 있는 그대로 받아들이고 인정했다는 편이 맞겠구려. 세상을 바꾸는 건 어느 한 사람의 결심만으로 이루어지는 건 아닌 것 같소. 세상에 어떤 식으로든 큰 변화가 있을 때는 그걸 뒷받침하는 사람들의 인식 변화가 뒤따랐소. 당신들이 갖고 있는 이상이 당신들만의 이상이 아니라 다수의 신념이 될 때 비로소 세상은 변화할 힘을 가지게 되겠지요. 나는 내 신념대로 묵묵히 해나갈 뿐이고 당신들은 당신들의 신념대로 그 이상을 포기하지 않고 묵묵히 해나가면 되오. 그러면 언젠가는 당신들이 바라는 것처럼…… 그런 세상이 올지도 모르지요."

말은 그렇게 했지만 사실 확신하는 건 아니었다. 기본적으로 휘륜은 사람에 대해 그리 큰 기대감이 없었다.

'사람은 약하다. 세상에서 가장 약한 존재이기 때문에 서로를 이해하지 않고 믿지도 않고 의지하지도 않는다. 살아남기 위해 사람들은 다른 사람들을 속이는 법을 터득했을 뿐이다. 만약 사람들이 속마음을 감추거나 속이지 않고 있는 그대로, 느끼는 그대로 서로 소통할 수 있다면 어쩌면 그런 기적 같은 일이 일어날지도 모른다. 그전에는…… 결코 그런 세상은 오지 않는다. 사람은 약하기 때문에 악해진다는 사실을 나는 스승님께 들었고 경험을 통해 차츰 받아들이게 되었다.'

세 사람이 반주를 겸한 식사를 막 마칠 때쯤이었다.

신기한 일이었다. 일면식조차 없던 자에게 이처럼 강렬한 느낌을 받을 수도 있다는 사실을 휘륜은 기이하게 생각했다. 흑의에 흑립, 그리고 허리 어림까지 길게 내려뜨린 흑발이 무척 인상적인 장한은 객잔에 들어서는 순간 사람들의 시선을 한몸에 받았다. 그런 일이 퍽 자연스러운 일인지 장한의 움직임엔 전혀 어색함이 없었다.

그는 객잔 이층으로 오르자 한차례 주변을 천천히 둘러보는 것이었다. 손가락 끝으로 흑립을 살짝 들추는 동작마저 어쩜 그리 부드럽고 자연스러울 수 있단 말인가. 흑립 밑으로 잠깐 드러났다가 다시 사라진 흑의인의 얼굴은 인간의 감정이라고는 찾아볼 수 없는 석상을 방불케 했다. 이처럼 완벽하게 표성이 없는 얼굴이란 좀체 보기 드물 것이다. 그의 어깨 위로 반 자쯤 불쑥 솟아 있는 새까만 검 자루가 보이지 않았다 해도 그가 고도의 수련을 거친 무사라는 사실을 의심할 사람은 그다지 많지 않을 것이다.

그는 휘륜과 단우림, 매초향이 앉아 있는 좌석을 향해 망설임 없이 똑바로 걸어오고 있었다. 휘륜의 시선이 이상한 것을 발견한 매초향은 뒤를 돌아보다가 반색했다. 그녀의 입에서 기쁨에 찬 일성이 흘러나왔다.

"대사형!"

그랬다. 그가 바로 근래 무림에서 가장 큰 화제를 몰고 다니는 장본인인 마탑의 군주 마종이었다. 단우림도 자리에서 벌떡 일어섰다.

"소제, 대사형을 뵙습니다."

마종은 사매와 사제의 인사에 잠시 시선을 주었을 뿐 대답도 없이 곧장 휘륜을 바라봤다.

"귀하가 검황이시오?"

고저장단이 불분명한 투박한 말투 역시 과연 인간의 입에서 나옴 직한 목소리인가 의심이 갈 정도였다. 이런 인간이 존재한다는 자체가 신기할 지경이었다. 상대가 검황이라는 사실을 알면서 저리 무미건조한 음성을 발할 수 있는 사람이 과연 당금 무림에 몇 명이나 되겠는가. 그것만 보아도 눈앞의 사내는 특이한 사람이었다.

"그렇소. 내가 바로 휘륜이오. 당신이 바로 마종이라 불리는 마탑의 주인이겠구려."

"일단 좀 앉겠소."

휘륜의 대답을 듣지도 않고 흑의인은 잠시 전까지 매초향이 앉아 있던 자리에 착석했고 이내 흑립을 벗어 옆에 내려놓았다. 군더더기 없는 동작이었다. 그 흔한 몸짓조차 물 흐르듯 자연스러울 수 있다는 것을 두고 휘륜은 내심 감탄했다. 저런 간단한 동작 하나에도 고도의 수련을 거친 흔적이 나타나는 사람은 흔치 않았다. 그만큼 평소의 행동이 설세돼 있다는 것을 의미하기 때문에 이런 종류의 상대를 적으로 삼으면 굉장히 까다로워지는 것이다.

마주 보는 사람을 질식하게 만들 정도로 강렬한 안광을 소유하고 있다는 것을 제외하면 그다지 특별할 것도 없는 평범한 인상의 사내였다. 단단한 차돌 같은 느낌을 주는 사내는 자신의 소개를 하는 것보다는 자신이 왜 왔는지를 말하는 걸 더 중요하게 생각하는 것 같았다.

"당신을 해남도까지 안내해주기 위해 왔소."

"길 안내를 하겠단 것이오?"

"이 아이들은 거기까지 갈 수 없소. 그래서 내가 동행하려고 왔소."

매초향은 대사형의 그 말이 거짓말이라는 걸 알고 있었다.

'대사형은 지금 거짓말을 하고 있어. 어지간히 궁금했던 거로군. 여기까지 직접 온 걸 보면. 하긴 나라도 그랬을 거야. 당대의 검황을 직접 만나는 일은 우리 사형제들에게는 특히 설레는 일이니깐. 그런데 저 무심한 사람은 그런 감정을 들킬까 봐 평소보다 더 무뚝뚝하게 구는군.'

"내가 동행하는 것에 불편함을 느끼지 않았으면 좋겠소."

"그리 말하는 그대가 불편한 건 아니오?"

"아니오."

두 사람의 딱딱한 대화에 매초향이 참견하고 나섰다.

"사형, 어차피 닷새를 더 기다려야 해요."

"왜지?"

"배편이 그때뿐이라네요."

"이동 수단은 이미 내가 준비해 놨다."

"네? 벌써요?"

"쾌속선보다 훨씬 빠른 것으로……."

단우림은 사형의 그 말에 입술을 꽉 물고 억지로 참아 보려 했지만 결국은 입 밖으로 웃음소리가 새어나오고 말았다.

"풉."

마종의 매서운 눈길이 사제를 노려봤다.

"왜 웃느냐?"

"아, 아닙니다. 별일 아니니 신경 쓰지 마십시오."

말을 하면서도 단우림의 입가는 웃음을 참느라고 괴상하게 일그러지고 있었다. 시선을 돌린 마종이 휘륜에게 물었다.

"식사 끝났으면 함께…… 가시겠소?"

"그럽시다. 여기서 시간을 지체할 이유가 없는 것 같소."

탁.

술잔을 소리 나게 내려놓은 휘륜이 자리에서 일어섰다.

"길 안내를 해주겠다고 하니 고마운 일이군. 갑시다."

마종은 말없이 자리에서 일어섰고 별 경계조차 않고 등을 보이고 먼저 돌아섰다. 두 사람은 딱 한 걸음의 거리를 두고 객잔을 나섰다. 그 뒤를 매초향과 단우림이 따랐다. 단우림은 연신 입을 가리고 웃기 바빴다. 사내가 향하는 곳은 포구 쪽이 아니었다. 내륙 지역과 연결된 방향으로 길을 잡은 사내는 인적이 뜸한 곳에 닿자 입술을 오므려 길게 휘파람을 불었다.

흑의 사내를 뒤따르던 휘륜은 저건 또 뭐하는 수작질인가 싶었다. 그의 의문은 금세 풀렸다.

휘이이익.

하늘 끝까지 닿을 정도로 날카로운 휘파람 소리가 멀리까지 퍼져 나갔다. 그리고 또 한 번 휘륜을 놀라게 만들 상황이 펼쳐졌다. 하늘 높이 선회하던 무언지 모를 새카만 점이 급속하게 커지는가 싶더니 땅을 향해 무서운 속도로 내리꽂히는 것이었다.

마른하늘에서 날벼락이 떨어진 건 아니었다. 그건 놀랍게도 한 마리 새였다. 그것도 황소 두 마리를 합쳐놓은 것보다 클 것 같은 어마어마한 크기의 송골매였다.

상상 속에서나 존재함 직한 붕새까지는 아니어도 이처럼 큰 송골매가 있다는 것 자체가 믿어지지 않는 일이었다.

'기죽이는 방법도 여러 가지군. 마교에는 이런 것도 있었더란 말인가. 좋다. 어디까지 날 더 놀라게 할 수 있는지 보자.'

한편 그 거대한 송골매를 본 단우림과 매초향도 놀란 건 마찬가지였다. 그들이 알기에 저만큼 거대한 송골매는 해남도에서도 단 세 마리뿐이었다. 그 세 마리는 주인이 정해져 있었다. 두 사람이 알기에 대사형은 송골매의 주인이 아니었다. 두 사람은 누가 저 송골매를 대사형에게 보냈는지를 생각하느라 잠시 머리를 굴리고 있었다. 단우림이 전음으로 먼저 물었다.

『사저, 누구 건지 알겠어?』

평소에 누나라고 부르는 단우림이 사저라고 부르는 것만 보아도 지금 그가 얼마나 경황이 없는지 알 수 있는 일이었다.

『글쎄다. 스승님 송골매는 저것보다 더 큰 것 같고…… 대교주 건 머리에 붉은 털이 달렸으니 아니고…… 으음, 그럼 한 사람뿐이네.』

『상황이 다급하다는 뜻일까? 대사형을 직접 보낸 걸 보면 다른 이유도 있는 것 같고.』

『교주들의 마수를 피하려고 그러는 것 아닐까?』

『그럴 수도 있겠네.』

두 사람이 전음을 주고받는 사이 마종이 먼저 송골매 위로 올라탔다. 송골매 등에는 목에 매어 고정해 둔, 가죽으로 된 안장이 있었는데 십여 명쯤 넉넉히 앉아도 될 만큼 넓었다.

휘륜은 어색해하며 그 안장에 올라탔다. 마종이 건네준 고삐를 손에 쥐고는 입맛을 쩍 다셨다. 휘륜이 끈을 잡자마자 사내의 입에서 재차 휘파람 소리가 흘러나왔다. 그 순간 휘륜은 제 몸이 땅 아래로 쑥 꺼지는 느낌을 받았다. 어느 정도 예상은 했지만 이렇게나 빠른 속도로 날아오를 줄은 상상 못 했던 것이다. 어지간한 고수들도 굴러떨어지지 않을 수 없을 정도의 속도와 압력이었다. 체구가 큰 만큼 날개의 힘 역시 비할 바 없이 크겠지만 과연 송골매가 이처럼 빨랐던가 싶을 정도의 속도로 창공을 가르고 있었다. 일정한 고도에 오르자 송골매는 기류를 타기 시작했고 그제야 휘륜은 아래를 내려다볼 여유를 찾게 되었다.

지금 휘륜의 눈 아래 펼쳐진 풍경은 생애 처음 보는 장관이었지만 그런 것에 마음을 둘 정도로 속내가 편치 않았다. 이제 활은 시위를 떠난 셈이었다. 제 발로 마교를 찾아가려고 작심한 순간부터 최악의 상황을 염두에 두고 있었지만 지금과 같은 예상 밖의 상황 전개 앞에선 그저 어리둥절할 따름이었다.

'검황이 마교에 초대받아 간다는 것도 웃기는 상황인데…… 이런 황송한 대접을 받다니. 이걸 웃어야 할지 울어야 할지 모르겠군.'

휘륜은 그다지 편견에 사로잡히거나 하는 사람은 아니다. 선입견을 경계하려는 노력 때문이 아니라 천성적인 성품 자체가 그랬다. 눈으로 보고 직접 경험한 게 아닌 일에 대해서 다른 사람의 견해를 무작정 따르지도 않을뿐더러 자신의 생각이 무조건 옳다고 고집을 부리는 사람도 아니었다. 그래서인지 증지산이 어떤 사람일지 미리 단정 짓는 일은 하지 않기로 했다. 안달하지 않아도 만나보면 속 시원히 알게 될 일이지 않겠는가. 한 가지 분명한 사실은 있었다.

'그가 설사 내게 호의를 보인다 하더라도 우리 두 사람의 운명은 어느 정도 결정돼 있을 가능성이 크다. 그가 마성에 빠진 것이 확실하고 제어할 수 없는 상태라면 나는 좋든 싫든 그와 대적할 수밖에 없다. 그 사실을 나만 알고 있는 건 아닐 터. 경계심을 늦춰서는 안 된다. 정신을 바짝 차려야 한다.'

*　　　*　　　*

해남도 중앙에 우뚝 솟은 오지산(五指山)이 최종 목적지였다. 흑의 사내는 송골매를 타고 산정으로 가기보다는 초입에서 착지했다.

높이 오 장은 족히 될 거대한 산문을 경계로 산 반대쪽에 마교도들이 모여 사는 마을이 부챗살처럼 뻗어 있고 산문 위로는 아무런 건축물도 보이지 않는, 자연 그대로의 모습을 유지하고 있었다.

휘륜을 대동하고 마을 가운데로 쭉 뻗어 있는 대로를 함께 걷던 흑의 사내가 말했다.

"산정으로 곧장 가면 되오. 아마도 마중 나오는 이가 있을 게요."

돌아서서 가는 휘륜의 등 뒤에다 대고 마종이 큰 소리로 외쳤다.

"내 이름은 단무기요."

휘륜은 슬쩍 뒤돌아봤다. 그때 다시 단무기의 외침이 터져 나왔다.

"혹 다시 만나게 된다면…… 당신과 한번 겨뤄보고 싶소. 당신은 내 오랜 목표였소. 거절하지 않으리라 믿겠소."

자기 할 말만 하고 냉정하게 돌아서는 단무기의 등에서는 막막한 무도의 길에 정진하고 있는 고독한 무사의 내음이 물씬 풍겨 나왔다.

다시 걸음을 재촉하기 시작한 휘륜의 머릿속에는 기억해둘 만한 새로운 이름이 하나 새겨져 있었다.

*　　*　　*

인공적으로 만든 것인지, 아니면 자연적으로 생겨난 것인지 모를 자그마한 분지였다. 산정에 있는 분지에는 푸른 초지가 펼쳐져 있었고 시야를 방해하는 거대한 전각 대신 자그마한 석옥 한 채가 덩그러니 지어져 있을 따름이었다. 석옥 주변에는 약초밭이 있었고 두렁에는 몇 사람의 노인들이 호미를 들고 잡초를 뽑고 있었다.

한가로운 모습이었다. 그 풍경만 본다면 과연 이런 곳에 마교를 한 손에 움켜쥔 태사 증지산이 기거하고 있으리라고 생각하기 어려울 정도였다. 휘륜이 석옥 가까이 다가서는데도 약초밭에서 일하고 있는 노인들 가운데 관심을 가지는 이는 하나도 없었다. 단지 석옥에서 한 소동이 걸어 나와 두 손을 맞잡고 허리를 깊숙하게 숙여 인사를 했을 뿐이었다.

"어서 오세요. 태사님께서 오래전부터 귀인을 기다리고 계셨습니다."

정말 귀엽게 생긴 십여 세 정도 되어 보이는 소동의 얼굴에는 유난히 앙증맞은 볼우물이 살짝 패여 있었다. 휘륜은 매초향의 말이 결코 과장되거나 거짓이 아님을 인정하지 않을 수 없었다. 입신의 경지에까지 이른지는 모르겠으나 소동이 최소한 초절정의 고수임은 쉽게 짐작할 수 있었다. 은연중 몸을 김싸며 뿜어지고 있는 마기만 하더라도 보통의 고수들이라면 몸을 굳게 만들 정도로 지독했다. 그런데도 저런 천진하고 순수한 표정을 지을 수 있다는 사실이 휘륜을 더 경악하게 만들었다.

'역시나 이 아이도 천명회의 사형제들과 마찬가지로 증지산이 키워낸 아이겠지. 그런데 이 아이는 그들과 조금 다르다. 아니, 많이 다르다. 이 아이의 눈빛은 상당히 위험해 보인다.'

휘륜은 저 천진한 표정 뒤에 감춰진 실체가 들여다보이는 것 같아 소름 끼쳤다. 또한 소동의 상태만으로 짐작해도 현재 증지산이 결코 정상이 아닐 것 같았다. 그렇다면 지금 이 걸음은 돌이키는 게 옳았다.

그런데도 휘륜은 소동의 안내를 따라 석옥 안으로 들어가고 있었다. 한층 심각해져 있는 휘륜과 달리 소동은 호기심 가득한 눈길로 연신 휘륜을 돌아봤다.

"귀인께서는 중원에서 오셨지요?"

휘륜은 고개를 끄덕이는 것으로 대답을 대신했다.

"중원은 이곳과 많이 다른 곳이라 들었어요. 태사께서 이르시길, 머지않아 우리도 이곳을 떠나 중원으로 가게 될 것이라 하셨답니다. 벌써부터 기대가 됩니다. 중원은 어떤 곳인가요?"

소동이 무얼 궁금해하는지 모를 리 없는 휘륜이지만 한두마디 말로 설명하기에는 난감한 질문이었다. 더군다나 지금 휘륜의 마음은 그런 한가한 대화를 나눌 정도로 여유가 있지 않았다.

"사람 사는 세상은 다 거기서 거기다."

실망감을 감추지 않던 소동은 언제 그랬던가 싶게 다시 표정이 밝아졌지만 그 눈빛만은 왠지 모르게 사악하게 느껴질 정도로 섬뜩했다.

'좋지 않다. 증지산은 자신이 저지른 일이 얼마나 위험한 장난인지 알고 있을까?'

제어하고 감당할 수 없는 힘은 자기 자신에게나 남에게 불행을 초래하게 된다. 이런 어린아이가 아무리 뛰어난 고수가 된다 한들 인격적인 수양이 수반되지 않는다면 그 행위가 얼마나 세상에 큰 해악을 끼치겠는가.

석옥은 밖에서 보는 것과 달리 복잡한 미로와도 같았다. 단단한 암반층을 뚫어 지하 석전을 건설한 것이었다.

그 긴 복도를 걸어오는 동안 단 한 사람도 만난 적이 없었지만 휘륜은 석벽 너머에서 전해져 오는 기운을 통해 이곳에 꽤 적지 않은 사람이 머물고 있다는 사실을 감지할 수 있었다.

소동의 걸음은 하나의 석문 앞에서 멈췄다.

"귀인께서는 이 안으로 들어가시면 됩니다."

소동은 약간 두려움이 깃든 눈으로 석문을 한 번 쳐다보고는 뒤도 돌아보지 않고 왔던 길을 되짚어가고 있었다. 석문은 굳게 잠겨 있었다. 휘륜은 석문에 손을 가져다 댔다. 휘륜의 손끝이 석문에 닿는 순간 소리를 내며 저절로 열렸다.

그르르릉.

바닥에 긁히는 마찰음에 이어 석문이 양쪽으로 활짝 열렸다. 열린 문틈으로 내부 전경이 훤히 드러났다. 폭이 대략 육 장쯤 되고 길이가 십 장쯤 되는 장방형 대전에는 단 두 개의 의자와 두 개의 탁자만이 마주하고 놓여 있을 뿐 다른 기물은 없었다. 실내 장식이라고는 찾아볼 수 없는 완벽한 백색의 공간이었다. 의자 하나에는 노인 한 명이 앉아 있었는데 그를 본 순간 휘륜은 숨이 턱 막히는 심정이었다.

'이건 뭔가? 대체 저 노인은……'

묘했다. 아니, 끔찍했다. 노인의 모습은 기대했던 것과는 달리 어느 촌에서나 쉽게 찾아볼 수 있는 평범한 인상이었다. 자글자글한 주름이 얼굴 전면에 가득했고 눈은 감은 듯 뜬 듯 잘 보이지도 않을 정도였다. 그 실눈에서 시커먼 암흑색 기류가

뭉클뭉클 뿜어져 나오고 있는 듯한 착각을 일으킬 만큼 노인의 눈빛은 암울함 그 자체였다. 불길한 악몽의 근원을 맞닥뜨린 느낌에 휘륜은 쉽게 발이 떼어지지 않았다.

"어서 오게. 드디어 우리는 만나고야 말았군. 오랜 기다림이었어."

휘륜은 한 걸음을 내딛기 위해 용기를 짜내야만 했다. 설마 자신이 이런 상황에 처하게 될 날이 올 줄 상상조차 해보지 못한 일이었다. 휘륜은 석문 안으로 간신히 한 걸음을 내디뎠고 그 걸음은 점차 속도를 내기 시작했다. 그리고 드디어 빈자리에 착석할 수 있었다. 마치 그 시간이 그에게는 영겁의 순간을 지나온 것과 같았을 정도로 극심한 피로감을 느끼게 했다.

"자네는 노부를 모르겠지만 나는 당대의 검황과 대면하게 될 날을 손꼽아 기다려 왔지. 마침내 이런 순간이 오고야 말았어."

노인의 그 말에는 휘륜이 모르는 무언가가 더 있는 것처럼 느껴졌지만 아무리 생각해도 특별한 의미가 숨겨져 있는 것 같지는 않았다.

"나는 검황 휘륜이오."

휘륜이 처음으로 입을 열어 한 말이었다. 노인은 고개를 끄덕이더니 휘륜을 찬찬히 살피는 것이었다.

"역시 예상대로 훌륭한 골격이로군."

휘륜은 상대로부터 칭찬을 들었는데도 그다지 기분이 좋지는 않았다.

"감상이 끝나셨으면 본론으로 들어갔으면 좋겠소."

"자네는 나를 만난 게 기쁘지 않은가?"

"내가 왜 기뻐할 거라 생각하오?"

"흐음. 노부는 자네를, 아니 검황을 기다려 왔네."

"노인장은 그랬는지 모르지만 나는 아니오. 나는 당신이란 사람을 최근에야 알았소. 그러니 만남을 고대하고 말 것도 없었소."

"나란 존재에 대해 처음 들었을 때 어떤 생각을 했는가?"

"당신을 죽여야겠다고 생각했소."

증지산은 웃었다. 실상 표정은 웃고 있었지만 과연 저것을 두고 웃고 있다고 말할 수 있겠는가에 대해서는 회의적이었다. 노인의 표정에는 희로애락의 감정이 배제돼 있었기 때문이다.

"하하하하. 그래, 노부를 만나 보니 죽일만해 보이는가?"

"아무래도…… 좀 힘들 것 같소. 애는 써보겠지만 솔직히 자신은 없소. 그래도 왕왕 세상에는 기적 같은 일이 벌어지고는 하니깐 승부는 모르는 거요."

"재미있는 친구로군. 용기는 가상하네만 괜한 오기를 부려 봐야 자네한테 하등 득이 되지는 않을 걸세. 자네는 나를 전혀 모를 텐데 무턱대고 죽이겠다고 마음먹은 것은 왜지?"

"그야…… 당신이 검계의 반도이니 당연한 일이 아니오?"

"검계의 반도라고? 내가? 누가 그러던가?"

"검계에서 탈출한 사람은 모두 척살해야 하는 것이 내 맡은 바 임무 중 하나요. 그걸 모를 리는 없을 테고. 억지를 부릴 양이면 애초에 하지도 마시오."

"아직도 그런 고리타분한 계율 따위에 얽매여 있는가. 우리 좀 더 유익한 대화를 나눠보세. 노부는 머지않아 이곳을 떠나 중원으로 갈 생각이네. 내가 앞으로 세상을 어찌 바꿔놓을지, 이 손이 만들어갈 역사가 궁금하지 않은가?"

"당신은 듣던 것과는 많이 다르구려. 마성에 빠져버린 것이오? 당신이라고 별수 없었던 거로군."

"아이들한테서 들은 얘기가 많은가 보군. 나를 도발하지 말게. 그래 봤자 소용없는 일이니깐."

"당신은 중원에 나가서는 안 될 사람이오."

"왜지?"

"세상을 해롭게 할 사람이기 때문이오."

"확신하나?"

"그런 예감이 드오."

"사람에 대한 평가는 쉽게 내리는 게 아닐세. 특히 나처럼 오래 산 사람은 더 그렇지. 젊은 사람은 늙은이를 판단해서는 안 되네. 세상을 오래 산 만큼의 경험과 지혜를 지니고 있다네. 현명한 젊은이는 노인의 지혜를 배우려 하지, 판단하지 않는 법일세."

"중원으로 가지 마시오. 세상은 세상 그대로 흘러가도록 그냥 그대로 두시오. 당신은 아마도…… 무도의 정점에 올라 있는 사람 같소. 누구도 올라가 본 적 없는 처녀지처에 도달했을 거요."

"매우 훌륭한 눈썰미를 지니고 있군. 정확하게 보았네. 계속해보게."

"그 정도 경지에 오른 사람이라면 응당 그에 걸맞은 인격과 품성도 지니게 된다고 믿고 싶소. 세상은 당신을 감당할 수 없소. 신이 인간들 틈에 내려오면 더 이상 신이 아니오. 진창에 발을 들일 리 없다고 믿고 싶소."

"하하하. 재미있는 표현이군. 노부의 생각을 말해볼 테니 잘 듣게. 나는 지금껏 인간다운 인간을 별로 보지 못했네. 대다수 사람들을 하잘것없는 벌레라고 생각하지. 여기 마교만 해도 그래. 마음속으로는 날 죽이고 싶어 하고 능가하고 싶어 하면서도 능력이 안돼 굴욕을 참아가며 내 앞에서 복종하지. 그 비참함을 참아내는 것을 보고 아무리 관대한 마음으로 애를 써 봐도 삶에 대한 집착으로만 여겨졌을 뿐, 거기에 다른 숭고한 의미를 부여할 순 없었네."

"그건 당신이 너무 강해서 그렇소. 나라도 그럴 것이오. 언제든 마음만 먹으면 자신을 손가락 하나로 죽일 수 있는 절대자와 함께 살아간다는 것은 사람들에게 무엇보다 큰 공포와 불안감을 주오. 더군다나 무림인들의 생리상 끝없이 강해지고 싶어 하는 것은 당연하고 그 목표가 당신이 되는 것은 지극히 자연스러운 일이라 보오."

"일리 있는 말이로군. 문제는 다른 사람이 아닌 바로 나 자신에게 있어. 나는 젊은 시절부터 인생을 지나가는 바람으로 여겼네. 사람은 자신이 경험한 딱 그만큼의 폭과 깊이로 인생을 알고 있지. 나는 무도를 통해 인생의 의미를 깨닫고자 애썼네. 원하는 만큼 강해지고 경지가 높아지면 허망함을 극복할 수 있으리라 여겼네. 신이든 부처든 신선이든, 그게 무엇이든 내게 어떤 변화가 일어나 이 괴로움에서 놓일 거라 믿었지. 그랬는데 아무런 일도 일어나지 않았네. 왜 그런지를 알아내는 데 꽤 많은 시간이 걸렸지. 인간은 애초 어울려 살아가면서 기쁨을 느끼고 만족감을 느끼고 행복해질 수 있게끔 만들어져 있었던 게야. 나는 너무 멀리 와버렸지. 벗이라 여길만한 사람도 없고 성을 줄 만한 피붙이도 없어. 그렇다고 나를 온전히 이해해줄 만한 적수도 없네. 이 절대적 고독감은 나를 점점 더 황폐화시키고 있네. 나는 결국 나 자신과 타협을 했네. 내가 세상에 왔다 간 흔적을 어딘가에는 남기는 걸로 만족하자고. 그래서 세상으로 나왔지."

"그 흔적을 남기는 일이 그리 중요하오? 당신 입으로 방금 인생은 바람이라고 하지 않았소? 부드러운 미풍은 흔적을 남기지 않소."

"폭풍도 있지 않은가."

"그래서 중원으로 나가 무얼 할 생각이오?"

"진짜 본성은 폐기된 채, 억압받고 또 교육받고 훈련된 본성에만 따르는 인간들이, 그런 거짓된 인간들이 만들어 놓은 기존의 관습들을 깨트려 버릴 걸세. 세상을 좀 더 깨끗하게 정화해볼 생각이야. 그리고 새로운 질서를 부여할 걸세."

"참으로…… 무서운 말이구려."

"내 손으로 하자면 쉬운 일이지만 나는 그들 손으로 직접 그렇게 하게 만들 걸세."

"무슨 말인지 납득이 안 가는구려."

"두고 보면 알게 되겠지. 그건 그렇고 이제는 우리 얘기를 좀 해봐야 하지 않겠나. 자네의 삶도 나와 별반 다르지 않았을 거라 보는데?"

"어떤 의미로 그렇소?"

"검황총에서 역대의 검황들이 남긴 흔적들을 보았지. 그들은 외로운 사람들이었어. 인생에서 가장 참기 힘든 고통이 바로 그 고독감이지. 긴 삶이 그들에게는 오히려 형벌이었을 거야. 검황총 안에 금마옥이 있네. 나는 검황총에서 생존해 있는 자네의 사조를 만났네."

휘륜은 놀람을 감추지 못했다. 제 사부의 사부가 아직 검황총에 생존해 있다는 말인가?

'그렇다면 혹 사부님도 생존해 계실까?'

이건 뜻밖의 얘기였다.

"그는 죽음을 직감하고 검황총으로 왔겠지만 그의 생각대로 되지 않은 것이지. 제 손으로 잡아넣은 마인들과 오랜 세월을 함께 보내게 될 줄이야 어찌 상상이나 할 수 있었겠는가. 그들이 받는 형벌과 고통을 지켜봐야 하는 마음은 결코 가벼울 수 없었을 거야. 자네 사부도 그곳으로 들어간 게 확실하다면 생존해 있을 거야. 자네까지 합치면 세 명의 검황이 생존해 있는 셈이 되는 게지."

생각도 못 해본 일이었다. 휘륜은 눈앞의 노인이 최소로 잡아도 세수 삼백이 넘는다는 걸 알고 있었다. 과연 인간은 몇 살까지 살 수 있는 것일까? 일반 사람들은 장수를 복으로 여기겠지만 수명이 이백, 삼백이 넘어가도 과연 더 살기를 바라게 될까? 그리고 그것이 진정 축복이 될 수 있을까?

"노부 역시 검황총으로 들어가던 시점과 그곳을 나올 시점을 비교해보면 전혀 다른 사람이 돼 있었지. 검황총에 다시 들어가 검황과 금마옥의 마인들을 만나볼까 하다가 관뒀네. 거길 다시 들어갈 이유도 없거니와 나올 수 있다는 장담을 할 수 없었던 게 컸지. 어쨌든 현존하는 당대의 검황을 만났으니 이걸로 만족하네. 나 또한 따지고 보면 검황의 덕을 보았고 그가 남긴 유전의 일부를 통해 나를 완성할 수 있었으니 우리는 남이 아니라고도 할 수 있지."

휘륜은 증지산이 자신을 반기는 이유를 알 것 같았지만 완전히 공감이 가는 건 아니었다. 증지산은 억지스럽지만 그렇게 해서라도 동질감을 찾고 싶었던 것이다. 그는 그만큼 외로운 사람이었던 것이다. 생각해 보면 참 서글픈 일이었지만 그런 감상에 젖어도 될 만큼 증지산의 기질이 선해 보이지 않았다. 무엇보다 그가 갖고 있는 위험한 생각들이 장차 세상에 미칠 해악을 짐작해 보자면 끔찍했다. 막지 못하면 최소한으로 억제하기라도 해야 했다. 휘륜은 그의 생각을 바꿔보자고 다짐했다. 그래도 안 된다면 목숨을 걸고서라도 승부를 결해 봐야 했다.

'그런 최악의 상황까지 가고 싶지는 않다.'

솔직한 휘륜의 마음이었다. 대결하게 된다면 이길 수 있을 것 같지가 않았다. 이런 막막함은 대자연의 횡포 앞에 선 나약한 인간이 느끼는 무력감과도 일맥상통하는 것이었다. 그만큼 증지산은 차원이 다른 경지로 넘어가버린 사람처럼 느껴졌다.

*　　*　　*

해남도에서도 시간은 공평하게 흘러가고 있었다. 휘륜이 태사를 대면한 지 사흘째다. 태사 증지산은 휘륜을 극진하게 대접했다. 예상치 못 한 일이었다. 그 사흘이란 시간도 증지산을 제대로 파악하기엔 턱없이 부족했다. 휘륜이 알게 된 한 가지 사실이 있다면 영원히 일치시킬 수 없는 상이점들이 두 사람 사이에 존재한다는 것이었다.

휘륜은 끝내 증지산의 의도에 동의할 수 없었고 그런 제 뜻을 밝히는 데 결코 주저함이 없었다. 증지산은 휘륜에게 인정받고 싶어 했고 또한 휘륜이 제 의지에 동참해주고 승계해주기를 바랐다. 그는 자신의 의지를 이어줄 사람을 절실히 원하고 있던 참이었는데 마침 휘륜을 보고 점찍은 눈치였다.

그는 휘륜에게 그런 속뜻을 자주 내비쳤다.

그가 이처럼 과도하다 싶을 정도로 휘륜에게 집착하는 건 검황 일맥이 오랜 세월을 통해 검증되었기 때문이었다. 자신이 이루고 성취해낸 대업을 잇게 될 후계자는 누구보다 완벽해야 했다. 검황이라면 그 이상의 적임자가 없다 할 정도로 탐이 나는 존재였다. 실제 만나본 휘륜 역시 증지산의 마음을 흡족하게 만들 정도로 훌륭해 보였다.

휘륜은 그 나름대로 증지산을 설득하고자 애썼다. 둘은 좁혀질 수 없는 평행선을 유지한 재 시로가 버릴 수 없는 관점의 차이를 바라보고만 있어야 했다.

증지산은 휘륜에게 마지막 제안을 했다.

"좋아, 이렇게 하는 건 어떻겠나. 결국 자네와 나 사이의 견해 차를 좁힐 방법은 한 사람이 포기하고 손해 보는 경우만 가능할 것 같군. 그게 내가 될 수도 있고 자네가 될 수도 있는 게지. 나와 내기를 해보는 게 어떻겠나? 노부는 그리 꽉 막힌 사람이 아니야. 무조건 자네가 손해 보라고 강요하는 사람은 아닐세."

"어떤 내기를 하자는 겁니까?"

"노부는 자네가 이 자리에서 헛되이 죽는 걸 바라지 않네. 오히려 그 반대지. 자네가 끝까지 내 뜻에 맞서 방해를 하고 대항해 온다면 노부 또한 어쩔 수 없이 자네란 존재를 세상에서 지우는 수밖에 없네. 참으로 안타까운 일이지. 검황 일맥이 이렇게 허무하게 사라진다는 것은 지난 세월 동안 그들이 무림에 쌓아온 공로를 생각할 때 내게도 쉬운 결정은 아닐세. 그 때문에 기회를 주려는 거네."

"계속해보시오."

두 사람은 지하 대전을 벗어나 모옥 앞으로 나와 있었다. 햇살이 따갑다. 노인들과 소동들이 밭두렁 사이사이에 자리 잡고 약초밭 주변의 잡초를 뽑고 있는 중이었다. 마침 모옥 앞에는 두 사람이 대기하고 있었는데 그중 하나는 무슨 큰 죄를 지었는지 두 손을 포승줄로 결박당한 채 흙바닥에 무릎을 꿇고 있었고 다른 하나는 무릎 꿇은 사람 뒤에 고개를 숙인 채로 서 있었다. 증지산은 그쪽으로 잠시 시선을 주었을 뿐 이내 휘륜과 나누던 얘기에 집중했다

"노부는 검계의 검주로 있을 당시부터 생각한 것이 있었지. 검계, 마교, 천선부가 모두 원하는 걸 얻는 방법이 과연 없을까 하고."

증지산은 마교도들이 스스로를 가리켜 일월신교라고 부르는 것과는 달리 너무도 자연스럽게 마교라고 칭하고 있었다.

과연 이런 그를 보면서 다른 교주들은 어떤 생각이 들지 굳이 그들 얘기를 들어보지 않아도 알 것 같았다.

"검계의 검사들은 세상으로 나가고 싶어 안달이 났고 마교의 망종들은 중원 무림을 정복하고 지배하는 꿈을 절대 버리지 못하지. 천선부는 그들에게 지워진 감시자의 직무에서 자유로워지길 오랜 세월 꿈꿔왔네. 마교가 무림을 정복하고 검황 일맥이 끊어진다면 검계는 세상에 나올 수 있게 되겠지만 그 결과 역시 최선은 아닐세. 결국 두 세력이 충돌해 상잔하게 될 텐데 검계의 저력이 대단하다지만 마교를 감당해내기엔 부족한 감이 있지."

증지산의 말에 휘륜이 품고 있던 한 가지 의문이 풀렸다.

'이 자는 내가 살아 있길 바란다. 자신의 후계자가 되길 원하고 있지만 그건 부차적인 욕심에 지나지 않고 실은…… 검황의 부재로 인해 검계가 다시 세상에 나오게 되는 걸 바라지 않기 때문이다. 이 자는 제 손으로 검계를 허물어뜨리는 걸 바라지 않는다. 그것이었군. 나에 대한 적대감이 덜한 이유가. 이 자는 지금 실현 불가능한 일을 꿈꾸고 있다. 원하는 걸 다 가지려고 한다. 희생도 없이 대가도 치르지 않고 손쉽게 세상을 자기 것으로 만들려고 한다. 참으로 욕심이 많은 늙은이로군.'

"두 세력이 부딪힌다면 어찌 될까. 어느 쪽이든 피해가 막심할 걸세. 최종적으로 검계는 명맥이 끊기는 최악의 참사를 면치 못하겠지. 그들은 내가 더 잘 알고 있네. 마교에게 굴복하느니 한 사람이 살아남을 때까지 싸우려 들 걸세. 화합이나 타협은 있을 수 없지. 그게 검계인들의 자부심이네. 만약 검황인 자네가 내 뒤를 잇는다면, 그리고 마교를 통해 강호를 완벽하게 지배하고 통제할 수 있다면 상황을 반전시킬 수 있지. 검계는 그 사실을 인정하고 받아들일 거라고 보네. 자유롭게 세상을 드나들면서 마교와 충돌 없이 견제하는 선에서 관망할 거야. 그 잠시의 여유가 내게는 필요하네. 설득할 틈도 없이 두 세력이 부딪혀 상잔하는 건 원치 않는단 말일세. 천선부의 신선놀음하는 욕심 많은 늙은이들은 더 이상 감시자의 역할을 하지 않아도 좋으니 겉으로야 불만을 표할지 몰라도 속으로는 좋아하면서 반길 거야. 모두가 원하는 걸 가질 수 있으니 이보다 더 좋은 길이 어디 있는가.”

“결국 당신의 원대한 계획을 무리 없이 수행하자면 반드시 내가 있어야 하는 거구려.”

“부정하지는 않겠네.”

“내가 죽고 난 뒤에도 그에 따른 복안을 세워두었을 것 같소만.”

“물론 없지는 않지만 상책이라 할 순 없지. 결국 그들을 내 손으로 무너뜨리거나 금마옥 같은 금지를 만들어 가두는 방법뿐이지.”

“당신은 검계의 검주였으면서 당신을 따랐던 그들에게 무척 비정하구려."

"그런 사사로운 감정에서 벗어난 지 오래됐네."

'과연 그럴까?'

휘륜은 그가 거짓말을 하고 있다고 확신했다. 그가 만약 인간의 오욕칠정에서 벗어났다면 이런 고민을 한다는 자체가 성립이 안 된다.

"그래서 당신이 하자는 내기는 뭐요?"

"거대한 우리를 만들 걸세. 내가 우리를 치고자 하는 경계는 무림 전체야. 세상 전부를 가둘 생각은 없고 그 일은 가능하지도 않네. 하지만 무림에 한정시킨다면 가능한 일이지. 강호인들은 스스로 절제하지 못하는 위험한 짐승들과 같네. 검황들은 소극적으로 무림에 관여해 왔고 무림을 어지럽히는 마두들 몇을 제거하는 것만으로 할 일을 다 했다고 만족하며 뒷짐을 지고 있었지. 무림은 단 한 번도 절대자를 용납한 적이 없고 절대의 무력에 의해 통치된 적이 없어. 노부는 울타리 안의 짐승들에게 자신들의 생사를 결정하는 통치자가 누군지를 확실히 보여주고 깨닫게 할 셈이야. 그러기 전에 자네가 주장하는 바대로 그들 스스로 무림을 바꿔나갈 수 있는 기회를 보장하겠네. 내가 제안하는 내기는 바로 그거야. 그대의 역할과 임무는 결국 강호에 대한 신뢰에서부터 시작되는 거라고 보네. 저들이 보호하고 지켜줄 가치가 있는 사람이란 믿음이 있었기에, 저들 스스로 얼마든지 혼란을 다스리고 정리할 수 있다는 기대감을 갖고 있다고 보네. 내가 제대로 보았는가?"

"맞소. 무림은 어느 한 사람이나 문파의 것도 아니고 그리 돼서도 안 되오. 무림은 무림인들 모두의 것이며 저들 스스로 결정하고 만들어 갈 권리와 자유가 있소. 그걸 제한하고 속박하는 건 모두가 불행해지는 일이오. 그런 불행한 역사는 검계와 마교만으로도 충분하다고 보오."

"역시 짐작대로군. 노부는 달리 생각하네. 인간도 짐승이야. 아니, 때로는 짐승보다 못한 존재지. 지금 무림이 그나마 큰 혼란 없이 유지되고 있는 건 그 세계의 강자들이라 할 수 있는 세력들이 교묘하게 균형을 이루고 있기 때문이지. 그 균형이 무너지면, 더 이상 경계하고 무서워해야 할 존재가 사라지고 나면 한순간에 무림은 아수라장이 되고 말 거야. 억압이 곧 질서일세. 나는 그 질서의 축을 무너뜨릴 생각일세. 그때부터 어떤 세상이 펼쳐지는지 감상해보게. 그러고 나서 결정해도 늦지는 않을 거야. 과연 저들을 지켜주고 보호해주는 일이 가치가 있는 일인지 그때 가서 결정해도 늦지 않다는 거야."

"내기란 게 그럼?"

"오 년, 딱 오 년일세. 저들은 이제 바둑판의 바둑알이나 마찬가지가 되는 게야. 노부는 가능한 한 모든 수단을 동원해서 자네 생각이 틀렸다는 걸 증명해 보일 걸세. 반대로 자네는 내 생각이 잘못되었음을 입증하면 되네. 그 기한 동안 직접적인 충돌은 자제하고 또한 무림을 파탄내지도 않을 거야. 어디까지나 나는 저들 스스로 멸망해가는 걸 보고 싶거든. 만약 내가 이긴다면 자네는 변명하지 말고 무조건 날 따라야 하네. 그 반대의 경우라면 자네가 이긴 거고 노부는 영원히 무림에서 손을 떼도록 하지. 뿐만 아니라 원한다면 마교를 자네가 어찌 처리하든 관여하지 않겠네. 어떤가? 이만하면 승부를 걸어볼 만한 내기이지 않은가?"

휘륜은 어리둥절해졌다. 그의 말이 사실이라면 휘륜이 마다할 이유가 없었다.

"마탑을 철수하는 것까지 포함되어 있소?"

"이런…… 뭔가 오해를 한 것 같군. 내 얘기를 잘못 받아들였어. 전면 철수는 있을 수 없지. 마교도들의 불만을 잠재우는 것도 여간 성가신 게 아니거든. 대신 적당한 선을 보장해주겠네. 원래 노부의 계획대로라면 정파와 사파를 가리지 않고 무림에서 행세깨나 한다는 수뇌들 전부는 우선 처형 대상으로 분류되어 있지. 누군가는 책임을 지고 퇴장해야 새로운 시대를 열 것 아닌가. 그 잔재를 남겨둔 채 새로운 세상을 열겠다는 건 어불성설이지. 자네가 내 내기를 받아들인다면 오 년의 시한이 지날 때까지 그들의 목숨을 연장시켜 주도록 하지. 물론 대항하는 자들에게까지 관용을 베풀 순 없겠지만. 어떤가?"

무림 전체를 손안에 쥐고 있는, 하찮은 공깃돌 정도로 여길 수 있는 증지산의 배포는 휘륜마저 질리게 만들었다. 문제는 그런 자신감이 전혀 우습게 여겨지지 않는다는 사실이었다. 그는 자신이 내뱉은 말대로 할 수 있는 능력을 가지고 있는 사람이었다. 그렇기 때문에 무서운 것이다.

증지산은 어떻게 해서든 휘륜을 자기 사람으로 만들고 싶었다. 무엇보다 증지산은 자신이 이 내기에서 이길 수밖에 없다고 철석같이 믿고 있었다.

휘륜은 심사숙고했다.

'지금 내 능력으로 과연 이 사람을 죽일 수 있을까? 그 가능성은 과연 얼마나 될까?'

자신을 제거하기 위해 살수를 쓸 수도 있는 검황 앞에서 증지산은 훤히 등을 보인 채 서 있었다. 그런데도 휘륜은 그의 등을 향해 칼을 뽑을 엄두도 못 냈다.

'이 자는 짐작했던 것보다 더 강하다. 그 현격한 차이를 좁히자면…… 그리고 끝내 이 자를 처단하자면 운이 따라줘야 한다. 인정하기 싫지만 그건…… 사실인 것 같다.'

비참했다. 검황에게 자신보다 강한 무인이 있다는 사실은 받아들이기 힘든 일이었다. 한 번도 그런 일이 없었기 때문이다. 절대의 권좌에 있던 검황이 거기서 내려와 자기보다 높은 곳에 있는 자를 올려다봐야 한다는 현실이 휘륜에게는 잘 받아들여지지 않는 일이었다.

'이 자의 내기는 일단 받아들이는 편이 좋다. 결과는 둘째고 시간을 벌 수 있다는 점에서 거부할 이유가 없다. 그다음이 문제다. 결국 모험을 해야 하는가? 최악의 상황을 맞게 될 위험성을 안고서라도 도박을 해봐야 하는가. 검황총, 진정 그곳밖에는 희망이 없나. 증지산이 그곳에서 얻은 게 있다는 사실은 간과할 수 없는 부분이다. 문제는 과연 검황총에 들어가서 내 발로 나올 수 있겠는가 하는 점이다. 이 자를 넘지 못하면 파멸은 예정되어 있다. 검황총에 들어가서 나오지 못해 늙어 죽거나 오 년간 애쓰다가 굴욕을 당하거나…… 그 차이일 뿐이다.'

긍정적으로 생각해 보려 애썼지만 실상 휘륜은 내기의 승패에 그다지 자신이 없었다. 검황인 그 역시 어떤 기대에 배신당해 회의감에 빠져든 적이 한두 번이 아니기 때문이다.

'가자! 가는 거다. 희망이 거기뿐이라면 가지 않을 수가 없잖은가.'

그때 한 가지 선뜩한 불안감이 휘륜을 엄습해왔다.

'내가 검황총으로 간다고 하면 증지산의 태도가 돌변하지 않을까?'

두 사람의 눈이 마주쳤다. 그 순간 휘륜은 전신을 관통하고 지나가는 어둠의 힘을 느끼고 머리털이 쭈뼛 곤두섰다.

〈다음 권에서 계속〉

Swallow Knights Tales

"스왈로우 나이츠 신입 기사 엔디미온 키리안,
『SKT 개정판』으로 다시 돌아왔습니다!
미온이라고 불러 주세요."

dream
books
드림북스

신룡의 주인

『더스크 하울러』, 『환수의 주인』의 작가!
태선 판타지 장편소설

『신룡의 주인』

알테리온가의 막내아들 샨,
알에서 태어난 특급 용 카이.
평범하지 않은 둘의 좌충우돌 학교생활이 시작된다!

dream books
드림북스

그로스 언리미티드

주현성 판타지 장편소설

FANTASYSTORY & ADVENTURE

그로스Gross 내스티Nasty,
이제부터 그것이 자네의 이름이네
자네의 모습을 보니 그 이상 가는 이름은
찾을 수 없을 것 같군.

이름을 지어준 친우가 살해당한 그때,
무한한 잠재력을 지닌 괴물이 복수를 결심했다!

dream books
드림북스

드래곤 나이트
박제후 판타지 장편소설
FANTASY STORY & ADVENTURE
원수의 심장에 겨눈 불꽃의 검은 아직 타오르지도 않았으니,
눈보라에 섞여 들려오는 용의 고동 소리에 귀 기울여라!
박제후 판타지 장편소설
『드래곤 나이트』
갈증이, 갈증이 가시지 않는다.
핏줄을 타고 흐르는 용의 혈통을 일깨워
몰락과 소멸의 그림자 위에 복수의 불길을 피워 올리리라!
dream books
드림북스